ENDSTATION ALTMÜHLTAL

Richard Auer, Jahrgang 1965, studierte Diplom-Journalistik an der Katholischen Universität Eichstätt und hielt der Stadt auch danach die Treue. Mit seiner Frau und drei Söhnen sowie Kater Lorenzo wohnt er mitten in der barocken Altstadt und arbeitet seit dreißig Jahren als Lokalredakteur im Altmühltal. www.richardauer.com

RICHARD AUER

ENDSTATION ALTMÜHLTAL

Kriminalroman

emons:

Bibliografische Information der Deutschen Nationalbibliothek
Die Deutsche Nationalbibliothek verzeichnet diese Publikation
in der Deutschen Nationalbibliografie; detaillierte bibliografische
Daten sind im Internet über http://dnb.d-nb.de abrufbar.

© Emons Verlag GmbH
Cäcilienstraße 48, 50667 Köln
info@emons-verlag.de
Alle Rechte vorbehalten
Umschlagmotiv: Montage aus mauritius images/Reinhard Rohner/
imageBROKER, shutterstock.com/kuzmaphoto
Umschlaggestaltung: Nina Schäfer, nach einem Konzept
von Leonardo Magrelli und Nina Schäfer
Umsetzung: Tobias Doetsch
Gestaltung Innenteil: DÜDE Satz und Grafik, Odenthal
Lektorat: Hilla Czinczoll
Druck und Bindung: sourc-e GmbH, Köln
Printed in Europe 2025
ISBN 978-3-7408-1315-4
Originalausgabe
2. Auflage

Unser Newsletter informiert Sie
regelmäßig über Neues von emons:
Kostenlos bestellen unter
www.emons-verlag.de

Prolog

Niemals hätte sich Mike Morgenstern vor sechs Jahren träumen lassen, dass er jetzt immer noch in Eichstätt wäre. Falls sich diese Idee aber dennoch als Traum in eine seiner unruhigen Nächte geschlichen hätte – es wäre ein Alptraum gewesen. Was bitte schön sollte er, der Nürnberger, der Großstädter, der Franke, mit Frau und zwei Söhnen in der ebenso altehrwürdigen wie biederen Bischofsstadt Eichstätt?

Für ihn war immer klar gewesen, dass dieses Städtchen im Altmühltal, Idyll hin oder her, nur eine Randnotiz in seinem Leben bleiben würde, eine Episode, eine Fußnote, eine Marginalie, über die er irgendwann einmal im Nürnberger Freundeskreis herzlich lachen würde. »So schnell wie möglich zurück!«, hatte er sich geschworen, damals, als er unangenehmerweise von seinem geliebten Nürnberg zur Kripo nach Ingolstadt versetzt worden war. Keine schöne Geschichte. Über die ganze Angelegenheit deckte er nur zu gern den Mantel des Schweigens. Säckeweise hatte er Samen ausgestreut, um Gras über die Sache wachsen zu lassen. Und immer hatte er darauf gehofft, dass ihn die Nürnberger zügig zurückholen würden. Heim. Nach Hause.

Der Kriminaloberkommissar hatte sich gründlich verschätzt, und der Hauptfehler, das war ihm längst klar, lag darin, dass er sich damals ausgerechnet in Eichstätt und nicht in Ingolstadt niedergelassen hatte.

Seine Gattin Fiona hatte seinerzeit mit ihm und den Kindern nach einem Ort gesucht, an dem man »siedeln« konnte, wie sie sagte, und in ihren strengen Augen war die Regionalmetropole Ingolstadt gleich mal mit Pauken und Trompeten durchgefallen. Es war ein grauer Novembertag gewesen, als sich die Familie einen ersten Eindruck von der »Schanz« verschaffen wollte. Die Ingolstädter Fußgängerzone hatte sich in ihrer ganzen Filialisten-Beliebigkeit von der deprimierendsten

Seite präsentiert, und alle Schönheiten der Stadt blieben den Blicken der ratlos durch die Straßen stromernden Familie verborgen. Spätestens am Rathausplatz als vermeintlich »guter Stube« Ingolstadts hatte Fionas Miene sich verdüstert, als sie sah, wie zwischen Sparkasse und Neuem Rathaus der Stadt in architektonischer Hinsicht der Charme ausgetrieben worden war. Es war auch nicht besser geworden, als sie auf dem ziemlich proletarischen Viktualienmarkt an einer simplen Biertischgarnitur ein Mittagessen eingenommen und dabei vergeblich nach so etwas wie lässigem Großstadtflair gesucht hatten.

Morgenstern war schon wild entschlossen, dann eben in Zukunft mit dem Zug von Nürnberg zur Arbeit nach Ingolstadt zu pendeln – da hatte Fiona die Idee, sich doch einmal das Nachbarstädtchen Eichstätt näher anzusehen. Eine ihrer Freundinnen habe da vor Ewigkeiten Sozialpädagogik studiert – und schwärme immer noch, wie schön es damals gewesen sei. Morgenstern hätte sich wehren müssen, das war ihm heute klar.

»Wehret den Anfängen …«, hatte das nicht schon immer seine Oma im Hersbrucker Land gepredigt? Wenn es etwa um die Frage ging, wie man dem vermaledeiten Giersch in ihrem Blumengarten Einhalt gebieten konnte, diesem alles überwuchernden Unkraut, dessen Wurzeln schier unausrottbar die Beete durchschnürten. Die Großmutter hatte auch noch ein paar andere Binsenweisheiten auf Lager, und eine davon, die sich Morgenstern wohl besser hinter die Ohren geschrieben hätte, lautete: »Nichts hält so lange wie ein Provisorium.«

Da war er also nun in Eichstätt, in einer recht passablen Mietwohnung, pendelte wacker mal mit dem betagten roten Land Rover der Familie, mal mit der Bayerischen Regiobahn, mal mit dem Schnellbus der Firma Jägle die fünfundzwanzig Kilometer zwischen den Städten Eichstätt und Ingolstadt hin und her, die nun privat beziehungsweise dienstlich zur Heimat auf Zeit geworden waren. Schleichend hatten sich alle an das

Leben im beschaulichen Eichstätt gewöhnt, in einer Gegend, in der die Uhren besonders langsam zu ticken schienen. In einer Stadt, in der nach Ansicht vieler Einheimischer idealerweise alles unverändert bliebe, weil die Erfahrung sie lehrte, dass meist nichts Besseres nachkam. An einem Ort, der an jedem Fleck den Geruch von Vergangenheit, von guter alter Zeit, von Geschichte ausdünstete. Von Weihrauch ganz zu schweigen.

Eine Insel der Seligen? Weit gefehlt, und das wusste kaum einer besser als Mike Morgenstern, Kriminaloberkommissar im Beförderungsstau. In den letzten sechs Jahren hatte er rund um Eichstätt reihenweise Verbrechen aufgeklärt. Zunehmend fand er sich in dieser kleinen Welt zurecht, aber heimisch war er nie geworden. Umso mehr traf das für seine Söhne zu, Marius und Bastian. Die beiden waren mittlerweile im Teenageralter, Marius ging ans örtliche Willibald-Gymnasium, Bastian an die bistumseigene Knabenrealschule Rebdorf. Morgenstern hatte noch gemault, ob denn in dieser Stadt alles von der Kirche unterwandert sei, hatte aber auch keine Alternative gewusst.

Fiona hatte sich komplett in der Stadt integriert, von der Ortsgruppe von Amnesty International bis zum Elternbeirat. Beruflich war sie seit einiger Zeit als Gästeführerin im Einsatz. Weiß der Kuckuck, wie sie das als Auswärtige eingefädelt und schließlich auch die anspruchsvolle Prüfung der städtischen Tourist-Information geschafft hatte. Mike Morgenstern hatte sie zuvor bis zum Überdruss in bester Lehrer-Lämpel-Manier abfragen müssen.

Nach und nach war Morgenstern klar geworden, dass es in absehbarer Zeit nichts mehr werden würde mit der Rückkehr nach Nürnberg, und irgendwann hatte Fiona ihm das auf seine vorsichtige Nachfrage hin auch klipp und klar beschieden. »Träum weiter!«, hatte sie erklärt und sich dann sämtlichen vom Gatten vorgetragenen Argumenten unzugänglich gezeigt. Am Ende hatte er sich – ganz heimlich – eingestanden, dass er selbst sich durchaus, bei näherer Betrachtung, unter Einbeziehung sämtlicher Vor- und Nachteile, nun ja, doch einigermaßen arrangiert hatte. Das letzte Wort hatte Fiona ihm dann noch zugestanden – natürlich wieder ein Sinnspruch der Oma: »Aufgeschoben ist nicht aufgehoben.«

29. Juni

Kriminaloberkommissar Peter Hecht hatte Namenstag. Und im Unterschied zu den allermeisten Menschen im einst durch und durch katholischen Altbayern hielt Hecht große Stücke auf diesen Ehrentag. Mochten die Kollegen doch die Köpfe schütteln, diese vom Glauben abgefallenen Kameraden, von denen die meisten nicht einmal wussten, welcher Tag im Jahr denn ihrem Namenspatron gewidmet war: Nein, Peter Hecht war da noch vom alten Schlag. Und deswegen hatte er an diesem 29. Juni zwei Paar Weißwürste und drei Brezen mit ins Büro gebracht, dazu zwei Plastiktütchen mit süßem Senf.

»Fehlt bloß noch das Weißbier«, sagte Morgenstern. Mike Morgenstern war als Hechts Bürokollege als einziger Gast zu der Namenstagsprivatorgie eingeladen. Und das, obwohl auch er in Sachen Heiligenkalender gänzlich ahnungslos war.

»Kein Weißbier im Dienst«, sagte Hecht und zauberte als Alternative zwei Flaschen Paulaner-Spezi aus seiner Aktentasche. Die Würste erwärmte er in einem Wasserkocher, den er üblicherweise für seinen Kamillentee benötigte. Sorgfältig achtete er darauf, dass das Wasser nicht zu sieden begann und die dicht an dicht platzierten Weißwürste nicht etwa aufplatzten. »Die besten Weißwürste in der ganzen Region«, behauptete Hecht. »Natürlich von mir daheim, von meiner Stammmetzgerei in Schrobenhausen.«

Morgenstern schwieg aus Höflichkeit. Erstens, weil er als waschechter Nürnberger die südbayerische Leidenschaft für Weißwürste nicht teilte, sondern im Zweifelsfall immer Bratwürste bevorzugte. Zweitens, weil er wusste, dass die Menschen jenseits der Donau in blindem Lokalpatriotismus grundsätzlich die Würste ihres eigenen Sprengels für die besten von ganz Bayern, der Welt, der Galaxis und des Universums hielten. Er selbst konnte kaum einen Unterschied erschmecken, man hätte ihm wohl auch Weißwürste aus der Dose unterjubeln können.

Sie hatten gerade eben mit ihren Spezi-Flaschen auf Hechts Jubeltag angestoßen und dann mit dem Festmahl begonnen, als das Telefon läutete. »Da gehen wir jetzt nicht dran«, entschied Morgenstern mit vollem Mund und versuchte, das Läuten zu ignorieren. Schließlich lugte er doch aufs Display und erkannte die Nummer. »Verflixt, der Schneidt!«

Kriminaldirektor Adam Schneidt, ihr Vorgesetzter, wollte sie sprechen. Die beiden ließen den Chef eine Weile bimmeln, in der Hoffnung, das würde sich von selbst erledigen. Allerdings hatten sie dessen Hartnäckigkeit unterschätzt. Es klingelte und klingelte. Schneidt schien zu wissen, dass seine Untergebenen im Büro saßen.

Schließlich gab Morgenstern sich einen Ruck und hob den Hörer ab. »Morgenstern hier.«

»Ist der Hecht auch da?«, fragte Schneidt ohne Umschweife. Sein militärischer Tonfall ließ nichts Gutes ahnen.

»Ja, ich reiche Sie mal weiter.«

Hecht nahm den Hörer stirnrunzelnd entgegen und wischte sich mit dem Ärmel einen Klecks Händlmaier-Senf aus dem Mundwinkel. Er stellte das Telefon auf Lautsprecher um, damit Morgenstern mithören konnte.

»Herr Hecht, ich wollte Ihnen meine besten Glück- und Segenswünsche zum Namenstag aussprechen. Wie Sie wissen, bin ich ein Mann, der noch an den guten alten Traditionen festhält.«

Hecht fiel vor Überraschung der Hörer aus der Hand und natürlich geradewegs auf das Senfhäufchen im Teller.

»Das ist wirklich schön, dass Sie extra deswegen anrufen. Wir essen gerade ein paar Weißwürste. Zur Feier des Tages.«

»Dann essen Sie mal schön fertig, und danach kommen Sie beide bitte in mein Büro. Ich habe einen Spezialauftrag für Sie.«

»Um was geht es denn?«

Schneidt sagte nur ein Wort, bevor er auflegte: »Hollywood.«

Unter normalen Umständen hätte sich diese Rätselnuss nicht leicht knacken lassen. Aber hier war der Fall eindeutig. Seit Wochen war der Donaukurier voll mit Berichten über die Vorbereitungen für einen großen Kinofilm. Und in jedem zweiten Zeitungsbeitrag fiel das Wort Hollywood. Mal hieß eine Überschrift »Hollywood im Altmühltal«, mal war die Rede von einem »Hauch von Hollywood«, der in der Region zu erwarten sei, dann wieder ging es ganz konkret darum, dass der Regisseur und Filmproduzent Robert Neumayer, der »bekanntlich« die Hälfte des Jahres in Los Angeles und ansonsten in Berlin lebte, seiner alten Heimat die Ehre erweise und ihr mit einem internationalen Kinofilm »ein Denkmal aus Zelluloid« errichten wolle. Geplant war demnach ein Film des Genres »Mantel und Degen«, ausgestattet mit einem Budget von sechzig Millionen Euro. Der Titel stand schon fest: »Kettnerin«.

Mike Morgenstern selbst hatte all das nur am Rande mitverfolgt. Aber seine Frau Fiona hatte sich umso stärker damit beschäftigt und ihm immer wieder einmal Passagen aus der Zeitung vorgelesen.

Auch Peter Hecht war voll im Bilde. Während er sich ein Stück Wurst in den Mund schob, gefolgt von einem großen Stück Breze, erzählte er Morgenstern alles, was er dazu wusste. »Der Neumayer verfilmt so eine historische Geschichte. Da geht's um eine Frau aus der Gegend von Eichstätt, die sich irgendwann im 18. Jahrhundert als Mann ausgegeben hat und bei den Österreichern Soldat geworden ist.«

Morgenstern tippte sich ans Hirn. »So was kannst du auch bloß mit den Österreichern machen.«

»Spar dir deine Ösi-Witze«, beschied ihm Hecht. »Auf jeden Fall war diese Frau, Kettner hieß sie, ein richtiger Draufgänger, eine Kriegsheldin. Und als man ihr am Ende draufgekommen ist, dass sie eine Frau ist, hat die österreichische Kaiserin Maria Theresia sie ehrenhaft nach Hause entlassen. Kommt dir das irgendwie bekannt vor?«

Morgenstern dachte kurz nach, dann fiel der Groschen.

»›Mulan‹?«, fragte er. »Das hört sich an wie diese Disney-Geschichte aus China. Da war doch auch so eine Frau in der Armee.«

»Geeeenau«, sagte Hecht gedehnt. »Der Film über die Kettnerin soll jetzt die europäische Antwort auf ›Mulan‹ werden. Ein Blockbuster.«

»Mulan für Arme?«, fragte Morgenstern.

»Wenn für dich sechzig Millionen Euro Peanuts sind …«

»Und dieser Neumayer kommt tatsächlich aus der Gegend?«

»Wenn ich's dir sage: Der ist ein waschechter Eichstätter. Das ist ganz ähnlich wie früher beim Bernd Eichinger. Der war aus Rennertshofen und ist ein Weltstar geworden. Ich sag's immer: Die Provinz ist besser als ihr Ruf.«

»Vor allem, wenn man nicht mehr dort leben muss«, knurrte Morgenstern, der bei der Arbeit immer noch hartnäckig auf seinem Status als Nürnberger bestand.

»Der Neumayer hat sich einmal um Kopf und Kragen geredet. Als junger Mann hat er einem Radiosender gesagt, das Beste an Eichstätt wäre der Zug nach München. Das hängt ihm bis heute noch nach. Er nennt's eine Jugendsünde.«

Sie räumten ihre Teller zur Seite, tranken im Stehen ihre Flaschen leer und machten sich auf den Weg zu Adam Schneidts Büro. »Spezialauftrag«, murmelte Morgenstern.

Schon vor der Tür hörten sie leise Marschmusik. »Der Radetzkymarsch«, sagte Hecht kopfschüttelnd, bevor er anklopfte.

Kriminaldirektor Adam Schneidt saß an seinem Schreibtisch, aus einem kleinen, billigen CD-Spieler dröhnten die berühmt-schmissigen Klänge von Johann Strauss. Schneidt dirigierte mit der rechten Hand lässig mit. Er trug – Morgenstern traute seinen Augen nicht – eine uralte dunkelblaue Uniformjacke. Die hatte eindeutig nichts mit Polizeitradition zu tun, sondern erinnerte am ehesten an den Kölner Karneval. Der Chef nickte den beiden Kommissaren kurz zu und beschied ihnen, auf seinem Sofa Platz zu nehmen. Da saß auch schon eine Kollegin, mit der sie in den vergangenen Jahren schon mehrfach zusammengearbeitet hatten: Antonia Grabsky.

Hecht und Morgenstern quetschten sich rechts und links zu ihr auf die speckige, durchgesessene Couch und harrten der Dinge. Grabsky, etwa dreißig Jahre alt, schien bisher ebenso wenig zu wissen wie sie.

Endlich war der Marsch zu Ende. Schneidt schaltete den CD-Player aus, dehnte und reckte sich auf seinem Stuhl und sagte: »Das war halt noch Musik!« Dann stand er auf und präsentierte sich samt seiner Uniformjacke in voller Größe. »Da staunen Sie, was!«, sagte er stolz und setzte sich wieder.

»In der Tat«, sagte Morgenstern. »Üben Sie für die Ingolstädter Faschingsgesellschaft Narrwalla?«

»Morgenstern, Sie werden sich mit Ihrer frechen fränkischen Schnauze noch einmal richtig Ärger einhandeln.« Schneidt winkte ab. »Diese Jacke ist ein Original aus dem Fundus unseres Bayerischen Armeemuseums hier in Ingolstadt. Wie Sie wahrscheinlich nicht wissen, bin ich ein maßgeblicher Unterstützer unseres Museums, seit vielen Jahren Mitglied im Verein der Museumsfreunde. Das eröffnet mir, uns, gewisse Möglichkeiten.«

Morgenstern quetschte sich auf dem engen Sofa in die Ecke, um den Körperkontakt zu Kollegin Grabsky aufs Unvermeidliche zu reduzieren. »Ist Ihnen die Uniform der bayerischen Polizei nicht schick genug?«, forschte er nach.

Schneidt hob mahnend den Finger: »Morgenstern, ich hätte manchmal gute Lust, Sie in den Streifendienst zu versetzen. Dann können Sie den ganzen Tag in Uniform durch die Stadt laufen. Eine Uniform, die ich in der Tat sehr schätze. Im Vergleich zu unserer früheren grünen Kleidung ist das neue Blau doch ein ästhetischer Quantensprung. Das habe ich auch schon unseren Innenminister wissen lassen. Aber warum ich Sie hergebeten habe: Morgen beginnen die Dreharbeiten für die ›Kettnerin‹. Ich selbst und meine Freunde vom Armeemuseum unterstützen die Arbeiten logistisch, im Rahmen unserer bescheidenen Möglichkeiten. Aber das nur am Rande. Jedenfalls bin ich in Kontakt mit unserem Regisseur und Produzenten Robert Neumayer.«

»Echt?«, platzte Antonia Grabsky heraus.

Schneidt lächelte geschmeichelt. »Natürlich, Frau Grabsky. Bei Dreharbeiten dieses Kalibers geht es nicht ohne die Polizei. Das muss alles seine Ordnung haben. Da braucht man Sondergenehmigungen, Verkehrssperrungen und vieles mehr. Aber wir tun das natürlich gerne: Wie Sie wissen, ist der Freistaat Bayern nicht zuletzt Filmland. Ich sage nur –«

»Laptop und Lederhose?«, schlug Morgenstern vor und verdrehte dazu die Augen.

»Sie haben es erfasst, Morgenstern. Es ist das erklärte Ziel unserer Staatsregierung, Bayern als Standort einer florierenden Filmbranche zu festigen. Da gibt es klare Anweisungen von ganz oben.«

Schneidt war erneut aufgestanden, in seiner Uniformjacke wirkte er nun wie ein General zu Beginn einer Schlacht. Er deutete auf die große Landkarte, die an der Wand hinter seinem Schreibtischstuhl hing und die ganze Region Ingolstadt, aber ganz knapp auch noch die umliegenden Großstädte München, Nürnberg, Regensburg und Augsburg umfasste.

Mit einem Kugelschreiber wies er auf Eichstätt, Ingolstadt, Weißenburg und Neuburg und kündigte an: »Wir werden hier, im Herzen Bayerns, Filmgeschichte schreiben. Ich bin sicher, dass das neue Werk von Herrn Neumayer erst der Anfang sein wird. Der Grundstein. Wenn den Filmleuten erst einmal klar wird, was wir hier zu bieten haben, dann geben sich bei uns die Filmteams die Klinke in die Hand. Das habe ich alles auch schon dem Kultusminister gesagt.«

Morgenstern staunte wieder einmal, wie gut vernetzt sein Vorgesetzter war. Er hegte allerdings gewisse Zweifel, ob die Kontakte tatsächlich so eng waren, wie Schneidt das nur allzu gern schilderte.

Hecht räusperte sich schließlich: »Ähem, Herr Schneidt. Das ist alles hochinteressant. Aber wir würden nun doch wissen wollen, welchen Auftrag Sie ganz konkret für uns drei haben.«

»Ach so?« Schneidt runzelte die Stirn. Es sah so aus, als ob er bei seinem staatstragenden Kurzvortrag ungern unterbrochen werden wollte. »Nun gut: Robert Neumayer hat sich mit einer heiklen Information an uns gewandt, an den Polizeipräsidenten. Es geht um die Hauptdarstellerin. Die Darstellerin der Soldatin Kettner.«

»Luzie Petterson«, sagte Antonia Grabsky.

»Genau diese«, bestätigte Schneidt. »Frau Petterson lebt und arbeitet überwiegend in London, aber nun ist sie für mehrere Drehtage bei uns, im Altmühltal, in Eichstätt.«

»Luzie Petterson«, wiederholte Hecht.

»Richtig«, bestätigte Schneidt.

»Und wo ist das Problem?«, fragte Morgenstern ungeduldig.

Schneidt schwieg für einen Moment, als billige Möglichkeit, die Spannung zu erhöhen und gleichzeitig seinen Informationsvorsprung auszukosten. Er atmete demonstrativ aus.

»Frau Petterson braucht einen unauffälligen Personenschutz. Nach Möglichkeit rund um die Uhr. Und ich sage Ihnen auch, warum: Es gibt einen Mann, der Frau Petterson seit zwei Jahren stalkt. Wir wissen nicht, wer er ist, aber es war in der Vergangenheit mindestens einmal schon ganz knapp, da ist er ihr in jeder Hinsicht zu nahe gekommen. Das war bei Dreharbeiten in Hamburg, vor einem Jahr. Nachts ist er in ihr Hotelzimmer eingedrungen und wollte sich zu ihr ins Bett legen. Getarnt mit einer Sturmhaube. Es ist ihr gelungen, ihn mit Geschrei zu verjagen, aber seither hat sie panische Angst vor diesem Mann.«

»Ist es seit zwei Jahren derselbe?«, fragte Morgenstern.

»Sieht so aus. Es gibt auch Briefe von ihm, widerwärtige Liebesbriefe.« Schneidt malte beim Wort »Liebesbriefe« mit den Händen Anführungszeichen in die Luft. »Die Kripo in Hamburg ermittelt federführend, aber bisher tappen die Kollegen im Dunkeln. Ich bin mit ihnen in Kontakt, und sie warnen dringend davor, diesen Menschen zu unterschätzen.«

»Ist ja super«, sagte Morgenstern. »Wir drei müssen jetzt sieben Tage lang Wache schieben. Gibt's da niemand anderen, der das machen kann? Ich meine: Wir sind hier immerhin von der Mordkommission, und soweit ich das überblicke, gibt es bisher weder Mord noch Totschlag. Bloß Stalking. Wenn ich allein an meine Überstunden denke ...«

Schneidt warf Morgenstern einen vernichtenden Blick zu. »Sie wollen sich also drücken!«

»Ach nö, ich denke nur, dass es junge Kolleginnen und Kollegen gibt, die für so eine Aufgabe besser geeignet sind. Oder noch viel besser wäre, Frau Petterson engagiert sich eine Security-Firma, so richtige Bodyguards. Ich habe da mal einen Kinofilm gesehen, ich glaube mit Whitney Houston und ...«

»... Kevin Costner«, vervollständigte Antonia Grabsky mit einem seltsam romantischen Gesichtsausdruck.

Adam Schneidt, jetzt wieder ganz der General, schnitt den beiden das Wort ab. »Ich habe mir das alles schon überlegt: Sie beide, Herr Hecht und Herr Morgenstern, stehen in zweiter Reihe. Sie halten einfach ein bisschen die Augen offen. Wie Sie das anstellen, ist Ihre Sache. Die eigentliche Arbeit macht Frau Grabsky. Sie wird sich sozusagen von Frau zu Frau persönlich um Frau Petterson kümmern.«

Antonia Grabsky schaute fassungslos in die Runde. »Ich soll ...«, stotterte sie, »ich darf ... mehrere Tage?«

Schneidt nickte gönnerhaft. »Ich war so frei, Frau Grabsky, Sie bereits entsprechend anzukündigen. Sie werden von Frau Petterson mit offenen Armen empfangen. Ihr Auftrag ist, ihr nach Möglichkeit nicht von der Seite zu weichen. Stellen Sie sich einfach vor, Sie wären ihre persönliche Assistentin.«

Antonia Grabsky hielt es für den Moment nicht mehr auf dem Sofa. Sie machte einen begeisterten Juchzer, sprang auf, und es schien fast so, also wolle sie Kriminaldirektor Adam Schneidt vor Freude umarmen. Dann überlegte sie es sich anders und umarmte stattdessen erst Morgenstern und dann Hecht. Letzterer bekam sogar einen dicken Kuss auf die Backe – woraufhin er augenblicklich errötete.

Als sich die Lage einigermaßen beruhigt hatte, erklärte Schneidt alles Weitere. Die Dreharbeiten würden bereits am nächsten Morgen beginnen, für Luzie Petterson sei ein Zimmer im Hotel Adler mitten am Eichstätter Marktplatz reserviert, Antonia Grabsky bekomme den Raum direkt gegenüber, um der Schauspielerin zu jeder Zeit so nah wie möglich zu sein. Die Filmcrew habe fast das gesamte Hotel gebucht und sich zudem auch in einem modernen Hotel auf der anderen Altmühlseite einquartiert. Außerdem gebe es noch eine Reihe von Wohnmobilen, die auf dem Großparkplatz am Freiwasser, ebenfalls direkt am Fluss, Aufstellung beziehen würden. »Mitten im Sommer hat die Stadt nicht so viele Zimmer frei«, erklärte Schneidt. »Das wird mühsam genug werden, die ganzen Touristen auf Abstand zu halten.«

Er kramte nach einem Schnellhefter und überreichte ihn Morgenstern. »Hier haben Sie den gesamten Zeitplan für die Dreharbeiten, samt allen Orten.«

Morgenstern warf einen Blick auf den Ordner. »Auf der Willibaldsburg geht's los, wie schön.« Er las vor: »Fechtszene im Innenhof des Gemmingenbaus der Burg, langsame Verlagerung ins Gebäude, über Treppenstufen bis zum sogenannten Tiefen Brunnen.«

»Und was machen wir da?«

»Sie beide halten sich diskret im Hintergrund und passen auf, dass niemand stört. Wir alle erwarten, dass sich unsere Region im besten Licht zeigt.«

»Im Rampenlicht«, sagte Hecht.

»Endlich mal«, sagte Schneidt. »Bis heute waren wir eine unterbelichtete Region. Aber das werden wir ändern.«

»Sie klingen wie ein Tourismusmanager«, sagte Morgenstern. »Fehlt bloß noch, dass Sie eine Anstellung beim Naturpark Altmühltal kriegen. Als Naturpark-Ranger oder so …«

»Für einen guten Zweck tue ich alles«, gab Schneidt zurück und strich über seine Uniformjacke. »Wussten Sie übrigens, dass unser Ministerpräsident ein Fan von Regisseur Neumayer ist?«

»Kommt der am Ende auch noch vorbei?«, fragte Morgenstern ins Blaue hinein.

»Dazu kann ich nichts sagen. Dazu darf ich nichts sagen«, meinte Schneidt mit bedeutungsschwerem Blick – und hatte damit natürlich die Antwort schon gegeben.

Am nächsten Morgen trafen sich Hecht und Morgenstern schon um acht Uhr in einem der Eichstätter Bäckerei-Cafés am Marktplatz auf einen schnellen Kaffee. Morgenstern hatte von seiner Wohnung aus einen kurzen Weg, Hecht war von Schrobenhausen herübergefahren. »Im Donaumoos hat's einen höllischen Nebel«, sagte er. »Aber im Altmühltal scheint mal wieder die Sonne. Gut fürs Filmteam. Hast du schon was von der Crew gesehen?«

Morgenstern deutete auf den Platz, in dessen Mitte der Bistumsheilige Willibald segnend auf einem großen plätschernden Brunnen aus Jura-Marmor stand. Fahrradtouristen standen herum und machten Fotos, und mitten unter ihnen stand Antonia Grabsky, ihre Kollegin. »Die Grabsky ist jedenfalls schon da«, sagte er und winkte.

Hecht grinste. »Das ist mal wieder typisch Morgenstern. Klar steht da unsere liebe Kollegin – aber die Frau links daneben, die kennst du nicht, oder?«

»Äh ...«

»Luzie Petterson. Bekannt aus Funk und Fernsehen. Mann, Mike, du bist als Personenschützer echt ein Totalausfall, ob du nun in der ersten, zweiten oder zehnten Reihe stehst.«

Morgenstern kniff die Augen zusammen. Tatsächlich: Da stand neben Antonia Grabsky eine blonde, schmale, gut aussehende Frau mit markanter spitzer Nase, und sie trug irgendeine Art von historischer Uniform.

»Ja logisch«, log Morgenstern, »das sieht ja ein Blinder mit Krückstock, dass das die Petterson ist.«

Hecht sah seinen Kollegen schief von der Seite an. »Du kennst sie überhaupt nicht, gib's ruhig zu. Du bist wirklich ein Banause.«

»Und wenn schon. Ist wahrscheinlich besser für meine professionelle Distanz. Für mich würde es jedenfalls keinen

Unterschied machen, ob da die Grabsky vor der Kamera steht oder die Petterson …«

»Banause!«, wiederholte Hecht und stutzte dann. »Seltsam«, sagte er. »Auch wenn du keine Ahnung von Tuten und Blasen hast: Mit dem blonden Pferdeschwanz und der spitzen Nase sieht Kommissarin Grabsky ihr wirklich ein bisschen ähnlich.« Hecht knipste für einen winzigen Moment ein kleines Lächeln an, ließ es aber sofort wieder erlöschen.

Ein Wagen fuhr am Marktplatz vor, eine Audi-Limousine. Die Frauen stiegen ein und fuhren davon. Zur Willibaldsburg. Die beiden Oberkommissare tranken ihren Kaffee aus und folgten ihnen wenig später.

Die Willibaldsburg war eine riesige, lang gestreckte Anlage auf einem Bergsporn, der in kühnem Bogen von der Altmühl umflossen wurde. Einst war die Burg mit dieser Lage ziemlich uneinnehmbar gewesen, zumal ihr riesige Bastionen aus der Renaissancezeit vorgelagert waren. Den Eingang zum Burgkomplex bildete ein schier endloser gepflasterter Tunnel, an dessen Ende sich eine weite, überwiegend als Parkplatz genutzte Fläche anschloss. Der Parkplatz war an diesem Morgen gefüllt mit einer ganzen Flotte von Lastwagen und sonstigen Lieferfahrzeugen. Robert Neumayers Filmkarawane hatte hier für diesen Vormittag ihr Lager aufgeschlagen.

Mit einiger Mühe fand Hecht einen Stellplatz für seinen Dienstwagen. Auf der ganzen Fläche herrschte Gewusel – Menschen gingen mit wichtiger Miene hin und her, schleppten Kabel, Scheinwerfer und Metallteile unklarer Bestimmung zu einer riesigen, zehn Meter hohen Mauer, hinter der sich das zentrale Burggebäude versteckte. Ein Tor führte hindurch, und die beiden Kommissare kamen in einen Renaissance-Innenhof, wie man ihn allenfalls im Florenz der Medici erwartet hätte, nicht aber in einem Städtchen im Altmühltal.

Morgenstern wusste von einem früheren Burgbesuch mit seiner Familie, dass hier das Jura-Museum beheimatet war, eine weltberühmte Ausstellung von Fossilien, die in der unmittelbaren Umgebung gefunden worden waren, einschließlich eines Exemplars des Urvogels Archaeopteryx. Außerdem fand sich im selben Komplex auch noch ein weiteres Museum – das Museum für Ur- und Frühgeschichte, das sich unter anderem mit den Römern im Altmühltal befasste, aber auch mit dem Originalskelett eines Mammuts aufwarten konnte. Und nicht zuletzt gehörte zu diesem Museum des Historischen Vereins Eichstätt auch der »Tiefe Brunnen«, erreichbar über eine eigene Tür, von der aus man eine Treppe in einen großen Raum hinabsteigen musste. Morgensterns Söhne Bastian und Marius hatten sich damals einen Spaß daraus gemacht, durch ein dickes stählernes Sicherheitsgitter in den Brunnen hinabzuspucken. Es hatte lange gedauert, bis in der Tiefe ein kleines Platschen zu hören war: Der Brunnen war über fünfundsiebzig Meter tief.

Im Renaissance-Hof waren sämtliche Hinweise auf die beiden Museen vom Filmteam abgeschraubt oder mit unauffälligen Laken abgehängt worden. Quer durch den Hof hatte man einen Schienenstrang gelegt, auf dem bereits eine fahrbare Kamera platziert war. Überall standen Schauspieler in Uniformen herum, ausgestattet mit Degen und altertümlichen Musketen. An einer der Wände waren mehrere roh zusammengezimmerte Obst- und Gemüsestände aufgebaut wie bei einem Wochenmarkt. Wacklige Leitern lehnten an Mauern. Quer über den Hof war – warum auch immer – eine endlose Wäscheleine gespannt. Daran flatterten blütenweiße Bettlaken, Unterwäsche von grotesker Größe, Hemden und Hosen. Alles in Weiß. Morgenstern fühlte sich an die uralte Werbekampagne für das Waschmittel »Weißer Riese« erinnert, bei der dem Fernsehzuschauer bildhaft gezeigt wurde, wie endlos viel Wäsche sich mit einer einzigen Packung dieses Wundermittels porentief reinigen ließe.

Er wandte sich an einen der Musketiere: »Wo finden wir denn den Herrn Neumayer?«

Der Soldat Ihrer Majestät, der Kaiserin Maria Theresia – oder wessen Untertan auch immer –, deutete auf eine Tür in der Ecke des Hofs. »Die sind da unten, beim Brunnen. Aber stören Sie bloß nicht – da ist purer Stress. Wie immer halt. Das wird heute ein ganz aufwendiger Take. Der Neumayer steht total unter Strom.«

Was der Soldaten-Darsteller damit gemeint hatte, hörten die Kommissare schon, als sie am Eingang zum Brunnenraum standen. Mit lauter Stimme gab Robert Neumayer Anweisungen, eher schon Befehle, an sein Team. Irgendetwas mit der Beleuchtung des ziemlich düsteren Gewölbes schien ihm noch nicht zu passen. Hecht und Morgenstern gingen hinein.

Es drängten sich überraschend viele Menschen rund um das zentrale Bauwerk in diesem Raum: den über drei Meter breiten Brunnenschacht. Im Hintergrund erkannte Morgenstern eine hölzerne Konstruktion, ein mittelalterliches Tretrad mit einem endlos langen Seil: ein Hamsterrad für Menschen. Damit hatten wohl irgendwelche armen Menschen in mühsamer Plackerei einst Wassereimer aus der Tiefe heraufbefördert, vielleicht hatte man aber auch einen Esel verwendet.

Regisseur Neumayer war unschwer zu erkennen: Er trug eine olivgrüne Militärjacke und eine Art Cowboyhut, dazu Jeans und Converse-Turnschuhe. Der Mann war etwa fünfundfünfzig Jahre alt, schmal, hager, mit faltigem, braun gebranntem Gesicht. Er warf Hecht und Morgenstern einen skeptischen Blick zu, weil die beiden sich neugierig umblickten.

»Und wer bitte schön sind jetzt Sie beide?«, fragte er mit einem Ton, der alles andere als freundlich klang. »Sind wir hier nicht schon genug Leute, die sich gegenseitig auf den Zehen rumlatschen?«

Hecht räusperte sich, ging zu Neumayer und flüsterte ihm ins Ohr, wer sie waren. Neumayer schien einen Moment lang zu erstarren, aber dann erfasste er die Lage: Die Polizei kam ihrer vornehmsten Pflicht nach: für Sicherheit zu sorgen.

»Braucht ja nicht jeder zu wissen, dass wir hier im Auftrag von Kriminaldirektor Schneidt ein bisschen die Augen aufhalten sollen«, erklärte Hecht im Wisperton.

»Schneidt?«, fragte Neumayer laut. »Welcher Schneidt? Kenne ich nicht!«

Morgenstern konnte sich ein extrabreites Grinsen nicht verkneifen. Da hatte ihr Chef seine Wichtigkeit wohl wieder einmal deutlich überschätzt. Die galt anscheinend nur in seinem überschaubaren Ingolstädter Reich.

Der Regisseur hatte sich direkt an den Polizeipräsidenten gewandt, der hatte die Sache an Schneidt delegiert, und dann hatten die beiden wohl ein- oder zweimal kurz telefoniert. Jedenfalls hielt Neumayer die Anwesenheit von zwei Vertretern der Staatsgewalt unter den gegebenen Umständen für überflüssig, und das machte er ziemlich unmissverständlich klar. »Alles schön und gut, aber jetzt gehen Sie beide bitte einfach nach oben und lassen uns hier unsere Arbeit machen. Zeit ist Geld.«

Hecht, der mit einer solchen Abfuhr nicht ansatzweise gerechnet hatte, setzte beleidigt zum geordneten Rückzug an.

Von »geordnet« konnte freilich schon drei Sekunden später keine Rede mehr sein, denn beim Zurückweichen stolperte Hecht über ein dickes Stromkabel, das nachlässig am Boden verlegt war. Er geriet ins Straucheln, taumelte, ruderte mit den Armen und konnte sich gerade noch am gut einen Meter hohen Brunnenrand abfangen.

Glück gehabt, dachte Morgenstern, der die tollpatschige Aktion seines Kollegen verfolgt hatte. Aber dann sah er, dass ein grober hölzerner Eimer, der auf dem Brunnenrand stand, durch eine Berührung des Kollegen ins Wanken geraten war. Der Behälter, befestigt an dem endlosen Seil des »Hamsterrads«, kippelte mehrmals hin und her. Auch Hecht sah das nun und unternahm den Versuch, das Schöpfgerät mit einem beherzten Griff zur Ruhe zu bringen.

Leider bewirkte er exakt das Gegenteil. Der sonst so besonnene Kollege war durch den Anpfiff des Regisseurs wohl ein wenig aus der Ruhe gebracht worden, denn in der Hektik brachte Hecht den Eimer jetzt erst recht in Schieflage. Wie gebannt blickten alle im Raum auf den Brunnen, und Morgenstern wunderte sich einen Moment lang, warum es für diesen kleinen Vorfall gar so viel Aufmerksamkeit gab. Erst dann wurde ihm klar, dass für die Dreharbeiten das stählerne Gitter über dem Schacht abgenommen worden war. Und nun stürzte der Eimer, zu allem Überfluss randvoll mit Wasser gefüllt, holterdiepolter in die schier endlose Tiefe, hinter sich das Tau, das den Sturz nicht abfing.

Hecht, Morgenstern und mehrere andere beugten sich über den Brunnenrand, blickten hinab in die Finsternis. Es dauerte mehrere Sekunden, bis der Eimer unten im Wasser aufschlug – mit einem überraschend dumpfen Plumpsgeräusch.

Morgenstern hatte einen Moment lang ein Déjà-vu: Ihm war so, als habe er diese Szene schon einmal erlebt. Da fiel es ihm wieder ein. Im Film »Herr der Ringe« hatte der tollpatschige Hobbit Pippin genau solch einen Eimer versehentlich in einen tiefen Brunnen geschubst – und damit die Schrecken der Finsternis herbeigerufen.

Morgenstern spürte, wie er am ganzen Körper fröstelte. Das mochte vielleicht auch daran liegen, dass es hier in der Brunnenkammer verflixt kalt war. »Alberne Assoziationen«, schalt er sich selbst. Dann sah er, dass rechts an der Mauer ein Knopf war, und er erinnerte sich wieder. Das war der Schalter für eine Lampe auf halber Höhe des Brunnenschachts.

Er drückte den Knopf – und tatsächlich ging ein Licht an. In der Tiefe lag im Wasser der Eimer. Man musste ihn einfach nur wieder heraufziehen. Morgenstern griff nach dem Seil, um sich irgendwie nützlich zu machen, und begann zu ziehen. »Wir bringen das gleich wieder in Ordnung«, sagte er in die Runde und nickte Hecht zu. »Nun pack schon mit an, Spargel!«

»Soll ich in die Tretmühle?«, fragte Hecht, ohne sich – ganz gegen seine Art – über die Verwendung seines ungeliebten Spitznamens zu echauffieren.

»Hilf einfach ziehen …«

Doch einfach war hier gar nichts, wie sehr sich die beiden Männer auch mühten. Der Eimer hatte sich an irgendwas da unten verheddert. »Weiß der Himmel, was die im Laufe der letzten Jahrhunderte da runtergeschmissen haben«, stöhnte Morgenstern. Er wollte fast schon aufgeben, beugte sich aber noch einmal über den Brunnenrand. Vielleicht war da unten ja was zu erkennen.

Eine Zehntelsekunde lang hatte er den schauderhaften Eindruck, da habe sich eine Hand aus dem dunklen Wasser gehoben. Dann ging das Licht, das über eine Zeitschaltuhr auf ganz kurze Dauer getaktet war, aus. Morgenstern taumelte zurück.

»Ich sehe zu viele gruselige Filme«, murmelte er. Er drückte noch einmal den Lichtknopf, beugte sich wieder über den Brunnen, während Hecht nach wie vor am Seil zerrte. Nun sah er es relativ deutlich: Da unten hing ein menschlicher Körper. Wenn wir Glück haben, ist es eine Puppe, dachte er.

Weitere Sekunden später war klar: Es war nicht sein Glückstag.

Denn auch die anderen sahen nun, was Morgenstern sah. Hecht hielt tapfer weiter das Seil fest, obwohl er noch nicht wusste, was in der Tiefe zu sehen war.

»Da ist eine Leiche«, riefen mehrere der Filmleute durcheinander.

Hecht sah Morgenstern an: »Wirklich? Oder ist das eine Requisite?«

Regisseur Neumayer stürzte nun gleichfalls zum Brunnenrand. »Was ist da los?«, fragte er. »Was gibt's da zu gaffen?«

Wieder ging das Licht aus, wieder drückte Morgenstern auf den Einschaltknopf. In diesem Moment gab es einen Platsch, der Körper rutschte vom Eimer und tauchte komplett ab. Auch Hecht ließ nun das Seil zu Boden fallen. Hier ging es nicht mehr um irgendeinen alten Eimer.

»Eine Leiche«, stotterte einer der Augenzeugen vom Filmset.

»Ein Beleuchter! Wir brauchen ordentliches Licht!«, kommandierte Neumayer.

Keine Minute später war der kreisrunde Brunnenschacht in das gleißende Licht eines professionellen Arri-Scheinwerfers getaucht. Das Wasser unten war brackig. Gewiss hatten Generationen von Eichstätt-Besuchern nach Touristenart zum Spaß Müll aller Art hinabgeworfen, um es plätschern zu hören. Wahrscheinlich lagen auch jede Menge Münzen im Wasser, ein kleines Vermögen, versenkt in der abergläubischen Hoffnung, dass es Glück bringe. Jedenfalls war das Wasser da unten trüb wie ein Altmühltaler Nebeltag. Nur mit viel Phantasie konnte man erahnen, dass da ein Körper lag.

Morgenstern stellte sich direkt neben Neumayer. »Wann ist das Schutzgitter abgeschraubt worden? Wissen Sie das?«

»Ich glaube, gestern Mittag«, sagte er. »Eigentlich war da als Ersatz ein Netz angebracht. Das war so ausgemacht. Das ist hier alles für das Finale einer dramatischen Fechtszene vorbereitet. Die wollen wir heute Vormittag noch abdrehen.«

»Daraus wird wohl nichts werden«, entschied Morgenstern. »Wir müssen das jetzt klären, und zwar sofort.«

Er holte sein veraltetes Handy aus der Brusttasche seiner Jeansjacke, stellte fest, dass er hier – natürlich – keinen Empfang hatte, eilte nach oben in den Innenhof der Burg und rief von dort aus bei der Polizeiinspektion Eichstätt an. Bei Inspektionsleiter Manfred Huber, der zum Glück auch da war.

Wenig später setzte sich – mit tüchtig Tatütata – eine Rettungsmaschinerie in Gang – wobei keiner ernsthaft damit rechnen durfte, dass hier noch jemand zu retten war. Wer immer in den knapp achtzig Metern Tiefe lag, befand sich da schon seit Stunden. Denn die Filmcrew war, wie Regisseur Neumayer schilderte, schon seit dem Morgen um fünf Uhr auf der Willibaldsburg zugange. Vom Team aber fehle dem ersten Eindruck nach niemand.

Kurz darauf standen auch schon zwei Sanitäter an der Eingangstreppe, und ihnen auf dem Fuß folgten ein Dutzend Mitglieder der Freiwilligen Feuerwehr Eichstätt, hinter denen sich wiederum ein Trupp des Technischen Hilfswerks drängte – der Katastrophenschutz also.

Morgenstern klatschte mehrmals in die Hände, damit alle

auf ihn hörten, stellte sich und Peter Hecht ebenso knapp wie offiziell als zwei mehr oder weniger zufällig anwesende Kriminalkommissare vor, dann schickte er die gesamte Filmcrew einschließlich Regisseur nach oben. »Hier ist mindestens bis heute Mittag Sperrzone«, legte er fest. »Alles, was Sie bis dahin brauchen, nehmen Sie jetzt mit. Bis auf den Scheinwerfer. Den benötigen wir hier.«

Der Beleuchter wollte kurz aufbegehren, aber Neumayer gab ihm mit einer einzigen knappen Handbewegung zu verstehen, dass er besser den Anweisungen dieses Mannes in Jeansjacke und Cowboystiefeln folgen solle.

Fast schon im Gänsemarsch zogen ein Dutzend Filmleute ab. Kopfschüttelnd. Die Mehrzahl von ihnen, so schien es Morgenstern, hatte den Ernst der Lage noch nicht verstanden und ging fest davon aus, dass das alles nur ein Missverständnis war, das sich in Kürze zur allgemeinen Erheiterung aufklären würde. Das Prinzip Hoffnung gehörte bei den oft chaotischen Filmarbeiten ganz gewiss zum Standardequipment, dachte er. Aber er hatte den Körper da unten mit eigenen Augen gesehen – wenn auch nur für einen Augenblick.

Allen Rettern und Helfern gruselte es, als sie in die Tiefe blickten. »Kann man da runter?«, fragte der Feuerwehrkommandant ratlos. »Vielleicht haben sich da irgendwelche Gase angesammelt.«

Also schafften ein paar Feuerwehrleute einen Entlüftungsapparat herbei, einen Kasten mit Ventilator, mit dem üblicherweise verrauchte Gebäude begehbar gemacht wurden – Morgenstern hatte zuvor allen Ernstes vorgeschlagen, an einer langen Schnur eine brennende Kerze hinabzulassen, um zu sehen, ob es genügend Sauerstoff gab. »So hat man das vielleicht im 18. Jahrhundert in irgendwelchen Bergwerken gemacht«, beschied ihm der Kommandant.

Die Männer vom THW bereiteten derweil aus Stahlrohren und einer schweren Metallrolle eine Konstruktion vor, ein großes Dreibein, an dem sich einer von ihnen sicher hinabseilen konnte. Das dauerte eine ganze Weile, während der sich

Morgenstern fragte, ob man nicht einfach eine Art XXL-Angelhaken an einem Seil hätte nach unten senken sollen, um den Körper an irgendeinem Kleidungsstück sicher zu fassen zu bekommen und dann nach oben ziehen zu können. Das hätte schließlich beinahe schon mit dem simplen Eimer geklappt. Aber das THW-Team war nicht zu bremsen. Mehr noch: Die Männer waren in beträchtlicher Sorge, dass demnächst auch noch die Dollnsteiner Bergwacht auftauchen und ihnen den seltenen Bergungsauftrag abnehmen könnte. Tatsächlich gab es wegen der zahllosen spektakulären Kletterfelsen westlich von Eichstätt, bei Dollnstein und Konstein, eigens eine Bergwacht, die immer wieder Verunglückte aus unwegsamem Gebiet zu retten hatte. Die hätte den THWlern hier gerade noch gefehlt.

Als die Konstruktion endlich stand und die Beleuchtung perfektioniert war (natürlich hatten sowohl Feuerwehr als auch THW darauf bestanden, dass die sündteure Arri-Lampe hier nicht den gebotenen professionellen Standards entspräche), ließ sich einer der Männer in einer dunkelblauen Wathose und Helm an einem Seil in den Brunnen senken.

Alle hielten den Atem an. Nur Morgenstern fragte in die Stille hinein: »Wie tief ist das Wasser da unten überhaupt?« Die Frage blieb unbeantwortet, während es Meter für Meter hinabging. Die Wände des Brunnens waren zum Teil gemauert, teils aber bestanden sie einfach aus glattem, blank poliertem Fels.

Endlich war der THW-Mann an der Wasserlinie angekommen. Er tauchte mit beiden Beinen ein und stand schließlich am Grund. Als erster Mensch seit Jahrzehnten. Das Wasser war nur etwa einen Meter tief.

»Ich hab sie!« Wie aus einer anderen Welt tönte seine Stimme nach oben. Der Mann zog einen Körper vom Grund. »Eine Frau!«, rief er. »Es ist eine Frau!«

Irgendwie schaffte es der Mann im Lauf der nächsten fünf Minuten, das Opfer mit einem kurzen Seil und verschiedenen Karabinern an seinem eigenen Klettergurt zu befestigen. Dann gab er aus der gespenstischen Unterwelt das Kommando, ihn nach oben zu hieven.

»Eigentlich gibt's für so was ja eine Trage«, hörte Morgenstern von hinten einen THWler murren. Aber das hier war keine Übung, bei der es um Perfektion ging, sondern um eine rasche Bergung. Keine zwei Minuten später waren die Frau und der völlig durchnässte THW-Mann wieder an der Oberfläche.

Die Lampen des Filmteams und der Feuerwehr tauchten den Raum in gleißendes Licht. Zwei Rettungssanitäter legten die Frau auf eine Trage, einer von ihnen kontrollierte Puls und Herzfunktion. Eine überflüssige Maßnahme. Denn jeder konnte sehen, dass diese Frau schon seit Stunden tot war. Sie war etwa Mitte fünfzig, hatte ein freundliches, breites Gesicht, kurzes, dunkles Haar, das zu zwei auffälligen Zöpfen auslief, trug eine grüne Latzhose und dazu ein Ringel-T-Shirt.

Schweigend standen die Helfer um die Trage, bis der Feuerwehrkommandant ein Gebet, ein Vaterunser, sprach, an dem sich murmelnd alle anderen beteiligten.

Morgenstern stellte schließlich die entscheidende Frage: »Kennt jemand von Ihnen diese Frau?«

Gleich mehrere der Umstehenden nickten. Morgenstern fiel auf, dass mit Ausnahme einer Sanitäterin ausschließlich Männer den weiblichen Leichnam umringten.

»Wer ist es?«

Die Sanitäterin übernahm die Antwort, auch wenn es ihr sichtlich schwerfiel. »Das ist Klara Brandl. Hier aus Eichstätt. Wir kennen sie wahrscheinlich alle.«

Peter Hecht hatte bereits seinen edlen Montblanc-Füller und ein Notizbuch hervorgezogen und notierte mit.

»Und wer ist Frau Brandl, was macht die? Wie kommt die hierher?«, wollte Morgenstern wissen.

»Brandl macht hier in der Stadt alles Mögliche mit Kultur. Theater, Kabarett, sie organisiert Konzerte …«

»Aber was macht sie hier?«, fragte Hecht.

»Das könnte Ihnen am ehesten der Herr Neumayer sagen«,

schaltete sich der Feuerwehrkommandant ein, ein Mann mit wachen Augen und dickem Schnauzbart. »Wir von der Feuerwehr haben das natürlich mitbekommen, weil wir für die Absicherung der Drehorte mitverantwortlich sind.«

»Ja und?«, fragte Morgenstern.

»Frau Brandl hat Drehorte ausgesucht. Für den Film. Sie kennt sich hier in der Gegend unheimlich gut aus. Und jetzt war sie … ich glaube, das heißt Scout.«

»Location Scout«, sagte ein junger Feuerwehrmann – wobei er sich mit der Aussprache des Worts »Location« ziemlich mühte.

»Hat sie Familie?«

»Nicht dass ich wüsste«, sagte der Kommandant. »Verwandtschaft schon, aber keinen Mann und keine Kinder.«

Morgenstern atmete auf – und schämte sich umgehend dafür. Er war schlichtweg erleichtert, dass ihm und Hecht die Überbringung so schlimmer Nachrichten an engste Familienangehörige erspart bleiben würde.

»Der Leichnam muss in die Rechtsmedizin nach München«, entschied er. »Wir kümmern uns drum. Und der Raum hier mit dem Brunnen wird vorerst verschlossen.«

»Aber die Dreharbeiten …«, wandte der schnauzbärtige Kommandant ein.

»Sind mir egal«, sagte Morgenstern. »Hier führt jetzt der Tod die Regie.«

***

Es dauerte eine gefühlte Ewigkeit, bis die aus Ingolstadt herbeigerufenen Experten der Spurensicherung ihre Arbeit getan hatten und der Leichnam abtransportiert war. Erst dann konnte es oben im Renaissance-Innenhof endlich mit den Dreharbeiten losgehen. Morgenstern stellte sich direkt neben Regisseur Neumayer, ganz nah bei der Hauptkamera, und sah eine Weile zu, was da geschah.

Laut Drehbuch kam es im Burghof zu einem Scharmützel

zwischen einigen wenigen österreichischen und französischen Soldaten, die sich mit ihren Degen gegenseitig durch die Kulisse drängten. Die vollgehängte Wäscheleine und die Marktstände standen dabei unablässig im Weg. Ständig verheddere sich einer der Kämpfer in einem Bettlaken, ein anderer kletterte akrobatisch Leitern hoch, um von dort auf einen Karren voller Äpfel zu springen, die wiederum fröhlich über den Boden kullerten und einen Widersacher zum Straucheln brachten. Und mitten in diesem skurrilen Getümmel kämpfte die Hauptdarstellerin Luzie Petterson, das blonde Haar unter einem Helm versteckt, zusammen mit ein paar wackeren Gleichgesinnten burschikos vor sich hin und machte dabei vor allem eins: *bella figura.*

Die Szene war der blanke Slapstick, wobei sich doch rasch herauskristallisierte, dass auf der Gegenseite, bei den Franzosen also, einer der Degenmänner einen Bösewicht zu mimen hatte, der sich deutlich weniger doof anstellte als seine Mitstreiter. Mit diesem Menschen nun, leicht erkennbar an einer schwarzen Augenklappe, lieferte sich die »Kettnerin« am Ende ein regelrechtes Fechtduell, wobei sie es sich aber nicht nehmen ließ, zwischendurch mit der linken Hand einen der herumkullernden Äpfel aufzusammeln und zweimal kräftig hineinzubeißen. Zwischendurch verhöhnte sie lautstark ihren Widersacher als Memme, Feigling und Muttersöhnchen.

Am Ende schließlich gelang es ihr, den Franzosen als letzten noch unbesiegten Gegner durch die Tür in der Ecke des Innenhofs in Richtung Brunnenraum zu drängen, während der zuvor so propere Hof als wüstes Durcheinander zurückblieb. Ende der Szene. Im Innenhof brandete Beifall auf. Das Team war offenbar fürs Erste hochzufrieden.

»Gar nicht schlecht«, sagte Hecht. Morgenstern hingegen, in Gedanken bei der Toten aus dem Brunnen, nölte herum, er könne sich erinnern, Vergleichbares immer wieder mal im Fernsehen gesehen zu haben. »Wo denn?«, fragte Hecht mit leicht beleidigtem Unterton.

»In jedem zweiten Piratenfilm, bei den drei Musketieren, in jeder einzelnen Rolle von Errol Flynn ...«

»Man muss das Rad nicht immer neu erfinden«, sagte Hecht. Räumte aber dann ein, dass ihm die Nummer mit der Wäscheleine auch nicht wirklich originell vorgekommen war.

Plötzlich gesellte sich Antonia Grabsky zu ihnen. »Ich habe das vorhin nur durch Zufall mitbekommen, als ich zusammen mit Luzie Petterson in der Garderobe war, da draußen in einem Wohnmobil am Parkplatz. Ihr habt eine tote Frau aus einem Brunnen geholt.«

»Kann man als Kurzfassung so sagen«, meinte Morgenstern. »Sie war hier für Neumayer als Location Scout im Einsatz, hat ihm die Drehorte ausgesucht.«

»Ein Unfall?«, fragte Grabsky.

Morgenstern zuckte ratlos mit den Schultern. »Hoffentlich.«

Grabsky sah ihn mit großen Augen an. »Und wenn nicht?«

Hecht klinkte sich ein. »Keine Sorge, wir kümmern uns drum. Und zwar so, dass die Filmarbeiten weitergehen können. *The show must go on.*«

»Das hätte noch gefehlt«, sagte Morgenstern, »dass das Eichstätter Filmprojekt des Jahrhunderts gleich am ersten Tag in Zwangspause muss. Nein, wir machen einfach ganz solide unseren Job und finden heraus, was da los war. Und Neumayer dreht solange eine andere Szene. Das Problem ist allerdings, dass wir bloß ein paar Tage haben, dann rückt die ganze Truppe ab.«

Hecht steuerte wie so oft ein Zitat aus seinem Schatzkästlein der geflügelten Lebensweisheiten bei: »Die Hunde bellen, und die Karawane zieht weiter.«

»Hunde, die bellen, beißen nicht«, sagte Grabsky.

»Da wäre ich mir nicht so sicher«, gab Morgenstern zurück. »Und jetzt müssen wir dringend rausfinden, wer sich hier in den letzten Stunden alles rund um den Brunnen rumgetrieben hat. Grabsky, können Sie gleich mal Frau Petterson fragen – auf dem kurzen Dienstweg?«

Die Kollegin nickte und verschwand.

»Wo steckt denn jetzt schon wieder der Regisseur?«, fragte Morgenstern.

Hecht deutete in Richtung Brunnenraum. »Er ist gerade da rein verschwunden. Der Typ ist nicht zu bremsen.«

Sie fanden Robert Neumayer, der zwei Trassenband-Absperrungen ignoriert hatte, über den Brunnenrand gebeugt. Er starrte in die Tiefe. Die Kommissare stellten sich neben ihn und blickten ebenfalls nach unten. Eine kurze Weile herrschte Schweigen, dann holte Hecht seinen Block heraus. »Wir würden gerne wissen, was hier seit gestern alles los war«, sagte er.

Neumayer murmelte: »Es ging zu wie im Bienenstock. So ist das immer vor einer Aufnahme. Die Szenenbildner waren unterwegs, die waren heute die ganze Nacht im Einsatz. Wir haben den Hof ausgeleuchtet, Sie haben ja selbst gesehen, was es da alles zu machen gibt. Das stellt sich nicht von alleine auf.«

»Und hier am Brunnen? Was war da los?«

»Ich weiß es nicht genau. Die Abdeckung haben die Leute von der Burgverwaltung weggemacht. Da war stattdessen provisorisch ein Netz drübergespannt, so ein dunkelgrünes Netz aus dicker Schnur, ich habe das selbst gestern noch gesehen. Man kann ja so einen Schacht nicht einfach offen stehen lassen.«

Er legte die Hand an die Stirn und dachte nach. »Klara Brandl war gestern Nachmittag hier. Ich habe sie gegen sechzehn Uhr gesehen. Wir waren mit den wichtigsten Schauspielern hier unten, um uns vorzubereiten, und da war sie auch dabei. Sie war die Vermittlerin, die in Eichstätt Hinz und Kunz kennt und ganz auf die Schnelle alles organisieren kann. Irgendwann war sie dann weg. Ich dachte mir, sie wäre nach Hause gegangen.«

»Was sollte das denn hier geben?«, fragte Morgenstern.

»Das Finale der Fechtszene. Superspannend, hochdramatisch. Großes Kino! Die Kettner, also Luzie Petterson, kämpft mit ihrem Erzfeind Baron de Pompadour hier am Brunnen auf Leben und Tod. Am Ende gelingt es ihr, ihn zu überwältigen, ihn zu entwaffnen und über den Brunnenrand zu drängen. Doch bevor er hinabstürzen kann, reicht sie ihm die Hand und schenkt ihm das Leben.«

»Ist das der Typ mit der Augenklappe?«, fragte Morgenstern.

»Baron de Pompadour?«, fragte Hecht. »Ein ziemliches Klischee.«

»Das ist Unterhaltung – kein Geschichtsunterricht, Herr Oberkommissar.«

»Wir brauchen sämtliche Menschen, die gestern Nachmittag ab sechzehn Uhr hier unterwegs waren«, entschied Hecht.

»Ich kümmere mich drum, meine Assistentin schreibt Ihnen die Namen zusammen«, versprach Neumayer.

Er schaute wieder in die Tiefe und schüttelte den Kopf, als könne er es einfach nicht fassen. »Sie sollten wissen, dass ich Klara Brandl schon seit Ewigkeiten kenne. Ich habe ihr persönlich den Job als Scout hier vermittelt. Ich weiß, wie gut sie sich hier auskennt, und ich habe gewusst, dass sie die perfekte Frau dafür war. Ich wollte ihr was Gutes tun, ihr eine gut bezahlte Aufgabe geben.« Er stockte, begann dann unvermittelt zu schluchzen. »Und jetzt das!«, stieß er hervor. »Das ist eine Katastrophe.«

Morgenstern sah sich genötigt, Robert Neumayer beruhigend auf die Schulter zu klopfen. Der fing sich schnell wieder, schniefte noch einmal kurz. »Ich stehe natürlich voll zu Ihrer Verfügung – soweit das mein Zeitplan zulässt. Jede Stunde hier kostet uns Zigtausende von Euro, ich rede noch gar nicht von der Massenszene, die im Drehbuch steht.«

»Dann machen wir das so schnell wie möglich«, sagte Morgenstern. »Wie war das mit Frau Brandl? Seit wann kannten Sie sich?«

Neumayer versuchte sich an einem Lächeln und nahm seinen Cowboyhut ab. »Nun ja, wir waren damals als Teenager zusammen an der Schule, am Willibald-Gymnasium. Wir haben uns immer schon für Film interessiert, ich habe zu meinem zehnten Geburtstag eine Super-8-Kamera geschenkt bekommen, von meinem Opa. Ich habe damit kleine Filmchen gemacht, meine ersten Versuche. Das können Sie alles auch auf meiner Homepage nachlesen. Oder in meinem Wikipedia-Eintrag.«

»Und Klara Brandl?«

»Die Klara war irgendwann regelmäßig mit dabei. Sie hat sich immer kleine Geschichten einfallen lassen, Minidrehbücher, die wir dann filmisch umgesetzt haben. Kleine Sachen, ziemlich lustig. Einmal haben wir sogar im Hofgarten bei der Universität gedreht.«

»Und später?«, fragte Hecht.

»Ich habe mich an der Filmhochschule in München beworben und bin prompt genommen worden. Darauf bin ich bis heute stolz. Und dann habe ich Klara nach und nach aus den Augen verloren. Wie das eben so ist. Sie ist hier in Eichstätt geblieben, und mich hat es in die weite Welt hinausgetrieben. Anfangs war ich noch beim einen oder anderen Klassentreffen – Sie wissen schon: die kleine Leistungs- und Karriereschau alle fünf Jahre. Mein Haus, mein Auto, mein Job … Das muss ich nicht haben. Ich muss niemandem beweisen, dass ich es zu etwas gebracht habe.«

»Das kann man bestimmt auch auf Wikipedia nachlesen«, sagte Morgenstern. »Und was hat Klara Brandl gemacht?«

»Kleine Brötchen gebacken, wenn Sie mich fragen. Sie hat ihr unbestrittenes Talent vergeudet. Sie hat einfach nicht groß genug gedacht. Das ist übrigens typisch für Eichstätt. Diese satte Zufriedenheit.«

»Gilt das nicht für alle Menschen, die in Kleinstädten leben?«, warf Hecht ein.

»Sie mögen recht haben, Herr Kommissar. Sie hätte weggehen sollen. Mindestens nach München, besser nach Berlin. Ins Ausland. Stattdessen ist sie hiergeblieben. Hat an der Katholischen Universität studiert. Politik und Germanistik auf Magister.« Er seufzte. »Brotlose Kunst.«

»Wissen Sie, was sie beruflich gemacht hat?«, wollte Hecht über seinen Notizblock hinweg wissen.

»Nicht so direkt. Dies und das. Alles ein bisschen prekär. Sprachkurse an der Volkshochschule, Deutsch für Ausländer, solche Sachen. Und sie hat eine Theatergruppe geleitet. Ich sag ja, ›Think big!‹ war nicht ihre Lebensdevise.«

Er streckte den Rücken durch: »Aber jetzt muss ich wirklich weiter. Ich gebe Ihnen noch meine Handynummer – ich stehe Ihnen jederzeit zur Verfügung.« Er zog einen Geldbeutel aus der Hosentasche und nahm eine Visitenkarte heraus, die er Hecht, dem Schriftführer, überreichte. »Aber gehen Sie vorsichtig damit um. Die Nummer ist wirklich exklusiv.«

»Ehrensache«, sagte Hecht und verstaute das Kärtchen in der Innentasche seines Cordsakkos.

Neumayer wandte sich zum Gehen, er stand schon in der Tür, als ihm noch etwas einfiel: »Ihre Kollegin, die hübsche Blonde mit dem Pferdeschwanz …«

»Kriminalkommissarin Grabsky«, sagte Morgenstern.

»Ja genau, die. Das ist gut, dass sie ein Auge auf Luzie Petterson hat. Ich würde mir sonst echt Sorgen machen. Es gibt zu viele Verrückte da draußen.«

Und damit verschwand er.

Die beiden Kommissare konnten dem letzten Satz nur zustimmen. Wer um alles in der Welt wollte die arme Luzie Petterson in Angst und Schrecken versetzen? Aber Antonia Grabsky würde schon aufpassen – sie war dafür genau die richtige Frau.

Irgendwo im Präsidium hatte Morgenstern mal gehört, die junge Kollegin habe sich bei der polizeilichen Selbstverteidigungsausbildung in einer Mischung aus Taekwondo und Jiu-Jitsu äußerst geschickt angestellt. Und beim MTV Ingolstadt betrieb sie auch noch irgendeinen Sport. Angeblich Gymnastik mit Bällen, Bändern und Gedöns. So hatte sie das den Kollegen mal erzählt, als die in der Kantine dumme Bemerkungen über Frauensport gemacht und sich über VHS-Fitnessangebote unter dem schlichten Titel »Bauch-Beine-Po« lustig gemacht hatten. Wie auch immer: Von so viel Fitness konnte Mike Morgenstern, der Gelegenheitsjogger, nur träumen in seinem immerwährenden Kampf gegen ein leichtes Übergewicht. Für den Kollegen Hecht galt das genauso. Der hatte, nach allem, was Morgenstern wusste, Winston Churchills Parole »*No sports!*« verinnerlicht.

Aus einer Laune heraus sprach Morgenstern ihn, kaum dass sie wieder draußen auf dem Burgparkplatz standen, darauf an. Hecht wies den Vorwurf der Unsportlichkeit empört zurück. »Ich bin begeisterter Schachspieler, lieber Kollege. Und auch wenn du das nicht wahrhaben willst, ist Schach vom Internationalen Olympischen Komitee als Sport anerkannt.«

»Mir kannst du alles erzählen.«

In diesem Moment klingelte Morgensterns Handy, mit der seit Ewigkeiten einprogrammierten Melodie von Richard Wagners »Walkürenritt«. Ein kurzer Blick zeigte ihm, dass ihr Chef dran war. Adam Schneidt.

»Man kann Sie beide wohl nicht mal einen halben Tag allein lassen, ohne dass Sie ins Schlamassel stolpern«, sagte er. »Schreckliche Sache, das alles. Schlimmer Unfall, nicht wahr.«

»Mmh«, machte Morgenstern.

»Es war doch ein Unfall?«, fragte Schneidt und gab sich selbst die Antwort: »Klar war's ein Unfall. Die Rechtsmedizin wird das sicher heute noch bestätigen, und in der Zwischenzeit wirbeln Sie beide mir da draußen keinen Staub auf. Vor allem: Lassen Sie den Regisseur Neumayer seine Arbeit machen.«

»Wir haben gerade mit ihm gesprochen. Er ist sehr betroffen. Er hat die Tote früher mal gut gekannt.« Plötzlich wallte in Morgenstern Wut auf darüber, dass Schneidt sich von der Ferne aus einmischte und ihm – zwischen den Zeilen – fehlendes Fingerspitzengefühl unterstellte. Deswegen folgte die Retourkutsche auf dem Fuß. »Er hat diese Frau Brandl gut gekannt«, wiederholte er. Um dann boshaft hinzuzufügen: »Wen er allerdings nicht auf Anhieb gekannt hat, das war ...« Er machte eine kleine Kunstpause.

»Das war wer?«, fragte Schneidt arglos.

»Na Sie«, sagte Morgenstern leichthin. »Der Name Schneidt hat ihm im ersten Moment leider nichts gesagt. Wahrscheinlich hat er ein schlechtes Namensgedächtnis. Das ist nicht zu vermeiden, wenn man ständig mit so vielen verschiedenen Menschen zu tun hat. Aber wir haben ihn gleich aufgeklärt. Jetzt weiß er Bescheid.«

Auf der anderen Seite der Leitung herrschte erst ungläubiges Schweigen. Dann klickte es. Schneidt hatte beleidigt aufgelegt.

Dieser kleine, schmutzige Sieg wollte gefeiert sein, und so lud Morgenstern seinen Kollegen zu einem Eis ein, das an einem Schöller-Automaten feilgeboten wurde. Hecht wählte ein »Nucki Nuss«, Morgenstern ein »Big Sandwich«, das genau die traditionelle Fürst-Pückler-Mischung enthalte, wie er seinem Kollegen erklärte: Vanille, Erdbeere, Schokolade.

Sie lehnten sich an die gewaltige Außenmauer des Innenhofs und schleckten an ihrem Eis, als eine junge Frau mit einem Blatt Papier auf sie zukam. »Sind Sie die Kommissare?«, fragte sie, und in ihrer Stimme schwang ein gewisser Zweifel mit.

»Ja. Mögen Sie ein Eis?«, fragte Morgenstern.

»Nein danke, unser Catering hier ist perfekt. Ich bin Jennifer Bally, Herrn Neumayers Assistentin. Hier habe ich die Liste mit den Namen aller Leute, die gestern Nachmittag hier waren. Ich habe mich schlaugemacht: Das dürften alle sein. Wenn einer fehlt, werden es Ihnen sicher die anderen, die auf der Liste stehen, sagen können.«

Morgenstern nahm das Blatt und tropfte prompt einen Klecks Schokoladeneis drauf. »Prima, Sie haben sogar alle Handynummern draufgeschrieben.«

»Das gehört zum Service«, lächelte Bally. »Wenn ich Ihnen sonst noch helfen kann, meine eigene Nummer steht auch drauf. Ich war gestern am Nachmittag auch kurz hier oben auf der Burg. Ich wollte mir das mal ansehen. Sonst bin ich die meiste Zeit unten im Hotel, im Hauptquartier.«

»Haben Sie Frau Brandl gesehen?«

»Der Name sagt mir gerade nichts«, gab Bally zu.

»Ich habe ein Foto von ihr«, sagte Hecht und kramte sein Handy heraus. Er fummelte ein bisschen darauf herum, dann hielt er der jungen Frau ein Bild vor die Nase. Es zeigte die tote, eben aus dem Brunnen geborgene Klara Brandl.

»Iiiiiii!«, machte Bally und wandte entsetzt den Blick ab.

»Wir haben momentan noch kein anderes Foto«, entschuldigte sich Hecht. Morgenstern warf ihm einen finsteren Blick zu. »Du hast echt das Einfühlungsvermögen eines Dromedars.«

Bally gewann die Fassung aber rasch wieder und sah sich das Bild nun in aller Ruhe an.

»Oh doch, jetzt erkenne ich die Frau, natürlich. Aber ich habe nur ihren Vornamen gekannt. Sie war am Anfang dauernd hier im Innenhof unterwegs. Hat sich mit Robert unterhalten. Die beiden kennen sich schon lange.«

»Wissen wir«, sagte Morgenstern.

»Ich glaube, dass die vor Ewigkeiten sogar ein Paar waren, er hat mir neulich davon erzählt. Deswegen habe ich sie mir gestern Nachmittag ein bisschen genauer angesehen. Neugierdehalber. Dann war sie weg. Das muss so gegen siebzehn Uhr gewesen sein. Als ich mit unserem Shuttlebus wieder in die Innenstadt runtergefahren bin, war sie nicht mehr da. Aber das muss natürlich nichts heißen.«

»Sie sind um siebzehn Uhr in die Stadt gefahren?«

»Genau, da waren die ganzen Schauspieler dieser Szene mit im Bus. Ich sage immer: unsere Musketiere. Ich habe Ihnen alle Namen notiert.«

»Dann haben wir ja allerhand zu tun«, sagte Hecht und griff sich das Blatt, bevor sein Kollege es weiter vollkleckern konnte.

Noch von der Burg aus telefonierten die beiden – an einer Biertischgarnitur sitzend – sämtliche Nummern ab, eine Aktion, die ziemlich mühsam war, weil sie jedes Mal Klara Brandls Aussehen erklären mussten, und das gegenüber Menschen, die sie in der Regel nicht kannten und, mehr noch, nicht einmal beachtet hatten.

Der »Baron de Pompadour« allerdings, mit bürgerlichem Namen Urs Gründler, ein ziemlich populärer Schauspieler aus der Schweiz, konnte sich erinnern, Brandl gegen sechzehn Uhr dreißig beim Brunnen gesehen zu haben. Da war sie ganz allein und hatte sich kurz mit ihm unterhalten. »Über Schauspielerei. Sie wollte das alles wissen. Hat mir erzählt, dass sie selbst eine Theatergruppe leitet und schon eigene Stücke geschrieben hat.« Sogar durchs Telefon konnte man spüren, dass »Baron de Pompadour« von solchen Bekenntnissen wenig beeindruckt war. »Bauerntheater«, sagte er.

»War der Brunnen noch mit einem Netz abgesichert?«, fragte Morgenstern.

Gründler zögerte keine Sekunde: »Ja, das weiß ich genau, denn ich habe mir die Situation genau angesehen. Ich habe da heute Nachmittag ja noch die Aufnahme – und dieser Brunnen flößt einem schon Respekt ein.«

»War sonst noch wer da unten? Kam jemand nach Ihnen?«

»Keine Ahnung. Diese Frau ist noch unten geblieben. Ich habe sie dann nicht mehr gesehen. Bis heute Vormittag. Und wenn Sie mich jetzt entschuldigen: Ich muss noch meinen Text üben. Gar nicht so einfach, zu fechten, ohne dass ein Unglück passiert, und gleichzeitig auch noch ununterbrochen mit dem Fechtpartner, also mit Frau Petterson, geistreiche Konversation zu pflegen. Das wird eine knifflige Szene.«

»Und am Ende werden Sie auch noch auf ganzer Linie beschämt«, sagte Morgenstern. »Eine undankbare Rolle.«

»Wem sagen Sie das?«, meinte der Baron. »Besiegt vom sogenannten schwachen Geschlecht. Die wussten früher schon, warum sie keine Frauen als Soldaten geduldet haben. Das bringt nur Verdruss.«

»Bei der Polizei war's früher auch nicht anders. Wir haben einen Vorgesetzten, der die Veränderung bis zum heutigen Tag nicht verwunden hat«, sagte Morgenstern und dachte an Adam Schneidt, der jungen Kolleginnen wie Antonia Grabsky immer noch am liebsten mit altväterlichem Gehabe gegenübertrat.

Im Laufe des Nachmittags – der trotz allerhand Bemühungen keine neuen Erkenntnisse brachte – meldete sich genau dieser Adam Schneidt noch einmal bei Morgenstern. Er brauchte ihn als Begleitung für ein gesellschaftliches Ereignis »der Extraklasse«, wie er behauptete. Noch am selben Abend.

***

Für Eichstätter Verhältnisse war dieser Abend nichts Geringeres als die Oscar-Nacht von Los Angeles. Und dem Dolby Theatre am Hollywood Boulevard entsprach das Alte Stadttheater. Die oberen Zehntausend der Stadt – nun ja, etwa vierhundert – strömten in feinster Garderobe hier zwischen Residenzplatz, Dom und evangelischer Erlöserkirche zusammen, um zu feiern. Denn der Stadtrat hatte zwei Monate vor den Dreharbeiten in nichtöffentlicher Sitzung einstimmig entschieden, an Robert Neumayer die Ehrenbürgerwürde zu verleihen.

Mit solchen Auszeichnungen ging die Stadt sparsam um. In der Vergangenheit hatten eine Äbtissin des Klosters St. Walburg, ein Altlandrat und ein stadtprägender Architekt und Diözesanbaumeister den klangvollen Titel bekommen. Weniger stolz war man in der Stadt darauf, dass auch Adolf Hitler einst diese Ehre zuteilgeworden war – wie überall in Deutschland. Offiziell aberkannt hatte man ihm den Titel hier aber nie, mit dem Hinweis, die Ehrenbürgerwürde erlösche automatisch mit dem Tod, habe sich also im Fall des Führers im April 1945 von allein erledigt. Nun also sollte Regisseur und Produzent Neumayer diese Ehre zuteilwerden, verbunden mit einigen wenigen Annehmlichkeiten auf Lebenszeit: kostenlose Benutzung des städtischen Freibads, Freifahrten mit den Bussen der Stadtlinie. Beides waren Dinge, die der Regisseur wohl kaum in größerem Umfang würde nutzen können. Aber mehr gab das Kommunalrecht nicht her.

Mike Morgenstern hatte nicht im Traum daran gedacht, dass ausgerechnet er an dieser Festivität teilnehmen müsste. Aber Adam Schneidt, sein Ingolstädter Vorgesetzter, hatte zwei Eintrittskarten ergattert, um gemeinsam mit seiner Gattin dem Starregisseur die Ehre zu erweisen. Allerdings hatte sich Frau Schneidt eine kleine, lästige Sommergrippe eingefangen, und ganz kurzfristig hatte der Kriminaldirektor seinen Untergebenen dienstverpflichtet. »Sie wohnen doch in Eichstätt, Morgenstern«, hatte er leutselig gesagt. »Da kommen Sie mit und setzen sich neben mich, da können Sie was erleben. Bisschen Kultur kann Ihnen nicht schaden. Und ziehen Sie sich was Ordentliches an.«

»Was trägt man denn da?« Morgenstern war ratlos gewesen.

»Smoking.«

»Vergessen Sie's!«

»Also gut. Ein Sakko tut's in Ihrem Fall auch. Vielleicht dazu ein schwarzer Rollkragenpullover. Das hat dann was Künstlerisches. Eine schwarze Jeans.« Schneidt lächelte. »Die Kunst trägt Schwarz. Da werden Sie schon was finden.«

Morgenstern scannte im Geiste seinen Kleiderschrank. Mit Mühe kam er auf ein paar schwarze Klamotten. Wahrscheinlich würde er damit aussehen wie die »Men in Black« beim Einsatz gegen gefährliche Aliens. Oder wie Johnny Cash. Bestenfalls. Er hatte keine Lust.

Fiona Morgenstern war keine große Hilfe: Sie versuchte zunächst mit erstaunlichem Eifer, ihrem Gatten die Teilnahme auszureden, da habe er nun wirklich nichts verloren. Und wenn Frau Schneidt eine Grippe habe, dann könne er selbst spontan zumindest einen hartnäckigen Husten vortäuschen und zu Hause bleiben. Niemand wolle bei so einem exklusiven Festakt einen notorisch hustenden Menschen im Publikum haben. Am Ende sah sie aber ein, dass Morgenstern aus der Geschichte nicht herauskam, und half ihm missmutig beim Versuch, sich in Schale zu werfen. Ein schwarzes T-Shirt ließ sich finden (ein Werbegeschenk der Brauerei Guinness mit aufgedruckter goldener Harfe), eine ausgewaschene schwarze Jeans auch. Eine schwarze Anzugjacke konnte er sich ganz spontan vom Eichstätter Inspektionsleiter Manfred Huber leihen. Und als Clou erhielt Morgenstern von Fiona einen dünnen weißen Seidenschal aus ihrem Fundus. Den warf er sich lässig um und konnte nun jederzeit als Filmschaffender durchgehen. Glaubte er jedenfalls.

Der Festakt begann mit einem Sektempfang im Foyer des Stadttheaters, dann wechselten alle Gäste in den dicht bestuhlten Stadtsaal über und harrten der Dinge. Das Alte Stadttheater war einst ein fürstbischöflicher Getreidespeicher gewesen. Nach einer Totalentkernung beherbergte es nun ein Programmkino mit zwei Vorführsälen und kleinem Café und den repräsentativen Stadtsaal mit Bühne. Auf ebendieser Bühne hatte bereits ein veritables Orchester Platz genommen, das schon beim Eintrudeln der Gäste ein buntes Potpourri der beliebtesten internationalen Filmmusik bot.

Die bunt zusammengewürfelten Musiker des Movie Night Orchestra hatten sich schon vor Jahren zusammengefunden und gaben jeden Herbst Konzerte, die in der Diktion der Heimatzeitung »das Publikum zu Begeisterungsstürmen hinrissen«. Für das Orchester war dieser Abend wie geschaffen, eine »g'mahde Wiesn« – und Morgenstern dämmerte bald, dass das eine längere Geschichte werden könnte.

Richtig klar wurde ihm das aber erst, als er einen Programmzettel studierte, der auf jedem Stuhl hinterlegt war. Dem konnte er entnehmen, dass der für sein ambitioniertes Programm bekannte Kinobetreiber in Zusammenarbeit mit dem Historischen Verein Eichstätt einen cineastischen Leckerbissen vorbereitet habe: Dem Publikum würden, immer wieder unterbrochen von Darbietungen des Movie Night Orchestra, die schönsten Szenen aus Filmen präsentiert, die im Laufe der vergangenen Jahrzehnte in und um Eichstätt auf Zelluloid gebannt worden seien. Besorgt las Morgenstern, was ihn da alles erwartete: »Das Haus in Montevideo« mit Heinz Rühmann und Ruth Leuwerik. »Lola« von Rainer Werner Fassbinder. »Robert und Bertram« mit Willy Millowitsch und Vico Torriani. Nicht zu vergessen »Gustav Adolfs Page« mit Liselotte Pulver und Curd Jürgens.

Mike Morgenstern hatte noch von keinem einzigen dieser Filme jemals etwas gehört. Kein gutes Zeichen. Und das war noch nicht alles. Denn als »Überraschung« wurde noch ein ganz besonderes kleines »cineastisches Schmankerl« versprochen. Morgenstern verfluchte sich dafür, dass er Schneidt nicht im Wortsinne etwas gehustet hatte. Was ging ihn das hier alles an?

Der Oberbürgermeister hatte zur Feier des Tages seine

Amtskette umgelegt und wirkte damit nun wie der Schützenkönig vom Tegernsee. In einem schier endlosen Grußwort (»bitte sparen Sie sich Ihren umso stärkeren Applaus für das Ende auf«) begrüßte er ziemlich exakt jeden einzelnen Gast des Ehrenabends, von den »Damen und Herren Stadträten« über die »verehrte Geistlichkeit mit dem Herrn Dompfarrer an der Spitze« bis zu den Repräsentanten von Behörden, Schulen, Unternehmen … Morgenstern brauchte nicht lange, bis ihm auf seinem Stuhl die Augen schwer wurden. Allerdings bekam er rasch einen ziemlich heftigen Rippenstoß, als das Stadtoberhaupt die Vertreter der Polizei aufzählte und dabei nicht nur Adam Schneidt namentlich erwähnte, sondern auch »Kommissar Mike Morgenstern«, wie er von einem Zettel ablas.

»Oberkommissar«, brummelte Morgenstern und fasste sich an die schmerzende Rippe. Der Beifall am Abschluss dieser Aufzählung war enden wollend.

Grußwort Nummer zwei kam von der bayerischen Kultusstaatssekretärin, die es sich nach eigenen Worten nicht hatte nehmen lassen, ins schöne Altmühltal zu kommen und »Herrn Neumayer die besten Grüße unseres Ministerpräsidenten persönlich auszurichten«. Nummer drei war der Präsident der Katholischen Universität: Er durfte unter großem Applaus ausrichten, dass die Hochschule ernsthaft erwäge, einen Lehrstuhl für Filmgeschichte einzurichten. Morgenstern nickte schon wieder ein, während das Orchester die Titelmelodie von »Fluch der Karibik« intonierte.

Für die Festrede kam erneut der Oberbürgermeister ans Pult, mit einem dicken Packen Blätter – hier war nun im Publikum hie und da ein Aufstöhnen zu hören. Doch siehe, das war nur ein witziger Kniff, gelernt mutmaßlich bei einem Rhetorikseminar der CSU-nahen Hanns-Seidel-Stiftung für Kommunalpolitiker: Er habe sich entschieden, auf die lange, mühsam vorbereitete Rede zu verzichten und stattdessen aus seinem Herzen zu sprechen. Frei also und kurz.

Das stimmte allerdings auch nicht, denn die Rede war sehr

wohl einstudiert (auch wenn das Stadtoberhaupt sein Manuskript demonstrativ zur Seite legte), und kurz war sie ebenfalls nicht. Der Rathauschef schilderte launig seinen ersten Kinobesuch – selbstverständlich in Eichstätt in einer ehrwürdigen, längst untergegangenen Institution namens »Burgtheater«. Ein Streifen mit Bud Spencer und Terence Hill, den Königen der »beidhändigen Doppelbackpfeife«. Große Heiterkeit im Publikum. Und mit eigenen Augen habe er einst gesehen, wie Regisseur Fassbinder in seinem Regiestuhl vor der Dom-Apotheke gesessen sei, das Weißbierglas in der Hand, und eine kleine Szene von »Lola« drehen ließ.

Eichstätt sei aber nicht immer ein gutes Pflaster für Cineasten gewesen, räumte der Redner fröhlich ein – und auch der Stadtrat habe sich nicht immer mit Ruhm bekleckert: Er habe eigens für diesen Abend die Protokolle aus dem Stadtarchiv geholt. Anno 1951 habe der Stadtrat eines Tages frühmorgens eine Dringlichkeitssitzung anberaumt, eigens um dem Kinopächter in genau diesem städtischen Hause, in dem man heute versammelt sei, eine für den gleichen Abend geplante Filmvorführung zu verbieten: »Die Sünderin« mit Hildegard Knef!

Die Gäste wieherten vor Lachen, als der OB erläuterte, der Stadtrat habe sich der Bitte des Bischofs und des Katholischen Frauenbunds für ein Aufführverbot im städtischen Theater vollinhaltlich angeschlossen – aber noch am selben Tag am Amtsgericht eine Niederlage erlitten. Die Eichstätter seien daraufhin in Massen in die Vorführungen geströmt, um sich mit eigenen Augen von der Verruchtheit der sekundenkurz pudelnackigen Knef zu überzeugen.

Ein Viertelstündchen später war Robert Neumayer ausführlich gewürdigt worden. Als »Ur-Eichstätter«, dessen verstorbener Vater noch persönlich in einem der umliegenden Steinbrüche Kalkplatten von Hand abgebaut habe. Als »echter Willibaldiner«, der in alter Verbundenheit Mitglied im Verein der Freunde des Willibald-Gymnasiums sei. Als Mann, der »seine Wurzeln nie vergessen« habe bei seinem weiten Weg hinaus in die Welt. »Diese unsere schöne Stadt hat ihm die Wurzeln gegeben zum Wachsen und später die Flügel zum Abheben.«

Donnernder Applaus markierte das Ende dieser Rede. Morgenstern allerdings verhielt sich still. Die Begeisterung für derlei Kalendersprüche überließ er grundsätzlich seinem Kollegen »Spargel«. Adam Schneidt hingegen klatschte heftig und zog anschließend einen kleinen Notizblock hervor, um sich die Sache mit Wurzeln und Flügeln zu notieren. »Ich habe auch manchmal eine kleine Ansprache zu halten«, flüsterte er Morgenstern zu. »Das kann ich bestimmt mal prima einbauen. Muss ich mir merken.«

Musik, noch mal Musik, Überreichung einer gerahmten Urkunde. Endlich war Regisseur Neumayer mit seinen Dankesworten an der Reihe. Der Mann, bekleidet mit Frack und weißer Fliege, wusste, was sich gehörte, das hatte er wohl von den Oscar-Nächten gelernt: Sei dankbar, aber fasse dich kurz. Es dauerte also exakt zwei Minuten, was er zu sagen hatte.

»Danke, Eichstätt! Ich danke meinen verstorbenen Eltern für alles, was sie für mich getan haben, meinen Freunden hier in der Stadt, die mich nicht vergessen haben.« Er wischte sich kurz über die Augen. »Und insbesondere danke ich heute an dieser Stelle meiner alten Weggefährtin Klara Brandl. Mit ihr habe ich meine ersten cineastischen Gehversuche unternommen. Und jetzt ist sie auf so tragische Weise von uns gegangen. Im Einsatz für ihre Vaterstadt, als gute Seele, die nichts sehnlicher wollte, als unser schönes Eichstätt auf der großen Leinwand zu erleben. Auch wenn wir uns lange aus den Augen verloren haben, habe ich immer Respekt vor ihr gehabt. Deswegen bitte ich nun um einen kurzen Moment der Stille: Lasst uns ihrer gedenken!«

Robert Neumayer, der Starregisseur, wusste, wie man ein Publikum anfasst, dachte Morgenstern. Alle waren beinahe zu Tränen gerührt, sogar Adam Schneidt fummelte ein weißes Taschentuch mit Monogramm heraus und tupfte sich die Augen. Morgenstern hatte deutlich weniger nah am Wasser gebaut.

Für solcherlei Sentimentalitäten war er kaum empfänglich – es sei denn, sie betrafen seine eigene Familie. Die war aber bei diesem Festakt nicht vertreten.

Dachte er.

Denn genau in diesem melodramatischen Moment, mit perfektem Timing also, gab es im rückwärtigen Teil des Saals Radau, genauer gesagt meldeten sich da ein paar Menschen mit einem kleinen, aber lauten Sprechchor zu Wort. Es waren durchwegs weibliche Stimmen, und skandiert wurden exakt zwei Worte, immer und immer wieder.

Morgenstern wandte sich um, wie alle anderen Gäste des Festakts, um die Störenfriede auszumachen. Sie hatten sich am Ende des Stadtsaals auf einer Empore breitgemacht und drängten sich an der Brüstung. Zwei Transparente, weiße Bettlaken, ließen sie von der Brüstung herabhängen. In blutroter Schrift standen darauf exakt die beiden Worte, die die meisten Gäste zunächst nicht richtig verstanden hatten. Aber jetzt, in Schriftform und verbunden mit dem modischen Doppelkreuz-Zeichen # wie »Hashtag«, war es überdeutlich: Die Frauen skandierten »Me too! Me too!«.

Adam Schneidt war ebenso empört wie die meisten im Saale. »Was soll denn das!«, schimpfte er in Richtung Empore. »Unverschämtheit!«

Etliche – männliche – Gäste drängten währenddessen bereits über zwei Treppen an beiden Seiten der Empore hinauf zu den Demonstrantinnen – es waren etwa ein Dutzend Frauen. Die meisten jung, möglicherweise Studentinnen der Katholischen Universität oder Schülerinnen, aber auch einige Frauen mittleren Alters waren dabei. Morgenstern, der schon länger eine Brille gebraucht hätte, aber sich bisher hartnäckig um diese Anschaffung drückte, brauchte lange, bis in ihm ein unguter Verdacht reifte: Mitten unter den protestierenden Frauen war seine eigene Ehegattin. Fiona Morgenstern. Deswegen also hatte sie so dringend versucht, ihm die Teilnahme am Festabend auszureden.

»Das gibt's doch nicht!«, murmelte er und setzte zugleich

seine ganze Hoffnung darauf, dass Fiona in der beschaulichen Stadt nicht sehr bekannt war.

In den vergangenen Jahren war es Fiona recht gut gelungen, »unter dem Radar zu fliegen«, wie ihr Mann das einmal formuliert hatte. Beim Metzger zum Beispiel, wo grundsätzlich jede Kundin, jeder Kunde mit vollem Familiennamen begrüßt wurde, reichte es bei Fiona bis dato nur zur neutralen Anrede »Frau …« Es war freilich nur eine Frage der Zeit, bis das Inkognito ein Ende hatte. Dieser Abend, da war sich Morgenstern sicher, konnte dazu einen bedeutenden Beitrag leisten.

Natürlich hatten schon diverse Journalisten die Störerinnen ins Visier ihrer Kameras genommen. Denn das hier war eine mehr als willkommene redaktionelle Aufwertung einer Berichterstattung, die bis zu diesem Moment doch recht planbar gewesen war. Nichts Geringeres als ein Skandal.

Die zwölf Frauen verteidigten tapfer ihre »MeToo«-Transparente gegen die heraufstürmenden selbst ernannten Ordner und skandierten dabei weiter ihren Slogan. Die halbe Belegschaft des Saals stand nun. Und als krasser Gegensatz dazu flimmerte auf der Leinwand jetzt ein Filmausschnitt aus »Das Haus in Montevideo«. Heinz Rühmann und Ruth Leuwerik marschierten mit einer zwölfköpfigen Schar Kinder wie eine Phalanx der guten Laune und fröhlichen Spießbürgerlichkeit über den Eichstätter Residenzplatz und trällerten ein Liedchen. Dieser Film, so dachte Morgenstern, war aus sehr gutem Grund in Vergessenheit geraten. Kein Meisterwerk.

Mitten in diesem Tohuwabohu stand Regisseur Neumayer an seinem Rednerpult und verfolgte mit stoischem Blick das Spektakel. Hinter ihm sang immer noch die Großfamilie um das Ehepaar Rühmann/Leuwerik, bis endlich jemand erst den Ton und dann gnädigerweise auch das Bild abstellte.

Neumayer, ein echter Profi, ergriff das Mikrofon: »Meine Damen und Herren, ich bin etwas überrascht über die Wende, die dieser Abend soeben genommen hat. Aber ich darf Ihnen versichern, dass ich angenehm überrascht bin.« Morgenstern und auch alle anderen trauten ihren Ohren nicht. »Deswegen bitte ich auch ausdrücklich darum, diesen Damen dort oben auf der Empore ihren Auftritt nicht krummzunehmen. Ich tue es nämlich auch nicht.«

»Hä?«, sagte Morgenstern zu Kriminaldirektor Schneidt. Der zuckte nur mit den Schultern.

Neumayer nahm Fahrt auf. »Als ich diese schöne Stadt vor vielen Jahren verlassen habe, wäre eine solche Störaktion wie heute Abend wahrscheinlich noch mit Handgreiflichkeiten beendet worden. Mehr noch: Niemand hätte den Mut zu einer solchen Nummer aufgebracht. Mehltau lag damals über unserer Stadt, oder der berüchtigte Altmühltalnebel. Wie wir vorhin gehört haben, ist es noch nicht so lange her, dass unser aller Stadtrat den Bürgerinnen und Bürgern den Film ›Die Sünderin‹ verbieten wollte. Das alles, ich sehe es mit Freude, ist Geschichte. Hier und jetzt darf jeder sagen, was er will. Sogar in Eichstätt. Lassen wir diese Frauen heute auch ihre ›MeToo‹-Plakate schwenken.«

Äußerst honorig, dachte Morgenstern, fragte sich aber gleichzeitig, wie Neumayer die Kurve kriegen wollte. Denn auch wenn er, Morgenstern, sich nicht wirklich dafür interessiert hatte, so war es ihm doch im Laufe der Vorberichterstattung nicht entgangen, dass der Starregisseur aus dem Altmühltal seit einiger Zeit ein Problem hatte. Mehrere Frauen aus der Filmbranche warfen ihm sexuelle Belästigung und Übergriffe vor – Dinge, die sich zum Großteil vor vielen Jahren ereignet hatten, wenn sie denn tatsächlich so stattgefunden hatten.

Auch Fiona hatte das Thema immer wieder mal angeschnitten. Ihren Gatten hatte das allerdings kaum geschert. Was gingen ihn diese unbewiesenen Bettgeschichten fremder Leute an! Neumayer, so viel wusste er, hatte sich gegen die Vorwürfe immer gewehrt und von einvernehmlichen Kontakten und freundschaftlichem Umgang gesprochen. Der Streit schwelte nach wie vor. Aussage stand gegen Aussage. Aber Neumayers strahlender Ruf hatte doch den einen oder anderen Kratzer abbekommen.

Der Regisseur schaute treuherzig in die Menge. »Sie alle wissen, dass es in den vergangenen Monaten einige für mich unangenehme Vorwürfe gegeben hat. Damit muss ich leben, damit muss ich umgehen. Aber ich darf Ihnen hier und heute versichern, dass ich mich immer tadellos verhalten habe. Das sage ich gerne auch den Damen oben auf der Empore: Ich bin sicher nicht immer ein einfacher Mann gewesen, nein, nein. Sonst wäre ich nicht dahin gekommen, wo ich heute stehe. Nein, ich habe es mir und anderen nicht immer leicht gemacht.«

Wird das jetzt eine Eichstätter Sonderform der öffentlichen Beichte?, fragte sich Morgenstern. Eine Bußübung? Psychoanalyse vor Publikum? Aber nein, Neumayer hatte sich schon so oft der Kritik stellen müssen, dass er längst eine Strategie gefunden hatte.

»Ja«, sagte er, »ich bin manchmal cholerisch. Das bringen der gewaltige Druck, die immense Verantwortung, die permanente Sorge im Dienst einer großen Sache mit sich.« Für einen kurzen Moment schwieg er, um den letzten Satz beim Publikum nachwirken zu lassen. »Nein«, sagte er dann und deutete hinauf zur Empore, »ich bin kein Frauenfeind. Ich bin ein Gentleman der alten Schule, der alten Eichstätter Schule, wenn Sie so wollen.«

Von der Empore kam ein »Buuh!«, und Morgenstern hatte den Verdacht, dass das Fionas Stimme war. »Gentleman der alten Schule« war nicht das, was sie sich als feministisch bewegte Frau als idealen Mann vorstellte. Ob Mike Morgenstern seinerseits der ideale Mann für sie war, ließ sie regelmäßig in der Schwebe – aber das hatte wohl vor allem pädagogische Gründe, im Großen und Ganzen schien sie ganz zufrieden mit ihrer Wahl zu sein. Wie zum Kuckuck war Fiona zu diesen Demonstrantinnen gekommen? Ach richtig, da war neulich an der Universität irgendein öffentlicher Vortrag gewesen, in dem es um Gleichberechtigung und solche Dinge gegangen war. Da war sie dann wohl auf ihresgleichen getroffen. Kritische Geister, mit denen sie sich jetzt solidarisierte. Braucht's das wirklich?, fragte sich Morgenstern. Von Fiona kam erneut ein »Buuh«.

Neumayer ignorierte das Buhen und deutete mit großer Geste zum kettendekorierten Oberbürgermeister. »Wenn es in dieser Stadt ernsthafte Zweifel an meiner Integrität gäbe, dann hätte ich nicht an diesem wunderbaren Sommerabend die Ehrenbürgerwürde erhalten. Dieser Ehre will ich mich immer würdig erweisen.« Er zeigte ein feines Lächeln. »Mit den Damen, die offenbar daran Zweifel hegen, würde ich im Laufe der kommenden Tage gerne noch in den Dialog treten.« Demonstrativ streckte Neumayer die rechte Hand in Richtung Empore, als wollte er noch an Ort und Stelle allen Kritikerinnen persönlich die Pranke geben. »Wie sagt man in Bayern so schön: ›Beim Reden kommen die Leut zamm!‹«, säuselte er volkstümlich. Und als Rausschmeißer hatte er sich einen kleinen Gag aufgespart: »Oder wie meine Freunde in Hollywood zu sagen pflegen: ›*Talking brings people together.*‹«

Im Saal brandete Applaus auf. Die Frauen von der Tribüne verließen die Empore und das Alte Stadttheater im Gänsemarsch und machten sich nun gewiss auf den Weg in irgendeine Kneipe, um ihre Aktion zu feiern, dachte Morgenstern.

Er selbst musste sich hingegen noch durch die »cineastischen Leckerbissen« mit Altmühltal-Panorama kämpfen. Die für das Finale angekündigte Überraschung entpuppte sich als einer der ersten Super-8-Filme, die Robert Neumayer einst als etwa siebzehnjähriger Schüler angefertigt hatte. Es war ein ziemlich wirres Ding, das da über die Leinwand des Alten Stadttheaters flimmerte: Hauptdarsteller – und überhaupt einziger Protagonist – war Neumayer höchstpersönlich. Er spielte den letzten Überlebenden einer atomaren Megakatastrophe und taumelte mit ketchupblutverschmiertem Gesicht durch eine Mondlandschaft, die nichts anderes war als einer der Steinbrüche aus der Umgebung, aus denen die berühmten Solnhofer Platten stammten. In die Kamera sprach er dabei bedeutungsschwere Sätze, die Morgenstern nichts sagten.

Dankenswerterweise beugte sich Schneidt zu ihm herüber und flüsterte: »Friedrich Nietzsche. ›Zarathustra‹.«

Im kurzen Abspann tauchten zwei Namen auf: Regie: Robert Neumayer. Darsteller: Robert Neumayer. Kamera: Klara Brandl. Drehbuch: Klara Brandl.

Das Publikum zeigte sich von diesem dramatischen Werk angemessen »verstört«, wie es in Filmkritiken in solchen Fällen gern hieß. Kurzum: Niemand wusste so recht etwas damit anzufangen. Morgensterns erster Reflex wäre schallendes Gelächter gewesen, aber das wäre mit Sicherheit als Respektlosigkeit und Banausentum gewertet worden. Hatten hier nicht zwei junge Menschen unter dem noch frischen Eindruck der Atomkatastrophe von Tschernobyl ihre ganze Sorge auf Zelluloid gebannt – oder was immer das Material war, das damals für Super-8-Filme verwendet wurde!

Das Stadtoberhaupt brach schließlich das betroffene Schweigen, indem er die versammelte Hautevolee zu einem kleinen Umtrunk ins Foyer bat – zu »guten Gesprächen« –, während im Stadtsaal so rasch wie möglich die Bestuhlung entfernt werde. Anschließend wünschte er sich, dass die Gäste zu den Klängen »unseres phantastischen Movie Night Orchestra noch lange das Tanzbein schwingen mögen«.

Bis in die frühen Morgenstunden, dachte Morgenstern, eine Formulierung, die in Lokalzeitungen zum Standardrepertoire gehörte. Aber ohne mich.

Und so setzte er sich unauffällig von der Festgemeinde ab. Um sich noch auf ein Guinness in den nahen Irish Pub zu verfügen. Oder zwei? Das, da war er sich sicher, hatte er sich nach diesem Tag mehr als verdient.

Es war dreiundzwanzig Uhr, als Morgenstern im urgemütlichen Pub einlief, der so rustikal war, als hätte ihn das Tourismusministerium der Republik Irland als Werbemaßnahme direkt von Dublin ins Altmühltal verfrachten lassen. Jetzt im Hochsommer war dort wenig los – die Menschen saßen lieber irgendwo im Freien, wo es dann allerdings abends nicht lange dauerte, bis es Beschwerden von Nachbarn wegen Ruhestörung hagelte und die Staatsgewalt in Gestalt von Streifenbeamten wie dem braven Ludwig Nieberle schlichten musste. Erleichtert sah Morgenstern, dass Fiona und ihre Spießgesellinnen nicht da waren.

Am hölzernen Tresen rund um die Bar standen Menschen verschiedensten Alters, an der entlegensten Ecke saß ein etwa vierzigjähriger Mann mit halblangen blonden Haaren und John-Lennon-Nickelbrille bei einem großen Glas Guinness. Vor sich hatte er einen schmalen Ordner. Der Mann wirkte sympathisch, Morgenstern nahm neben ihm Platz, nickte ihm kurz zu und bestellte ein Bier.

»Stammgast?«, fragte das Lennon-Double.

»Wieso?«

»Weil Sie ein Guinness-T-Shirt tragen.«

»Ich komme gerade vom Festakt im Alten Stadttheater, Ehrenbürgerwürde für unseren Regisseur. Deswegen trage ich zur Feier des Tages Schwarz.« Morgenstern lächelte. »Aber Sie haben recht – ich bin regelmäßig hier. Wohne nicht weit weg. Ziemlich praktisch. Und Sie?«

Lennon deutete auf den Ordner vor ihm. »Gehöre zur Filmcrew. Ich habe das Drehbuch geschrieben.« Er reichte Morgenstern die Hand und stellte sich vor. »Ich bin der Max, Max Bleichinger.«

»Und ich bin der Mike, Mike Morgenstern.« Er erwiderte den Händedruck. Und weil der geistesgegenwärtige Barkeeper schon bei Morgensterns Eintrudeln ein Guinness gezapft hatte, konnten sie nun anstoßen und sich für den Rest des Abends duzen.

Ganz gegen seine Gewohnheit rückte Morgenstern sofort damit heraus, dass er Kriminalbeamter war. Üblicherweise vermied er das hier in der Kneipe, das sorgte nämlich erfahrungsgemäß für leichte Besorgnis bei den Gesprächspartnern. Er hatte manchmal das Gefühl, jeder habe irgendwie im übertragenen Sinne eine Leiche im Keller.

Max Bleichinger zeigte sich allerdings ernsthaft interessiert und wollte sofort wissen, ob sein Tresennachbar mit dem Fall Klara Brandl befasst sei.

Morgenstern nickte, trank von seinem Bier und gab zu verstehen, dass er da leider nichts verlauten lassen dürfe. »Aber mich interessiert dein Drehbuch. Ist es das, was du da liegen hast?«

»Ja, ich habe das praktisch rund um die Uhr dabei. Ständig gibt es etwas umzuschreiben. Das ist alles Work in Progress.«

»Hä?«

»Na ja, so ein Drehbuch bleibt bis zur letzten Aufnahme in Bewegung, jedenfalls die Dialoge, die ich schreibe. Auch jetzt gerade habe ich hier noch rumgestrichen.« Mit Kugelschreiber waren einige Sätze verändert.

»Lass mal sehen.« Morgenstern zog das Skript zu sich herüber und sah sich die Titelseite an. Unter dem Titel »Kettnerin« stand in fett gedruckten Großbuchstaben: »Drehbuch von Robert Neumayer und Max Bleichinger«.

»Ihr habt das zusammen geschrieben?«

Der Nickelbrillenträger nickte erst und schüttelte dann den Kopf als Signal, dass die Sache kompliziert war. »Ich erklär's dir. Die Idee und das grobe Gerüst kommen vom Neumayer. Dem spukt die Geschichte schon lange im Kopf herum. Und als jetzt Disney mit diesem chinesischen Mulan-Stoff so einen Riesenerfolg hatte, hat ihn das richtig geärgert. Das muss man sich mal vorstellen: Du hast da als Mensch aus Bayern einen Stoff über eine Frau, die als Mann verkleidet in den Krieg zieht und alle möglichen Heldentaten vollbringt – und dann kommt Hollywood und macht aus einem ähnlichen chinesischen Thema einen Blockbuster.«

Morgenstern grinste. »Wie sagte schon Gorbatschow: Wer zu spät kommt, den bestraft das Leben.«

»Aber es ist eben nicht zu spät«, sagte Bleichinger. »Wir surfen jetzt auf dieser Welle. Der Stoff ist immer noch gut.« Er nahm sich die Kladde mit dem Drehbuch und knallte sie auf den klebrigen hölzernen Tresen. »Das ist ein Topdrehbuch, wenn ich's dir sage. Es hat alles, was man braucht.«

»Spannung, Spiel und Schokolade?«, fragte Morgenstern heiter. »Ein filmisches Überraschungsei?«

»Brauchst dich gar nicht lustig zu machen.« Bleichinger nahm einen großen Schluck aus seinem Glas.

Der Barkeeper kümmerte sich währenddessen um die Musik. Aus den Lautsprechern klang wie bestellt der beschwingte Evergreen »Movie Star« von Harpo, der deutsche Sommerhit des Jahres 1976. Morgenstern konnte nicht anders und sang, eine üble Marotte, ein bisschen mit. »*Movie star, movie star, you think you are a movie star ...*«

Max, der Drehbuchautor, war irritiert und begann, unmotiviert in seinem Skript zu blättern. »Apropos Movie Star: Luzie Petterson war Feuer und Flamme, dass Neumayer die Hauptrolle mit ihr besetzt hat. Anfangs hat er eine andere eingeplant gehabt, aber als die zickte, hat er sich umentschieden. Der kann da knallhart sein.«

»Und wie ist es, wenn man mit ihm zusammen ein Drehbuch schreibt?«, fragte Morgenstern.

»Das ist in diesem Fall relativ einfach«, gab John Lennon unumwunden zu. Er stieß mit Morgenstern an. Die beiden tranken. Ein wenig Guinness-Schaum tropfte auf das Manuskript und hinterließ ockerfarbene Flecken. Anscheinend hatte Max Bleichinger an diesem Abend schon ein bisschen mehr getrunken.

»Die ganze Geschichte hier kommt erst einmal von Neumayer ganz allein. Das ist sein Baby, definitiv. Die ganze Story, der Plot, damit geht er schon so lange schwanger, hat er mir erzählt. Das ist sein bisher erstes Drehbuch – aber schon richtig gut ausgereift. Er hat mir vor einem Jahr das Manuskript gegeben. Als Kopie. Stell dir vor, das war sogar richtig vergilbt. Mit einem ganz schlechten Drucker ausgedruckt.«

»Und was ist dann dein Job bei der Nummer?«

»Ich feile das alles bis ins Detail aus, ich schreib die Dialoge, bis sie perfekt sind. Aber die Vorlage, die Geschichte – das ist alles seins.«

Morgenstern musste zugeben, dass er bisher noch nicht

ernsthaft wusste, um was es in dem Film ging. Natürlich hatte die Zeitung schon mal eine Zusammenfassung geschrieben, aber ehe Morgenstern sich's versah, hatte Fiona sich die Seite ausgerissen und irgendwo archiviert. Deswegen gab ihm nun niemand anders als der Drehbuchautor persönlich einen kurzen Überblick.

»Pass auf, das geht so: Diese Johanna Sophia Kettner ist die Tochter einer bitterarmen Bauernfamilie hier irgendwo bei euch in der Pampa.«

»Das ist nicht meine Pampa, ich persönlich komme nämlich aus Nürnberg«, sagte Morgenstern pampig.

»Egal. Jedenfalls kommen irgendwelche Militärwerber durch, machen ihren jüngeren Bruder betrunken und pressen ihn in die Armee. Sie rettet ihren Bruder, indem sie seine Uniform anzieht und sich die Haare schneidet, und so zieht sie als Frau in den Krieg.«

»Aha, und warum hat die Luzie Petterson immer noch ihre langen blonden Haare?«

»Meinst du, die lässt sich von uns eine Glatze scheren? Da versteckt man das Haar halt unter einer Mütze. Sieht doch keiner.«

»Ist aber unrealistisch.«

»Mann, das ist Kino! Das ist unsere künstlerische Freiheit.«

»Ich meine ja bloß …«

»Und dann zieht sie mit ihrer Truppe in den Krieg und ist so tapfer und so geschickt mit dem Degen, dass sie in eine Eliteeinheit aufgenommen wird, so ungefähr wie bei den ›Drei Musketieren‹ von Alexandre Dumas. Sie deckt schließlich zusammen mit ihrem Vorgesetzten, einem Hauptmann, in den sie sich ganz heimlich verliebt hat, eine Verschwörung gegen Kaiserin Maria Theresia auf und bringt einen französischen Chefspion zur Strecke. Beim letzten Kampf mit diesem Schuft wird sie schwer verwundet, muss operiert werden – und der Hauptmann ist dabei an ihrer Seite. Es stellt sich heraus, dass sie eine Frau ist. Alle sind entsetzt, weil das als große Schande gilt, wenn in der Armee des Habsburgerreichs ein ›Flintenweib‹ kämpft. So unter dem Motto: Jetzt müssen die sogar schon Frauen anheuern. Der Hauptmann verteidigt sie. Und dann ist völlig überraschend die Kaiserin persönlich so begeistert von unserer Kettnerin, dass sie sie nach Wien in die Hofburg einlädt und bei einem prunkvollen Empfang ehrenvoll aus der Armee entlässt.«

Lennon sah Morgenstern erwartungsvoll durch seine kleinen kreisrunden Brillengläser an. »Zwei starke Frauen in einer Männerwelt. Sie bekommt sogar zum Dank in Eichstätt ein kleines winziges Schlösschen – sie heiratet ihren Hauptmann, und alle sind glücklich. Was sagst du nun?«

»›Sissi‹ ist ein Dreck dagegen. Märchenhaft«, sagte Morgenstern. »Was ist jetzt an dieser Geschichte wahr?«

John Lennon druckste herum und drehte sein halb volles Glas in beiden Händen. »Wahrheit? Was ist Wahrheit?«

»Der Spion zum Beispiel?«

»Haben wir uns erfunden, das gebe ich zu.«

»Und der Empfang in Wien?«

»Historisch nicht ganz korrekt. Aber es gibt in Wien eine Akte über den Fall. Im Kriegsarchiv, echt wahr.«

»Aber keinen Empfang bei der Kaiserin?«

»Na ja, so eine Kaiserin hatte damals viel um die Ohren«, brummelte Bleichinger. »Das war ein riesiges Reich, um das sie sich kümmern musste ... Aber sie hat der Kettner persönlich eine lebenslange Pension gewährt. Höchstpersönlich sogar. Schriftliche Anweisung.«

»Hmm«, machte Morgenstern und trank einen Schluck. Aus den Lautsprechern im Pub kam jetzt ein Hit von Fleetwood Mac: »*Tell me lies, tell me sweet little lies*«, sang Stevie Nicks – erzähl mir Lügen, erzähl mir süße kleine Lügen ... Es schien fast so, als habe an diesem Abend ein fieser, heimtückischer Algorithmus Kontrolle über die Musikauswahl im Pub übernommen. »Bloß so zur Vollständigkeit: Diese Sache mit dem kleinen Bruder ...«

Lennon schüttelte bekümmert den Kopf. »Brauchst gar nicht weiterzufragen. Das Schlösschen hat sie auch nicht gekriegt. Und den Hauptmann genauso wenig. Aber die Pension. Und ihr Grab ist hier in Eichstätt. Auf dem sogenannten Pestfriedhof. Angeblich ein ganz romantischer Ort.«

»Spannend«, sagte Morgenstern sarkastisch.

Doch dem Drehbuchautor war nicht so leicht beizukommen. »Kennst du den berühmten Satz aus dem Western ›Der Mann, der Liberty Valance erschoss‹?«

Morgenstern musste passen, dabei guckte er schon hie und da Western. Italowestern vor allem, am liebsten »Spiel mir das Lied vom Tod«. Die Anfangsszene von den am einsamen Bahnhof wartenden Killern erinnerte ihn immer an den gottverlassenen Eichstätter »Hauptbahnhof«, fünf Kilometer von der eigentlichen Stadt entfernt. Aber Liberty Valance? »Nun sag's schon!«

»Es ist eine große Weisheit«, sagte der Drehbuchautor und Verfechter der künstlerischen Freiheit mit salbungsvoller Stimme: »*When the legend becomes fact, print the legend!*«

»Aha«, sagte Morgenstern, und Lennon erkannte sofort, dass es mit den Englischkenntnissen seines Tresennachbarn nicht weit her war.

»Wenn die Legende zur Wahrheit wird, druck die Legende«, übersetzte er dankenswerterweise.

»Was hat das jetzt mit der Kettnerin zu tun?«

»Die Frau hatte das Zeug zur Legende. Aber die blanken Tatsachen sind halt ein bisschen mager. Also muss man da nachhelfen. Sonst will das keiner sehen.«

Morgenstern bestellte zwei Whiskeys auf seine Rechnung. Sie prosteten sich zu: »Auf die Legende!«, sagte er.

»Auf die Legende!«, bestätigte die Nickelbrille.

Sie tranken einen Schluck, Morgenstern bekam – wenig lässig – einen kleinen Hustenanfall. Das Getränk war ihm viel zu herb, als wäre der Inhalt des kleinen Glases durch einen kompletten BayWa-Sack Torf gefiltert worden. Sein Nachbar klopfte ihm helfend mit der flachen Hand zwischen die Schulterblätter. »Wenn du den Heimlich-Griff benötigst, bevor du erstickst, gib mir Bescheid. Du bist mir vielleicht so ein Held.«

Sie tranken ihre Whiskeys aus, und Max Bleichinger bestand darauf – Ehrensache –, seinerseits einen auszugeben. Die Verbrüderung war in vollem Gange. Morgenstern blätterte sich, was mutmaßlich verboten war, durchs Drehbuch. Im Gegenzug erzählte er Bleichinger nun doch, was definitiv verboten war, Details vom Tode Klara Brandls. Da gab es freilich nicht viel, was der Drehbuchschreiber nicht schon wusste.

»Seltsamerweise hat der Robert immer wieder mal von ihr gesprochen, als wir am Drehbuch gefeilt haben«, erklärte er sinnend. »Dafür, dass die beiden schon seit Ewigkeiten kaum noch Kontakt haben, ist das schon erstaunlich. Sie hat ihn irgendwie immer noch beschäftigt.« Er seufzte. »So ist das wohl mit der ersten Liebe. Die erste Flamme vergisst man nie.«

Morgenstern seufzte auch. »Wem erzählst du das?« Gut, dass Fiona ihn gerade nicht hören konnte.

»Aber es war da noch mehr dahinter«, überlegte John Lennon. »Ich glaube, dass er sich für diese Klara verantwortlich gefühlt hat. Fast so, als hätte er ein schlechtes Gewissen.«

»Wie meinst du das?«

»Er macht tolle Karriere, jeder kennt seinen Namen, seine Filme, er kriegt die Goldene Palme in Cannes, den Goldenen Bären in Berlin, den Goldenen Löwen in Venedig.«

»Bloß keinen Oscar in Los Angeles«, sagte Morgenstern, um ein bisschen Wasser in den Wein zu gießen.

»Und sie sitzt hier in Eichstätt. Er denkt wohl, er hätte sie mitnehmen sollen.«

»Ich habe vorhin einen Kurzfilm von den beiden gesehen. Ziemlich schräg. Das Drehbuch war von ihr.«

»Und wie war's?«

»Ein ziemlicher Käse«, erklärte Morgenstern unumwunden. »Ist wohl besser, dass sie später Bauerntheater geschrieben hat.«

»Ehrlich?«

»Hat mir der Baron de Pompadour, der mit der Augenklappe, erzählt.«

Max Bleichinger zog sein Handy heraus und tippte – mit

nicht mehr ganz sicheren Fingerbewegungen – darauf herum. Schnell fand er, wonach er gesucht hatte. Ein Verlag für Theaterstücke in Wemding, keine fünfzig Kilometer westlich von Eichstätt gelegen, hatte die gesammelten Bühnenwerke von Klara Brandl im Repertoire und bot sie Theatergruppen in der ganzen Republik gegen Gebühr an. Fröhlich las Bleichinger ein paar der gut zwei Dutzend Titel vor. »Pleiten, Pech und Platzpatronen«. »Immer Ärger mit Monsignore«. »Die Kaiserin von Katzenbach«. »Der unheilige Willibald«. »Der Bauern-Legionär« …

»Die hatte anscheinend eine flotte Feder«, sagte Bleichinger. »Über zwanzig Stücke, das musst du erst mal schaffen. Aber die Sachen sind bestimmt keinen Schuss Pulver wert.«

Er klopfte auf das Manuskript auf dem Tresen: »Das hier, damit kannst du Kohle machen, wenn du es richtig anstellst. Eine ordentliche Vorlage, ein Plot, der sich gewaschen hat … Dann läuft das fast von alleine.«

»Was kostet so ein Drehbuch, wenn man's kaufen muss?«, fragte Morgenstern neugierig.

»Ein Drehbuch wie das hier? Deutlich über hunderttausend Euro.«

Morgenstern schnalzte mit der Zunge.

»Schließlich muss ich auch von was leben«, erklärte Bleichinger. »Und in diesem Fall krieg ich sowieso bloß vierzig Prozent. Logisch, den ganzen Plot hat ja der Neumayer geliefert. Der Mann ist echt ein Phänomen: ein Multitalent, wie man es nicht leicht findet. Der kann schreiben, Regie führen, produzieren, finanzieren. Keine Ahnung, wo der die ganze Energie hernimmt.«

Morgenstern grinste in sich hinein und schlug dann vor: »Kokain?«

Die beiden Whiskeytrinker konnten sich vor Lachen kaum noch auf den Barhockern halten, beglichen ihre Rechnungen und wankten Arm in Arm hinaus, nicht, ohne die Handynummern ausgetauscht zu haben.

Morgenstern begleitete seinen Trinkkumpan noch bis zum

Hotel Adler. Auf dem Marktplatz drehten sie sich um die eigene Achse. »Metzgerei Kettner«, stand über einem Haus mit geschwungenem Barockgiebel und Dachterrasse. »Verwandtschaft?«, fragte Bleichinger.

Morgenstern konterte mit einem spontanen Wortspiel: »Ist mir wurscht!«

Die beiden Spaßvögel klatschten sich prustend ab und lagen sich dann schwankend in den Armen. Höchste Zeit, ins Bett zu kommen.

1. Juli

Die Strafe folgte auf dem Fuße. Am nächsten Morgen erwachte Morgenstern mit hämmernden Kopfschmerzen – und allein im Bett. Er schlurfte ins Badezimmer, fand nach langem Herumkramen ein Aspirin und stieß im Wohnzimmer auf Fiona. Die lag auf der Couch unter einer dünnen Wolldecke.

»Dein Schnarchen war nicht auszuhalten«, beschwerte sie sich.

»Mit wem bist du denn gestern versumpft? Sag bloß nicht, mit Adam Schneidt.«

»So weit kommt's noch. Nein, ich habe im Pub den Drehbuchautor getroffen. Wobei das eigentliche Drehbuch vom Neumayer selbst stammt.« Er sah Fiona streng an. »Was war das eigentlich gestern Abend für ein Auftritt? Diese Demo?«

»Meine Sache«, sagte Fiona kurz angebunden. »Kümmere du dich um deine Tote, ich kümmere mich um die Lebenden.«

Morgenstern tippte sich an die Stirn. »Es könnte sein, dass sich das in diesem Fall nicht so leicht auseinanderhalten lässt.«

Restalkoholbedingt fuhr er an diesem Morgen mit dem Schnellbus der Firma Jägle ins Präsidium. Der Zentrale Omnibusbahnhof in Ingolstadt lag direkt neben der Polizeizentrale, und der Bus startete in Eichstätt komfortabel am barocken Leonrodplatz. Im gemeinsamen Büro wartete schon der Kollege Hecht auf ihn, und als treue Seele hatte er sogar Kaffee gekocht, so gut das mit der altersschwachen, arteriosklerotischen, röchelnden Maschine eben ging. Das Produkt war erwartungsgemäß eine ziemlich bittere Plörre. Also genau das Richtige für Morgensterns ausgerenkten Magen.

Dankbar füllte er seine Ersatzbürotasse mit dem Aufdruck der Gewerkschaft der Polizei. Seine Premiumtasse mit dem »Schönen Brunnen« des Nürnberger Hauptmarktes, ein Mitbringsel vom Christkindlesmarkt anno dazumal, war unglücklicherweise seit einiger Zeit verschollen.

Hecht trank währenddessen Kamillentee. »Wir haben Nachricht von der Gerichtsmedizin«, erklärte er, nachdem sich Morgenstern einigermaßen akklimatisiert hatte. »Ich hab's schon ausgedruckt.«

»Wir sollen doch nicht so viel ausdrucken, Spargel«, murrte Morgenstern. »Es heißt doch immer, dass wir bald überall das papierlose Büro haben.«

»Papperlapapp«, widersprach Hecht und wedelte mit den Blättern. »Denn was man schwarz auf weiß besitzt, kann man getrost nach Hause tragen.‹«

Morgenstern sah ihn mit geheucheltem Desinteresse an und stöhnte leise.

Hecht präsentierte das überlegene Lächeln eines Quizmasters. »Also, ich löse auf: Goethe. Wer sonst? Faust, der Tragödie erster Teil.«

»Dann lass mal schwarz auf weiß sehen, was die Pathologie herausgefunden hat. Mann, ich bin jedes Mal froh, wenn wir nicht persönlich zur Leichenschau nach München müssen.«

Hecht suchte die wichtigste Seite heraus, legte sie Morgenstern auf den Schreibtisch, stellte sich neben ihn und wartete, dass der Kollege mit eigenen Augen sah, was da geschrieben stand.

Aber der stand ziemlich auf dem Schlauch und las erst all die Dinge, die nicht wirklich von Bedeutung waren. »Scheußlich«, sagte er. »Fünfundsiebzig Meter freier Fall, ein paarmal mit Händen und Beinen am Brunnenrand entlanggeschrammt. Fingernägel ramponiert. Kniescheiben angeschlagen. Und dann unten das Ende.« Er hielt sich den Bauch. »Mir kommt's gleich hoch.«

»Lies das hier!«, befahl Hecht und tippte mit dem Finger auf einen Absatz im unteren Drittel der Seite. »Mensch, stell dich nicht so an, Mike!«

Morgenstern sah sich den Absatz an und fing dann zu lesen an: »›Die Tote hat darüber hinaus Verletzungen, die sich m. E. nicht durch den Sturz selbst erklären lassen.‹« Er sah Hecht an. »Was heißt ›m. E.‹?«

»Meines Erachtens«, sagte Hecht kopfschüttelnd. »Nun lies schon weiter.«

»›Auf der Brust findet sich mittig eine kleine Stichwunde, etwa einen Zentimeter tief, etwa elf Zentimeter darunter gibt es eine zweite Verletzung, die ebenfalls von einem spitzen Gegenstand herrührt. In beiden Fällen wurde die Kleidung (T-Shirt) durchstochen. Keine der Verletzungen kann als tödlich eingeschätzt werden. Ein etwaiger am Grunde des Brunnens liegender spitzer Gegenstand kommt für die Wunden nicht in Frage, weil sich rund um die Stichverletzungen keine weiteren Druckstellen oder Hämatome finden lassen, die andernfalls bei einem direkten Aufprall auf besagten Gegenstand unvermeidlich wären.‹«

Morgenstern las sich das gesamte medizinische Bulletin noch einmal durch. »Der Todeszeitpunkt dürfte am Vortag der Auffindung zwischen sechzehn und achtzehn Uhr gelegen haben«, stand da.

Er schlürfte geräuschvoll aus seiner GdP-Tasse. Am unteren Rand der Tasse, gleich unter dem Gewerkschaftslogo mit dunkelgrünem Strahlenkranz, stand: »… und der Tag wird gut!« Diese Behauptung war der blanke Hohn. Nichts konnte gut werden, wenn Klara Brandl mit dem berüchtigten »spitzen Gegenstand« malträtiert worden war, bevor sie in den Brunnenschacht stürzte. »Das war kein Unfall, das war Mord«, murmelte Morgenstern. »Ein Mord, mitten im Getümmel.«

Spontan griff er nach dem Telefon und rief in der Polizeiinspektion Eichstätt an, bei Inspektionsleiter Manfred Huber. Der solle sich darum kümmern, dass der Grund des Brunnens noch einmal abgesucht werde. »Wie ihr das anstellt, ist mir egal.«

»Du redest dich leicht«, sagte Huber. Aber dann fiel ihm ein, dass die Dollnsteiner Bergwacht bei der ersten Bergungsaktion nicht zum Zug gekommen war und nun ruhig ihre Leistungs- und Einsatzfähigkeit unter Beweis stellen könnte. »Umfassender Zeitungsbericht inklusive. Und bei der Zeitung machen die inzwischen auch kleine Videos fürs Internet. Das lohnt sich also für die Bergwacht auf jeden Fall. PR-mäßig. Ist ja nicht so, dass die hier ständig Einsätze hätten.«

Er schob ein »Zum Glück!« nach und fragte dann: »Was glaubt ihr denn, was die finden könnten?«

Morgenstern zuckte mit den Schultern. »Einen spitzen Gegenstand. Vielleicht ein Messer. Oder eine Gabel mit zwei Zinken? Was weiß ich. Und eventuell liegt da unten auch das Netz, mit dem der Brunnenschacht eigentlich abgesichert war. Das würde ich auch gerne haben.«

»Wer weiß, was da sonst noch drin liegt«, sagte Huber. »Reichtümer jedenfalls nicht. Der Chef vom Historischen Verein hat mir gesagt, dass der Brunnen zuletzt im Jahr 1977 untersucht worden ist.«

»Und?«, fragte Morgenstern. »Was hat man gefunden?«

»Einen alten Eimer. Und eine Hellebarde. War die Mühen nicht wert. Ich hoffe nur, dass es sich dieses Mal lohnt. Sonst steigt euch die Bergwacht nicht bloß in den Brunnen, sondern anschließend auch aufs Dach.«

»Haha«, machte Morgenstern und wollte schon auflegen, als ihm Huber noch eine kleine Information präsentierte.

»Der Historische Verein mit seinem Vorsitzenden Walter Dengler ist übrigens ganz und gar nicht begeistert von diesem Filmprojekt. Kann gut sein, dass es da noch Ärger gibt.«

»Schon wieder?«, fragte Morgenstern und dachte an die Störaktion der »MeToo«-Frauen vom Vorabend. »Ich war gestern beim Festakt und hatte den Eindruck, die ganze Stadt steht kopf vor lauter Freude – mit ein paar weiblichen Ausnahmen.«

»Ja, das stimmt schon, aber die Leute vom Historischen Verein haben sich bei einer Vorstandssitzung mal genauer mit der Sache befasst, was da eigentlich alles gedreht wird. Und inzwischen halten sie das für …«

»… groben Unfug?«, fragte Morgenstern. »Da wären sie nicht die Einzigen. Ich habe gestern zufällig den Drehbuchautor gesprochen, und ich muss sagen, dass die ganze Geschichte an den Haaren herbeigezogen ist. Diese Filmtypen haben echt eine blühende Phantasie.«

»So sieht das der HV-Vorstand auch.«

»Hafau?«

»Historischer Verein, HV. Sagt hier jeder so. Das ist in der Stadt und im ganzen Umland eine altehrwürdige Institution, da sind echte Honoratioren dabei. Die nehmen die Stadtgeschichte sehr ernst. Der Dengler hat mir gesagt, dass sie einen offenen Brief an Robert Neumayer schreiben wollen – den sie an die Zeitung schicken und an den Bayerischen Rundfunk und an die Bayerische Filmförderung und an wen noch alles. Sie wollen sich beschweren.«

»Bisschen spät«, stellte Morgenstern trocken fest. »In ein paar Tagen ist alles vorbei.«

»Ich schlage drei Kreuzzeichen, wenn das hier rum ist«, gab Manfred Huber zu. »Dann haben wir endlich wieder unsere Ruhe.«

»Grabesruhe«, sagte Morgenstern und legte auf.

»Und jetzt, Spargel?«

»Wir müssen Schneidt Bescheid geben. Ansonsten würde ich vorschlagen, wir halten die Information so lange es geht zurück. Braucht keiner zu wissen, dass wir jetzt von einem Mord ausgehen.«

»Und unter den Letzten, die Klara Brandl lebend gesehen haben, war Regisseur Neumayer«, sagte Morgenstern mit finsterem Blick.

»Vielleicht der Letzte«, relativierte Hecht. »Wir wissen es einfach nicht.«

»Vor allem wissen wir viel zu wenig über Klara Brandl.« Morgenstern goss den Rest seines bitteren Muntermacherkaffees in den Topf eines unglückseligen Ficus benjamini. »Dann wollen wir mal«, sagte er. »Ich würde mir gerne ihre Wohnung ansehen. Und mit Leuten sprechen, die mit ihr befreundet waren. Aber wer kann uns da weiterhelfen?«

»Die Zeitung«, sagte Hecht. »Die weiß alles.«

Adam Schneidt saß in seinem Büro und studierte ebendiese Zeitung, als die Kommissare bei ihm einliefen.

»Mord?«, fragte er konsterniert, nachdem ihn Hecht über den neuesten Stand aufgeklärt hatte. »Das hat uns gerade noch gefehlt. Sie müssen alles tun, dass diese Filmarbeiten wie geplant zu einem guten Ende kommen. Fühlen Sie Neumayer von mir aus auf den Zahn. Aber ganz, ganz vorsichtig. Wie das ein guter Zahnarzt tun würde.«

»Und wenn wir einen vereiterten Nerv erwischen?«, fragte Morgenstern.

»Dann ... dann ... hilft nur noch Beten«, sagte Schneidt.

***

Klara Brandl, das wusste bei telefonischer Nachfrage der Redaktionsleiter des Eichstätter Kurier aus dem Stand, wohnte in einem winzig schmalen Häuschen am Eichstätter Kugelberg, auf der sonnenverwöhnten Südflanke des Altmühltals. Ihr Elternhaus, das sie geerbt hatte. Der Redakteur war schon einmal dort gewesen, weil er ein Porträt über sie geschrieben hatte, berichtete er. Sie lebte dort allein, hatte allerdings eine gute Freundin namens Dagmar Kunze, die den Kommissaren gewiss weiterhelfen könne. Sogar mit Kunzes Telefonnummer konnte die Redaktion dienen. »Frau Kunze ist hier in der Eichstätter Kulturszene mindestens genauso engagiert wie Frau Brandl. Wegen solcher Leute gilt Eichstätt als Kulturstadt. Jeder ist mit jedem vernetzt.«

Hecht und Morgenstern hatten Glück: Kunze, eigentlich Musiklehrerin am Neuburger Descartes-Gymnasium, war zu Hause. Krankgeschrieben seit dem Tod ihrer besten Freundin. »Ich kann jetzt nicht einfach Unterricht halten, als ginge das Leben ganz normal weiter«, sagte sie am Telefon. »Aber keine Sorge, ich bin mobil. Wir können uns treffen. Wenn Sie wollen, sogar in Klaras Wohnung. Ich habe den Schlüssel. War seitdem noch nicht dort.«

»Wahnsinn«, entfuhr es Morgenstern. Er schaute auf die

Uhr und sagte: »In fünfunddreißig Minuten an der Eingangstüre. Abgemacht?«

»Ich bin da. Kennen Sie sich denn aus? Wissen Sie, wo Sie hinmüssen?«

Morgenstern nickte. »Ich wohne zufälligerweise ganz in der Nähe.«

Dank Peter Hechts rasantem Fahrstil, der in auffälligem Kontrast zu seiner biederen Optik stand, waren die beiden Ermittler pünktlich an Klara Brandls Haus, das sich in einer winzig schmalen Gasse zwischen Kugelberg und Schießstättberg befand. Morgenstern fühlte sich an uralte italienische Städte erinnert, in denen winzige Eselspfade oder steile Treppen zu den Häusern führten, die sich an den Berg schmiegten.

Brandls Haus, in dezentem Grau gestrichen, war der steingewordene Beweis dafür, dass es mit der Finanzlage der Eigentümerin nicht zum Besten bestellt war. Größere Sanierungsmaßnahmen hatte Brandls Budget wahrscheinlich nicht hergegeben. An manchen Stellen war der Putz von der Fassade geplatzt. Und zwar nicht nur im Sockelbereich. Letzteres war in Eichstätt gang und gäbe: Nicht einmal das Bischofspalais und sonstige repräsentative Bauten waren vor den Schäden durch permanent im Mauerwerk aufsteigende Feuchtigkeit gefeit. Die Maurer und Verputzer lieferten sich im Kampf gegen Salz und Salpeter einen endlosen Wettlauf nach dem Prinzip Hase und Igel.

Dagmar Kunze war eine dünne, große Frau mit grauer Kurzhaarfrisur. Sie trug ein leichtes Sommerkleid, darüber ein Strickjäckchen, an den Füßen grüne Birkenstock-Sandalen. Die langen gepflegten Fingernägel waren blutrot gestrichen. Ihr breiter Mund war schmal, das Gesicht blass. Für Morgenstern war überdeutlich zu sehen, dass es ihr nicht gut ging.

Sie saß auf einer Bank mit gusseiserner Einfassung und hatte dort auf das Eintreffen ihrer Gesprächspartner gewartet, den Schlüssel für die schwarz lackierte Haustür auf dem Schoß.

»Hier auf dieser Bank sind wir oft gesessen«, sagte sie mit einem wehmütigen Lächeln, noch ehe sie den Besuchern die

Hand gab und sich vorstellte. »Wir sind fast gleich alt gewesen. Ich bin zum Studium nach Eichstätt gekommen und hier hängen geblieben – wie so viele.« Wieder zeigte sie das undefinierbare Lächeln. »Immerhin bin ich hier nicht auch noch geboren. Im Gegensatz zu Klara.«

»Wollen wir reingehen?«, schlug Hecht vor. Die Gasse war so eng, dass die Wände hier Ohren haben mussten. Genauso gut hätten sie ihr Gespräch also auch per Megafon führen können.

»Gerne«, sagte Kunze. »Ich wollte bloß nicht schon vor Ihnen rein.« Sie zögerte kurz. »Seltsam, nicht wahr. Jetzt ist das ein Totenhaus. Von einem Tag auf den anderen. Es ist zum Verrücktwerden.«

Sie stocherte mit dem Schlüssel im Schloss. »Den habe ich schon ewig. Ich habe früher sogar hier gewohnt, als Studentin. Seitdem kennen wir uns. Verrückt! Ich sage immer: Hier in Eichstätt geht keiner verloren – es sei denn, er will es ganz bewusst.«

Endlich drehte sich der Schlüssel, sie öffnete die Tür. Die Zeitungen der letzten beiden Tage lagen im Flur vor dem Briefschlitz. Sie stiegen darüber hinweg. Es roch ein wenig modrig, fand Morgenstern. Das Haus war direkt in die gewiss immer feuchte Bergflanke gebaut. Da hatten Schimmelpilze ein leichtes Spiel. So wohnte denn auch Klara Brandl ganz überwiegend im ersten und zweiten Stockwerk, erreichbar über schmale hölzerne Treppen.

An den Wänden hingen Fotografien von Theateraufführungen, mit Stecknadeln an die weiße Raufasertapete gepinnt. Es war klar, dass es sich um Stücke handeln musste, die aus Brandls Feder stammten. Ein besonders großes Bild allerdings war in einen Rahmen aus gebürstetem Aluminium drapiert. Morgenstern erkannte die Kulisse auf Anhieb, weil er schon zweimal mit Fiona dort gewesen war. Es war, gleich um die Ecke, der Saal des »Wirtshaus zum Gutmann«. Das Wirtshaus, ein ehemaliges Stadtbauernanwesen mit integriertem Stadel, schmiegte sich ähnlich wie Brandls Haus an den Steilhang und beherbergte hinter dem für Eichstätt ungewöhnlichen Fachwerk eine populäre Kleinkunstbühne. Hinterm Bühnenpodium ragte eine zum Teil roh vermauerte Felswand in die Höhe. Das Foto zeigte eine fünfköpfige Schauspielergruppe auf der Bühne.

Als Morgenstern stehen blieb, sagte Dagmar Kunze: »Das war einer von Klaras wenigen Misserfolgen hier in Eichstätt. Eines der ganz wenigen Stücke von ihr, die keine Komödien waren.«

»Wie hieß das denn?«, fragte Hecht neugierig.

»Das war schwere Ware.« Kunze schüttelte den Kopf. »Es war wirklich nicht zu erwarten, dass das ein Publikumsmagnet werden würde. Das Stück hieß ›Endstation Altmühltal‹.«

Hecht blätterte kurz in seinem Moleskin-Notizbuch und fand, wonach er gesucht hatte. »Ich dachte, sie leitete die Theatergruppe in Preith? Das hat uns die Zeitungsredaktion gesagt.«

»Ja, das auch. Aber die ›Endstation‹ war keines von diesen Stücken, bei denen sich die Leute auf die Schenkel klopfen. Deswegen hat sie das mit einem anderen Team hier auf die Bühne gebracht. Es war klar, dass das dieses Mal ernst gemeint war.« Sie sah sich das Bild nachdenklich an. »Auch schon wieder fünf Jahre her.«

Morgenstern nahm das Bild nun direkt von der Wand, um es bei besserem Licht anzusehen, denn auf der Treppe war es ziemlich düster. »›Endstation Altmühltal‹, kommt mir irgendwie bekannt vor. Hm. Klingt für mich nach der Eisenbahnhaltestelle Eichstätt-Stadt. ›Eichstätt-Stadt, Endstation, bitte alle aussteigen. Der Zug endet hier.‹« Näselnd hatte Morgenstern die Stimme aus den Lautsprechern der Bayerischen Regiobahn imitiert. »*Thank you for travelling with Bayerische Regiobahn.* Oder erinnert mich das an die Autobahnausfahrt Altmühltal? Die letzte Ausfahrt, bevor es von Norden kommend den gefürchteten Kindinger Berg hinaufgeht?«

»Alles Quatsch«, sagte Peter Hecht ungnädig. »Das ist eindeutig eine Anspielung auf den Film ›Endstation Sehnsucht‹ mit Marlon Brando. Sag bloß, du hast noch nie davon gehört?«

»Doch, doch, schon«, sagte Morgenstern pflichtschuldig.
»Logo! Marlon Brando, ›Apocalypse Now‹, kenne ich alles.
Wer bitte schön hat hier Wagners ›Walkürenritt‹ als Klingelton, ich oder du?« Es war unübersehbar, dass Morgenstern eingeschnappt war.

Bevor die beiden Herren sich weiter beharken konnten, erklärte Dagmar Kunze mit ein paar kurzen Sätzen, um was es in diesem Stück gegangen war. In der Tat habe sich ihre Freundin Klara Brandl am berühmten, auch verfilmten Theaterstück »Endstation Sehnsucht« von Tennessee Williams orientiert, in dem eine abgehalfterte, alternde Südstaatenschönheit Zuflucht bei ihrer Schwester sucht und mit deren proletenhaftem Gatten aneinandergerät. »Am Ende wird sie vom Proleten vergewaltigt und landet in der Psychiatrie.«

Morgenstern atmete schwer durch. »Und das hat sie auf bayerische Verhältnisse heruntergebrochen?«

»Genau. Die verzweifelte Schönheit kommt in diesem Fall aus München-Bogenhausen auf einen heruntergekommenen Bauernhof in Gungolding, und der Prolet ist ein Bauernsohn von der ganz groben Sorte.« Sie lächelte versonnen. »Das hat sie wirklich gut hingekriegt. Im Stil des frühen Franz Xaver Kroetz, bevor der für die Menschen nur noch Baby Schimmerlos und ›Kir Royal‹ war. Ich hatte gehofft, das wäre jetzt Klaras Durchbruch als seriöse Autorin. Aber dann hat sie mit ihren Komödienstadel-Nummern weitergemacht, als wäre nichts gewesen.«

»›Der unheilige Willibald‹ und Konsorten«, sagte Morgenstern. »Wir haben schon davon gehört.«

Sie gingen durch einen Flur ins Wohnzimmer, von dessen Fenstern sich ein weiter Blick hinab ins Altmühltal im Allgemeinen und den großen städtischen Ostenfriedhof im Besonderen bot. Zwischen den Fenstern stand ein langer, schmaler Schreibtisch, der ehedem möglicherweise in einem Wirtshaussaal gestanden war. Ein Computer, ein Drucker, stapelweise Bücher standen darauf. An allen Wänden befanden sich Regale, weiße Billy-Regale von Ikea, vollgestellt mit Büchern und

Zeitschriften und zahllosen Aktenordnern. Auf dem Boden stapelten sich alte Zeitungen. Der Eichstätter Kurier, aber auch die Süddeutsche und der Spiegel. »Boah«, sagte Morgenstern, »die hat echt viel gelesen. Das muss ganz schön ins Geld gegangen sein.«

Dagmar Kunze runzelte die Stirn. »Sie hören sich schon an wie der Bauer im Stück ›Endstation Altmühltal‹«, sagte sie tadelnd. »Klara war immer eine Frau, die sich für Literatur, Zeitgeschichte und nicht zuletzt fürs Kino interessiert hat. Sehen Sie, hier hat sie jahrgangsweise Kinozeitschriften, zum Beispiel ›Cinema‹. Aber wenn Sie unbedingt meinen, Herr Morgenstern: Natürlich hat das viel Geld gekostet. Das war es ihr wert. Andere fahren in Urlaub, sie hat sich die Abos geleistet. Finanziell sind bei ihr die Bäume nie in den Himmel gewachsen.«

Kunze setzte sich auf ein dunkelbraunes, gemütlich wirkendes Ledersofa und sah sich um. Ihr Blick blieb an einem Regal hängen, in dem in Reih und Glied Leitz-Ordner standen wie Soldaten in einer Frontlinie. »Seltsam«, sagte sie.

»Was ist seltsam?«

»Diese Ordner. Ich weiß genau, wie penibel sie da immer gewesen ist. Das ist hier sozusagen ihr Lebenswerk, alle Stücke, alles, was sie mal aufgeführt hat. Das ist alles chronologisch geordnet.«

»Ja und?«, fragte Hecht.

Kunze stand auf, stellte sich vor »Billy« und deutete auf die säuberlich beschrifteten Leitz-Rücken, auf denen die Titel verschiedenster Stücke mit schwarzem Filzstift in Großbuchstaben notiert waren.

»Ich sehe da nix Seltsames«, schloss sich Morgenstern an.

»Weil Sie sie nicht kannten.« Sie deutete auf die Phalanx der obersten Ordner. »Sehen Sie, da steht immer unten mit Bleistift eine Ziffer. Eins, zwei, drei, vier …«

»Na und?«, fragte Morgenstern. »Ich verstehe nicht –«
Doch dann sah er es mit eigenen Augen. Das gesamte Billy-Regal, sechs Bretter mit Platz für jeweils zehn Ordner, war

durchnummeriert. Von eins bis dreiundfünfzig. Penibel von ganz oben links bis ganz unten erstes Drittel. Dann war noch Platz – den hätte Klara Brandl sicher in den kommenden Jahren locker vollgeschrieben.

Dieser »Raum für Notizen« war freilich nicht das maßgebliche Thema – sondern die Tatsache, dass die Reihenfolge der Bleistiftnummern im obersten Regalbrett kunterbunt durcheinanderging. Fünf, neun, eins, drei ... Auf den Rücken stand »Frühe Werke«, »Fingerübungen«, »Zarathustra« und auch »Tennessee«. Was sich dahinter verbarg, erschloss sich erst beim Blättern. Die Ordner enthielten Materialsammlungen aller Art, Zeitungsausschnitte, kopierte Lexikonartikel, handschriftliche Manuskripte, Maschinengetipptes. Das meiste war sorgfältig in Klarsichtfolien abgelegt. Klara Brandl war wohl schon immer eine äußerst gründliche Archivarin ihres eigenen Nachlasses gewesen.

»Das wäre Klara nie passiert«, stellte ihre beste Freundin rigoros klar. »Niemals hätte sie ihre Ordner kreuz und quer reingestellt, ganz egal, wie sehr es ihr gerade pressiert hat.«

»Sind Sie sicher?«, fragte Morgenstern. »Ganz sicher?«

»Aber ja doch. Ich weiß nämlich, dass sie da einen kleinen, winzig kleinen Tick hatte. Fast schon was Pathologisches.«

»›Rain Man‹?«, fragte Hecht, der bereits einen kleinen Fotoapparat aus seiner Aktentasche gezogen hatte und nun das möglicherweise kompromittierende Regalbrett von allen Seiten knipste.

»Rain Man?«, fragte Kunze zurück. »Ach, jetzt verstehe ich. Dieser Film mit Dustin Hoffman, für den er den Oscar als bester Hauptdarsteller bekommen hat, soweit ich weiß.«

Mike Morgenstern verstand nur Bahnhof. »Um was geht's hier, bitte schön?«

»Eine milde Form von Autismus. Ein kleiner neurotischer Zwang, den Klara hatte. Diese Regale hier haben eine heilige Ordnung. Basta.« Sie zeigte auf den Schreibtisch mit seinen Büchern und Blättern. »Bei allem anderen, auch drüben in der Küche, hat sie es nicht so genau genommen.«

»Und was lernen wir daraus?«, fragte Morgenstern und gab gleich selbst die Antwort: »Irgendjemand, und dieser Jemand war ausdrücklich nicht Frau Brandl, hat sich an diesem Regal zu schaffen gemacht. Ein Eindringling.«

»Genau so sehe ich das«, lobte Kunze Morgensterns Kurzanalyse.

Morgenstern kontrollierte eigens die gesamten sonstigen Ordner: Die Nummerierung stimmte tadellos. Jeder Erstklässler hätte hier die Zahlen bis hoch in den zweistelligen Bereich trainieren können.

Die durcheinandergewürfelten oberen Ordner allerdings wiesen bei näherer Nachschau keinerlei Besonderheiten auf. Schwer zu sagen, ob etwas fehlte, aber dem ersten Anschein nach war alles komplett. Die Sache war ausgesprochen mysteriös.

Behutsam stromerten Hecht und Morgenstern durchs Haus, um eventuell Spuren eines ungebetenen Besuchers zu finden. Irgendwann stellte Hecht fest, dass in der Toilette, an der Rückseite des Hauses gelegen, ein Fenster nur angelehnt war. Es war allerdings ziemlich klein.

Morgenstern steckte vorsichtig den Kopf hindurch nach draußen. Das Fenster führte zur oberhalb gelegenen Straße. Mit Mühe hätte es einem Einbrecher gelingen können, hindurchzuschlüpfen und so ins Haus zu gelangen. Und tatsächlich deutete alles darauf hin. Denn siehe: Der Toilettendeckel aus solidem Hartplastik hatte einen Riss, so, als sei da ein Mensch mit seinem ganzen Gewicht darauf gelandet, als er durchs Fenster eingestiegen war.

»Hoffentlich sind das keine uralten Kamellen«, sagte Morgenstern und wandte sich von der Toilette aus Richtung Flur. »Frau Kunze, was wissen Sie über diesen Klodeckel?«

Dagmar Kunze, die draußen stand, traute kaum ihren Ohren. »Mit Verlaub. Was soll ich denn noch alles wissen? Ich bin doch hier nicht die Hausmeisterin.«

»Schon gut, schon gut«, beschwichtigte Morgenstern. Er besprach sich kurz mit seinem Kollegen Hecht, dann rief er bei der Polizeiinspektion Eichstätt an. Er wusste, dass es da einen auf Spurensicherung spezialisierten Kollegen gab. Der musste sich dieses Fensters annehmen. Er hatte Glück, der Kollege war im Dienst und versprach, in fünf Minuten da zu sein.

Morgenstern testete währenddessen nur ganz kurz mit dem Ellbogen die Stabilität des von Wind und Wetter in Jahrzehnten schon etwas malträtierten Fensterrahmens – nur um dann festzustellen, dass dieses Fenster wohl noch nie richtig solide zu verriegeln gewesen war. Wenn man auch nur ein wenig von außen dagegendrückte, sprang es bereitwillig auf. »Da könnte man genauso gut auch den Haustürschlüssel unter den Fußabstreifer legen«, sagte er zu Hecht.

»Also ich habe ja daheim an meiner Haustüre so einen kleinen künstlichen Stein«, erklärte Hecht. »Ein unauffälliges Ding, in dem mein Schlüssel versteckt ist. Falls ich mich mal ausgesperrt habe.«

Morgenstern konnte es kaum fassen. »Und so einer wie du darf zur Kriminalpolizei? Wenn das der Schneidt erfährt, lässt er dich zur Strafe bei den Seniorennachmittagen in der ganzen Region Vorträge über effektiven Einbruchschutz halten.«

»Doofmann!«

Dann verfügten sich alle drei zurück ins Wohn- und Arbeitszimmer, um auf den Spurensicherer zu warten.

»Wir müssen mit Ihnen über Frau Brandl sprechen«, sagte Morgenstern, als er zusammen mit Hecht auf dem Ledersofa Platz genommen hatte. Kunze saß ihnen gegenüber auf einem altmodischen Schaukelstuhl aus Rattan. »Eine ganz direkte Frage vorneweg: Hatte Frau Brandl Feinde?«

»Wie kommen Sie denn darauf? War das denn kein Unfall, dieser Sturz in den Brunnen?«

»Wir dürfen Ihnen dazu momentan noch nichts sagen«, gab Hecht zu.

»Feinde?«, fragte Kunze grübelnd. »Das ist ein großes Wort, wissen Sie. Wer hat schon echte Feinde? Es gibt Menschen, die einen nicht mögen. Denen geht man dann aus dem Weg, was in so einer kleinen Stadt nicht ganz einfach ist. Gerade in der Kulturszene gibt es immer Neider, die dir den Erfolg nicht gönnen, die die Nase rümpfen, weil du schon wieder so einen ›lustigen Dreiakter‹ geschrieben hast« – sie zeichnete dazu mit beiden Händen Gänsefüßchen in die Luft – »und die sich ärgern, wenn diese Stücke dann hier in der ganzen Gegend, landauf, landab, von den Theatergruppen gespielt werden.«

»War das denn so?«, fragte Hecht.

»Ja, sie hatte schon ein paar Knaller, die richtig populär geworden sind.«

»Aber Feinde?«, bohrte Morgenstern nach.

»Es hat den einen oder die andere gegeben, die mit ihr nicht klargekommen sind. Sie war als Regisseurin ziemlich selbstbewusst, ziemlich streng. Bei den Proben hat sie kein Blatt vor den Mund genommen. Wenn da einer die Sache nicht ernst genug genommen hat, dann hat sie nicht lange gefackelt.«

»Nämlich?«, fragte Morgenstern.

»Sie hat zwei oder drei aus dem altbewährten Theaterteam erst verwarnt und dann hochkant rausgeschmissen. Die hatten das, soweit ich das von ihr weiß, auch alle verdient. Mit solchen Leuten kann man nicht kreativ arbeiten. Da fehlt's an den Grundtugenden. Wenn jemand bei den Proben ständig unpünktlich ist, wenn er sich von der Regisseurin nichts sagen lässt – dann muss man die Konsequenzen ziehen, sonst leiden alle anderen drunter. Das ist bei den ›Theaterleit vo Preith‹, so heißt die Gruppe offiziell, nicht anders als bei Robert Neumayers Blockbustern.« Sie schaute Morgenstern ernst an. »Es gibt den alten Spruch: Eine Kette ist nur so stark wie ihr schwächstes Glied.«

Es klingelte an der Tür. Der Spurenfachmann war tatsächlich so schnell wie versprochen angerückt. Er ließ sich von Morgenstern kurz die Toilette und das Fenster zeigen, ebenso das Regal mit den verdächtigen Aktenordnern und machte sich an die Arbeit.

Kunze ging währenddessen in die Küche, um sich einen Tee zu kochen. »Mögen Sie beide auch einen?«, rief sie den

Kommissaren zu. Offenkundig wollte sie eine kleine Pause von dem Gespräch über die Probleme in der Theatergruppe. Denn es war klar, was nun kommen würde: Sie würde Ross und Reiter nennen müssen. Wer war dieses »schwache Glied«? Wer hatte mit Klara Brandl eine Rechnung offen? Wen hatte Brandl vor wer weiß wie langer Zeit vor versammelter Laienspielerschar gedemütigt?

Kunze kam mit einer dampfenden Teekanne und drei Tassen zurück, goss allen ein, verteilte Kandiszucker. Dann lehnte sie sich zurück, atmete tief durch und sagte: »Also gut: Es gibt da einen, mit dem sie sich richtig angelegt hat. Das ist zumindest in Preith hinlänglich bekannt. Hat ja nicht mal tausend Einwohner, das Dorf. Ein Ortsteil von Pollenfeld. Ich selbst kenne ihn nicht, ich weiß es nur von Klara, also aus zweiter Hand. Der Mann heißt Paul Sommerer. Den hat sie nicht mehr spielen lassen.«

Hecht notierte den Namen und auch den Namen der Laienbühne: »Theaterleit vo Preith?«, fragte er.

»Genau. Die sind hier in der Gegend ziemlich bekannt, weil sie recht ehrgeizig sind. Die haben schon einen gewissen Anspruch. Ich meine, im Rahmen ihrer Möglichkeiten.«

Das war nun freilich ein vergiftetes Lob, und Hecht wollte das auch nicht so akzeptieren. Bei ihm zu Hause in Schrobenhausen gebe es die »Volksbühne«, und was er da schon gesehen habe, sei aller Ehren wert.

»Und wann waren Sie zuletzt im Ingolstädter Stadttheater, Herr Hecht?«, fragte Dagmar Kunze spitz. »Bei den Profis?«

Hecht musste kleinlaut zugeben, dass er da in letzter Zeit nicht so dazu gekommen sei. Sollte heißen, es könnte sich gut und gern um eine Schulaufführung gehandelt haben, zu der er damals mit der Franz-von-Lenbach-Realschule gefahren sei.

»Also vor Jahrzehnten«, fasste Kulturfrau Kunze zusammen.

»Und was ist dieser Paul Sommerer für ein Typ?«, brachte Morgenstern über seine Teetasse hinweg das Gespräch wieder auf Kurs, ehe sich sein Kollege weiter blamierte – oder, schlimmer noch, die Frage aufkommen konnte, wann denn Mike Morgenstern zuletzt die Bretter, die angeblich die Welt bedeuten, besucht habe.

»Dieser Sommerer ist anscheinend so ein richtiger Macho, einer, der sich ungern von Frauen etwas vorschreiben lässt. Mit solchen Menschen kann man nicht zusammenarbeiten. Er ist immer zu spät gekommen, hat blöde Bemerkungen gemacht, sexistische Witze, bis der Klara der Kragen geplatzt ist. Er hat dann den Theaterverein verlassen.«

»Wissen Sie, was er beruflich macht?«, fragte Hecht.

»Das ist alles schon eine Weile her. Damals, das muss vor fünf Jahren gewesen sein, war er bei den Stadtwerken in Eichstätt, soweit ich weiß. Ein Handwerkertyp. Deswegen waren die Theaterleit damals auch nicht besonders glücklich darüber, dass die Sache eskaliert ist. Sie haben ihn nämlich auch immer fürs Bühnenbild und die Technik gut brauchen können.«

»Hm«, machte Morgenstern und stand kommentarlos auf. Auf dem Flur fand er, wonach er gesucht hatte. Das Telefonbuch für Eichstätt und Umgebung. Die Stadtwerke hatten darin einen großen Eintrag.

Er fackelte nicht lange und rief bei ihrer Telefonzentrale an. Die Stadtwerke, das wusste er schon seit dem ersten Tag, als seine Familie von Nürnberg nach Eichstätt gezogen war, hatten ihren Sitz an der Weißenburger Straße, gegenüber von McDonald's, zu Füßen der Willibaldsburg. Die Morgensterns hatten sich damals nicht nur als Strom- und Wasserkunden vorgestellt, sondern auch gleich eine Familienkarte fürs städtische Freibad erworben – wobei Mike Morgenstern als überzeugter Warmduscher nur sporadisch von seiner Karte Gebrauch machte.

Am Telefon meldete sich eine Sekretärin. »Stadtwerke Eichstätt, womit kann ich dienen?«

»Morgenstern hier, wo finde ich denn bei Ihnen den Herrn Sommerer?«

Die Frau zögerte keinen Moment. »Den Paul Sommerer?

Der ist nicht mehr bei uns. Schon seit einem Jahr nicht mehr. Tut mir leid. Für was hätten Sie ihn denn gebraucht?«

»Ach, schon gut«, sagte Morgenstern. »Wissen Sie denn, wo er jetzt ist? Bei der Audi?«

»Wie kommen Sie denn darauf?«, fragte die Frau überrascht.

»Ich dachte, unsere Autobauer ziehen hier wie ein Staubsauger alle Leute, die eine technische Ausbildung haben, weil sie angeblich so toll zahlen.«

»Das kann schon sein, aber da beißen sie sich bei uns die Zähne aus. Von uns geht keiner weg.«

»Das nenne ich Loyalität«, sülzte Morgenstern. »Bloß der Herr Sommerer, der ist gegangen.«

»Ja. Ausnahmen bestätigen die Regel. Bei uns geht's manchmal schon stressig zu.«

»Und jetzt hat er's ruhiger, der Herr Sommerer?«

Die Frau am Stadtwerke-Empfang lachte auf. »Da dürfen Sie sich sicher sein, Herr Morgenstern. Der Sommerer-Paul ist jetzt bei der Bayerischen Schlösserverwaltung in Ansbach.«

»Bis nach Ansbach muss er jetzt fahren?«, fragte Morgenstern und stellte sich wieder einmal die Frage, ob nicht er selbst eigentlich auch wieder mit seiner Familie in Nürnberg leben und täglich nach Ingolstadt pendeln könnte. Möglich wär's.

Auf die Sekretärin warteten anscheinend gerade keine dringlichen anderen Tätigkeiten, jedenfalls plauderte sie munter weiter: »Nein, in Ansbach ist bloß die Verwaltung. Der Sommerer hat jetzt einen Job droben auf der Willibaldsburg. Er sitzt da an der Kasse, macht ein bisschen Museumsaufsicht, und abends muss er im Sommer die Pflanzen im Hortus gießen.«

»Hortus?«, fragte Morgenstern.

»Sie sind wohl nicht von hier?«, kam die Gegenfrage. »Das ist der historische Garten auf der Willibaldsburg. Den müssen Sie sich dringend mal anschauen. Der ist ganz berühmt.«

»Das mache ich bei nächster Gelegenheit«, versprach Morgenstern, dankte für die Auskunft und legte auf. Im Triumph kehrte er vom Flur in den Wohnzimmer-Büro-Bibliotheks-Vielzweckraum zurück.

»Unser Herr Sommerer hat einen neuen Job. Nicht mehr bei den Stadtwerken. Er arbeitet jetzt ...« – er machte »Ta-ta-ta-taaaaaaa!«, einen kleinen Tusch, um die geballte Aufmerksamkeit zu erhalten – »... auf der Willibaldsburg!«

Hecht und Kunze sahen ihn überrascht an.

»Anscheinend ist er nicht nur mit Klara Brandl nicht klargekommen, sondern auch mit dem Stadtwerke-Chef. Der Sommerer ist da oben jetzt Mädchen für alles.«

»Ein Faktotum«, sagte Hecht bildungshuberisch.

»Ein Mann, der sich da überall frei bewegen kann – wenn er nicht gerade an der Kasse sitzt«, konkretisierte Morgenstern. »Vielleicht hat er sogar eine kleine Statistenrolle bekommen, oben bei den Dreharbeiten. Als Ex-Theaterspieler ist er dafür doch wie gemacht.«

»Aber was hat er dann hier in Klaras Wohnung gesucht, falls tatsächlich er hier war?«, fragte Dagmar Kunze.

»Das werden wir ihn so schnell wie möglich selbst fragen. Was meinst du, Spargel?«

»Immer langsam mit den jungen Pferden«, sagte Hecht. »Ich habe jetzt nämlich erst einmal Hunger. »Und eines ist sicher: Dieser Paul Sommerer läuft uns nicht weg.«

Der Spurensicherer war mit seiner Jagd nach Finger- und sonstigen Spuren fertig. »Sobald ich ordentliche Ergebnisse habe, gebe ich Bescheid«, sagte er zum Abschied. »Jedenfalls steht das stille Örtchen ab sofort wieder zur freien Verfügung.«

Tatsächlich hatten die beiden Kommissare diesbezüglich noch eine Idee, bevor sie selbst aufbrachen. Es drehte sich um die Frage, ob es wirklich möglich war, von außen über das Schlupfloch Toilettenfenster ins Haus einzudringen. Spurensicherung gut und schön: Aber vielleicht sollte man bei allem theoretischen Laborschnickschnack einfach mal die Probe aufs Exempel machen.

Dagmar Kunze erhielt den Auftrag, im Haus zu bleiben, während die beiden Ermittler ins Freie gingen, das Anwesen umrundeten und sich vor dem nun wieder verschlossenen Fenster postierten. Morgenstern drückte nur mit wenig Kraft, und schon war der Weg frei. Und zwar für den Kollegen Hecht. Die beiden hatten nämlich mittels Schnick-Schnack-Schnuck geregelt, wer von ihnen beiden sich durch die Öffnung zwängen müsste. Schere, Stein, Papier waren erlaubt – den Brunnen hatten sie nicht zuletzt aus Pietätsgründen nicht ins Sortiment aufgenommen, außerdem verschob er bekanntermaßen das Gleichgewicht des Zufalls zu seinen Gunsten.

Morgenstern hatte Hecht dreimal in Folge besiegt: zuerst mit seinem »Papier« gegen Hechts »Stein«, dann mit seinem »Stein« gegen Hechts »Schere«, und zuletzt auch noch mit seiner »Schere« gegen Hechts »Papier«. Morgenstern hatte seine Strategie schon hundertfach gegen seine Söhne Marius und Bastian erprobt. Seit Wochen schon hatte er im Hause Morgenstern den Müll nicht mehr nach unten tragen müssen.

Hecht, weniger erfahren, zog also den Kürzeren, entledigte sich nach kurzem Überlegen seines schottischen Cordsakkos, sah sich dann um, ob irgendwelche Nachbarn aus dem Fenster lugten und eventuell schon dabei waren, die hiesige Polizeiinspektion zu alarmieren. Er fand gleich in der Nähe einen alten roten Plastikeimer, nutzte den als Aufstiegshilfe und schaffte es mit überraschender Akrobatik, mit beiden Beinen voraus, ein Stück weit durch die Öffnung. Es war sehr knapp, aber es schien zu funktionieren.

Jedenfalls bis zu dem Moment, als Peter Hecht mit der Hüfte stecken blieb. Er klemmte regelrecht fest, ruderte mit den Armen, zappelte mit den Beinen und war eindeutig in Not. Morgenstern drückte von außen, Dagmar Kunze zog von innen – bis der vermeintlich so dünne »Spargel« irgendwie nach innen flutschte.

Hecht war erst sauer, gewann dann aber die Contenance rasch wieder und rang sich ein Zitat aus der Wundertüte der schönsten deutschen Balladen ab: »Halb zog sie ihn, halb sank er hin – und ward nicht mehr gesehen. Goethe: ›Der Fischer‹.«

Die Kommissare fuhren, obwohl es nur ein Katzensprung war, mit dem Auto zum Marktplatz. Morgenstern hatte sich die heiße Theke der Metzgerei Kettner als Brotzeitstation ausgesucht. Das musste in diesem Fall allein schon wegen des Namens sein.

Jetzt, es war kurz vor zwölf Uhr, herrschte im Laden reger Betrieb. Viele Eichstätter jeden Alters, vom Schüler über den Handwerker bis zum Rentner, versorgten sich hier in der Mittagspause mit einer raschen warmen Mahlzeit. Mal zum Mitnehmen, mal zum Verzehr an Ort und Stelle, an einem von zwei Stehtischen. Wie in solchen Einrichtungen üblich, gab es ein bewährtes Sortiment aus Leberkäse, Currywurst, Bratwurst, heißem Braten, dazu Knödel, Pommes oder Kartoffelsalat. Und täglich wechselnd ein spezielles Mittagsgericht.

In dieser Woche freilich bewies die Metzgerei besondere Kreativität. Solange das Filmteam in der Stadt war und das wilde Leben der Johanna Sophia Kettner feierte, gab es hier beim Kettner täglich ein spezielles »Soldatinnen-Essen«. Darüber hatte sogar die Zeitung schon berichtet. Demnach hatte man sich ein historisch verbürgtes Eintopfrezept ausgesucht, von dem man sich gut vorstellen könne, dass es den Soldaten einst kredenzt worden sei.

Morgenstern und Hecht bestellten sich je eine Portion davon, mit je einer Scheibe dickem Bauernbrot. Das Brot war gleichfalls eine Sonderkreation, mit der eine örtliche Bäckerei sich am lokalen Hollywood-Hype beteiligte. Angeblich war dieses Brot mit einer extra rustikalen Mehlmischung gebacken, mit Dinkel und Roggen.

Misstrauisch stocherte Peter Hecht in seinem Eintopfteller herum – und im Nu hatte er gefunden, wonach er suchte: Kartoffelstücke. Er steckte eines auf eine Gabel und hielt es Morgenstern vor die Nase. »Historisch verbürgtes Rezept aus der Zeit um 1750«, schnaubte er empört, »dass ich nicht lache.«

Morgenstern, der schon mit Genuss die heiße, etwas grau geratene dicke Suppe löffelte, fragte mit vollem Mund: »Was gibt's da zu meckern? Das ist ein erstklassiger Eintopf, sozusagen aus der Feldküche, aus der Gulaschkanone. Wie heißt das bei den Soldaten: Ohne Mampf kein Kampf! Das ist halt so eine Art Pichelsteiner.«

Und dann zählte er auf, wobei er in seinem Teller nach den Zutaten fahndete: »Gulaschfleisch, gelbe Rüben, Kartoffeln, Zwiebeln, Lauch, ich mag das. Schön mit ein bisschen Essig, dazu ein Endiviensalat.«

Immer noch hielt Hecht die Kartoffel in die Höhe. Ganz im Stile eines Oberlehrers. »Kartoffel«, sagte er abschätzig. »Als die Soldatin Kettner in der Armee war, hat hier noch kein Mensch Kartoffeln gegessen. Schon gar nicht in großen Mengen und regelmäßig. Das kannst du gerne mal überprüfen. Das ist hier alles Humbug.«

»Aber wenn's doch schmeckt«, gab Morgenstern zu bedenken und löffelte unbeeindruckt weiter. Auch Hecht hatte schließlich ein Einsehen – und musste zugeben, dass es verflixt gut schmeckte. Er holte sich sogar noch einen Nachschlag.

»Ich weiß wirklich nicht, wo du das alles hinfutterst«, ärgerte sich Morgenstern über seinen dürren Kollegen. Er selbst musste permanent achtgeben, dass er seine Gewichtsklasse einigermaßen hielt, seine alten Lieblings-T-Shirts spannten und zwickten manchmal schon unangenehm. Das konnte allerdings auch seine tiefere Ursache in ausgedehnten Pub-Abenden haben.

Sie waren gerade fertig, als sie in der Ferne das Tatütata eines Feuerwehrautos hörten, kurz danach noch ein weiteres Martinshorn, und schließlich auch noch das eines Polizeiautos.

»Na, was ist denn da schon wieder los?«, fragte Morgenstern.

»Mit neunzigprozentiger Wahrscheinlichkeit ist das eine Brandmeldeanlage«, tippte Hecht. »Der glatte Wahnsinn, wie oft unsere Feuerwehren ausrücken müssen, weil irgendwo so eine automatische Anlage einen Fehlalarm hat.«

Doch dieser Einsatz gehörte zu den verbleibenden zehn Prozent. Denn Morgensterns »Walküren« begannen lautstark zu reiten. Manfred Huber, der Eichstätter Inspektionsleiter, war dran. »Ich wollte dir schnell mal Bescheid geben. Wir haben oben bei Schernfeld in den Steinbrüchen einen Unfall mit einem Toten.«

»Ein Arbeitsunfall?«, fragte Morgenstern.

»Nein, ein Verkehrsunfall oder so was. Da ist ein Tourist mit seinem Wohnmobil abgestürzt. Vierzig Meter tief. Da war nichts mehr zu machen.«

»Wir haben aber gerade andere Probleme. Unser Brunnenfall ...«

»Schon klar«, sagte der Inspektionsleiter. »Aber vielleicht interessiert es euch trotzdem. Apropos Brunnen: Die Bergwacht ist mit ihrer Aktion oben auf der Burg schon fertig. Der Ludwig Nieberle war von unserer Seite aus mit dabei. Sie haben das Netz rausgeholt. Das liegt jetzt bei uns in der Inspektion. Ansonsten war da nichts, außer ein paar Cola-Dosen und sonstigem Abfall.«

»Schade«, sagte Morgenstern. »Weißt du zufällig, wo Regisseur Neumayer heute dreht?«

»Ja. Heute sind sie im Landratsamt. Ganz feierliche Szene: Die Kettnerin wird von der Kaiserin empfangen.«

»Im Landratsamt? Echt jetzt?«

»Das zeigt bloß, dass du dich immer noch nicht bei uns akklimatisiert hast, Mike. Das Landratsamt war früher die fürstbischöfliche Residenz. Mit barockem Spiegelsaal. Da kannst du heiraten, wenn du willst.«

»Ich bin schon verheiratet.«

Morgenstern ließ sich kurz erklären, wo dieses verunglückte Wohnmobil zu finden wäre, und entschied: »Wir sehen uns das vielleicht einfach mal an. Ich habe neuerdings bei Unfällen immer ein ganz schlechtes Gefühl. Das ist unter Kriminalisten wohl eine Berufskrankheit.«

Also machten sich Hecht und Morgenstern auf in die Welt der Steinbrüche. Als sie den Residenzplatz mit seinem bandscheiben- und stoßdämpfergefährdenden Granitpflaster umrundeten, war der ganze Platz mit der Fahrzeugflotte des Filmteams belegt. Menschen wuselten hin und her, schleppten Kabel und Scheinwerfer durch das weit geöffnete Haupttor in den Innenhof der ehemaligen Residenz. Auf der Spitalbrücke fuhren sie über die Altmühl, dort auf die Bundesstraße 13 und über Serpentinen hinauf Richtung Weißenburg.

Auf der Jurahöhe angekommen, ging es scharf nach links, Richtung Westen. Mehrere Steinunternehmen hatten hier ihren Sitz, ein türkischer Autohändler bot Gebrauchtwagen feil, ein Landmaschinenhändler hatte sich angesiedelt und ein Wohncontainerproduzent, der ganz Bayern von diesem Gewerbegebiet namens Wegscheid aus mit Behelfsunterkünften aller Art versorgte. Gleich danach verwandelte sich die Straße in eine geschotterte Fahrbahn, die pfeilgerade zum Dorf Schernfeld führte. Es war die alte Schernfelder Straße, einstmals die schnellste Verbindung zwischen Schernfeld und Eichstätt, inzwischen aber im Wesentlichen nur noch von Landwirten genutzt.

Zur Rechten wie zur Linken lagen zunächst riesige Steinbrüche, in denen Solnhofer Platten gebrochen wurden – oder auch schlichtweg Schotter geschreddert wurde. Dann begannen die Äcker der Schernfelder Bauern. Das Wohnmobil war in den letzten, westlichsten Steinbruch gestürzt, oben an der Hangkante standen entlang der Straße die Rettungsfahrzeuge.

Hecht stellte ihren Wagen hinter einem Feuerwehrauto ab, respektvoll näherten sie sich der Abbruchkante des Steinbruchs. Ein kleiner Erdwall, hie und da ein Block aus ausgemustertem Jura-Marmor, das waren die einzigen Absicherungsmaßnahmen entlang des Abgrunds, der da zu ihren Füßen gähnte. Praktisch senkrecht ging es hinab in den riesigen Bruch. Die eigentliche Anfahrt erfolgte von der nördlichen Seite.

Das Gefährt des Touristen war wohl irgendwie von der Schotterstraße abgekommen, vielleicht beim Rangieren, dachte Morgenstern. Nun lag es unten am Grund des Bruchs auf der Seite, komplett zerbeult und eingedrückt. Und wer immer in diesem Fahrzeug hinterm Steuer gesessen hatte – es gab keinen Schutzengel unter den himmlischen Heerscharen, der hier noch durch wundertätige Hilfe ein Menschenleben hätte retten können. Niemand überlebte einen so tiefen Fall.

»Wahnsinn«, sagte Morgenstern. »Nicht zu fassen, dass die ihre Steinbrüche nicht besser absichern müssen. Das ist hier, soweit ich das sehe, eine öffentliche Straße, da darf jeder fahren.«

»Die Einheimischen kennen sich schon aus. Die passen auf«, gab Hecht zu bedenken. »Mich würde eher interessieren, wieso ein Mensch mit seinem Wohnmobil hier rumkurvt. Vielleicht ein Fossiliensucher? Hier in den Steinbrüchen gibt's doch überall Versteinerungen.«

Morgenstern nickte. »Gleich da vorne ist ein öffentlicher Besuchersteinbruch – ich war da an Ostern mit meiner Familie. Wir haben nichts Ordentliches gefunden, bloß ein bisschen versteinerte Tintenfischkacke. Aber wir haben gesehen, dass da richtige Freaks unterwegs waren. Fossilienprofis.«

»Das könnte es erklären«, sagte Hecht. »Soweit ich das verstanden habe, war der Typ alleine unterwegs. Normale Touristen sind im Wohnmobil doch meist zu mehreren unterwegs.« Er atmete demonstrativ aus. »In der Hinsicht können wir wohl noch von Glück reden. Nur ein Toter.«

Bei der Umrundung des Bruchs und auf dem Fußweg zum Unglücksfahrzeug spekulierten sie weiter. Dann standen sie vor dem Wrack.

Der Leichnam war von den Freiwilligen Feuerwehren Eichstätt, Schernfeld und Sappenfeld gerade erst aus dem Fahrzeug geborgen worden – Rettungsschere und -spreizer hatten ihr Werk verrichtet. Man hatte das gesamte Dach des Wohnmobils abgetrennt, um freien Zugang zu haben. An ein Öffnen irgendwelcher verbogener, verklemmter und zertrümmerter Türen war nicht zu denken. Das Fahrzeug hatte sich wohl ein halbes Dutzend Mal überschlagen. Der Leichnam des Mannes lag unter einer Folie, an einer Ecke lugte ein Fuß hervor.

Morgenstern bückte sich und hob ein Nummernschild auf, das sich vom Fahrzeug gelöst hatte. »GT«, sagte er. »Was ist GT für ein Autokennzeichen? Göttingen?«

Hecht deutete auf das Wappen. »Da steht's doch. Kreis Gütersloh. Nordrhein-Westfalen.«

Fast automatisch musste Morgenstern eine kleine Melodie summen. Er kam sich manchmal vor wie Pawlows Hund in menschlicher Version. Der Hund war von Herrn Pawlow so konditioniert worden, dass er beim Klingeln eines Glöckchens in Erwartung von Futter automatisch zu sabbern begann. Im Falle Morgenstern reichte ein einziges Stichwort wie eben »Gütersloh« zum Summen des Thommie-Bayer-Songs »Der letzte Cowboy kommt aus Gütersloh ...«

Für Morgenstern war das übrigens kein wirklich schönes Lied. Besang Herr Bayer doch das tragisch-komische Schicksal eines Menschen, der sich ausgerechnet im tiefsten, konservativsten Westfalen als Cowboy versteht – und bei seiner Suche nach Freiheit erst mal auf einen Gartengrill spart. Da fühlte sich Mike Morgenstern, der notorische Träger von Cowboystiefeln und Jeansjacke, auf eine unangenehme Art angesprochen, vielleicht gar bis ins Mark getroffen. Ertappt.

Dieser Steinbruch jedenfalls hätte auch im Wilden Westen eine Kulisse hergegeben, dachte er. Und wie bestellt tauchten jetzt oben, an der Bruchkante, zwei Westernreiter auf, die anscheinend von einem Pferdehof im nahen Schernfeld herübergeritten waren.

»Aus Gütersloh«, wiederholte Morgenstern.

Manfred Huber stellte sich neben die beiden Kriminalbeamten. »Ja, wir haben das Kennzeichen schon überprüfen lassen. Das Wohnmobil ist auf einen Marvin Meck zugelassen. Der Mann ist fünfunddreißig Jahre alt und stammt aus Rheda-Wiedenbrück. Wir müssen natürlich noch klären, ob er es auch wirklich ist. Aber eigentlich besteht kein Zweifel.«

»Ich hatte die Idee, dass er ein Fossiliensammler ist«, sagte Morgenstern.

»Eigentlich war's meine Idee«, meinte Hecht spitz.

»Also gut, wir beide hatten die Idee ...«

»Dann solltet ihr beiden Superspürnasen euch das Wohnmobil mal näher ansehen. Das müsste doch rasch zu klären sein«, schlug Manfred Huber vor. »Ihr habt freie Bahn. Aber passt auf, vorne an der Fahrerseite ist alles voller Blut.«

»Oh Mann«, sagte Morgenstern besorgt. Er war, wenn es blutig wurde, nie ein besonderer Held gewesen.

Das Wohnmobil der Marke Hymer wirkte auf den ersten und auch den zweiten Blick wie das fahrbare Heim eines Mannes, der keine großen Ansprüche ans Leben stellte. Weißes Geschirr der einfachsten Sorte war aus den Schränken geschleudert worden und in tausend Teile zerbrochen. Es roch nach Bier, der komplette Inhalt einer Kiste Warsteiner hatte sich im Fahrzeug verteilt. Der ganze Wohnraum: ein heilloses Trümmerfeld.

Aber von Fossilien war nichts zu finden. Keine dünnen Kalkplatten mit den Konturen von hundertfünfzig Millionen Jahre alten Fischchen oder Krebsen, schon gar kein Urvogel Archaeopteryx – und auch kein Handwerkszeug, mit dem die Fossiliensammler üblicherweise nach Goldgräberart in die eigens ausgewiesenen Besuchersteinbrüche des Altmühltals einrückten. Hammer, Meißel, Stemmeisen, Schaufel, Spaten, Schubkarre: alles Fehlanzeige. Und auf die Schnelle waren auch keine derben Arbeitsschuhe, schwer mit lehmiger Erde verkrustet, zu entdecken, dafür ganz normale, saubere weiße Turnschuhe.

Nein, dieser Marvin Meck war kein Fossiliensammler, jedenfalls keiner, der es ernst meinte. Denn natürlich konnte man sich den ganzen Kram bei spontanem Bedarf auch gegen eine kleine Gebühr ausleihen.

Aber warum verschlug es den Mann aus Rheda-Wiedenbrück dann hierher ins Steinbruchgebiet? Morgenstern erinnerte sich daran, wie er selbst auf Fahrten in den Urlaub regelmäßig in tiefer Nacht einen provisorischen, versteckten Platz für ein kurzes Nickerchen gesuchte hatte. Mein Gott, auf dem Weg zum Campingplatz am Lago Maggiore war er schon mal mitten in der Schweiz in irgendwelche Forstwege eingebogen, bloß um weg von der Straße zu sein. So könnte das auch in diesem Fall gewesen sein, schlug er Hecht vor.

»Da gurkt dieser Marvin Meck mit seiner Karre völlig übermüdet mitten durch Bayern, auf dem Weg nach Süden.

Vielleicht ist er in Würzburg von der Autobahn runtergefahren, will die große Ecke über Nürnberg abkürzen und dann in Ingolstadt wieder auf die A 9 einfädeln. Das machen viele. Und dann, bevor es nach Eichstätt runtergeht, sucht er sich einen Stellplatz für die Nacht.«

Hecht hielt das für denkbar. »Wofür hat man denn ein Wohnmobil? Und wenn er am nächsten Morgen wieder weiterzieht, interessiert das kein Schwein.«

Morgenstern sinnierte weiter: »Unser Mann fährt also hier durch die stockfinstere Nacht, und als er endlich vom Gewerbegebiet weg ist, sucht er sich eine Stelle, an der er abbiegen kann, eine geschützte Stelle hinter einer Hecke. Und als er ein bisschen hin und her rangiert, passiert das Unglück.«

Hecht stocherte noch ein wenig in den Trümmern des Wohnmobils herum, hielt die Augen offen, suchte nach irgendeinem Ansatz, was es mit Marvin Meck auf sich hatte. Da war nichts.

»Man soll ja über die Toten nichts außer Gutes sagen«, meinte er. »Aber dieser Meck war anscheinend ein ziemlicher Langweiler. Das Wohnmobil war ja nicht gemietet, das ist sein eigenes. Das richte ich mir dann doch wohnlich ein, hänge mir ein paar Erinnerungsfotos von früheren Touren auf. So machen das die echten Weltenbummler.«

»Du kennst dich aus.« Morgenstern sah seinen biederen Kollegen scheel von der Seite an. »Großer Weltenbummler ...«

Hecht ignorierte die Ironie. »Früher, frisch verliebt und jung verheiratet, da sind meine Angelika und ich viel rumgefahren.« Er seufzte, und Morgenstern wusste, dass er besser nicht an das leidige Thema Ex-Frau gerührt hätte.

Aber ihm wurde klar, dass Hecht wohl recht hatte. Er sah sich noch einmal genauer um. Und dann fiel ihm ein winziges Detail auf. Genauer gesagt mehrere winzige Details. An den Wänden des Wohnmobils. »Siehst du das?«, sagte er zu Hecht und deutete mit dem Zeigefinger drauf.

»Siehst du was? Was soll da sein?«

»Tesafilm. Hier und hier, und da sieht man noch die Kleberänder. Und dort auch. An vier Ecken. Und da drüben dasselbe noch mal. Da ist sogar noch ein kleines Stück Papier dran.«

Hecht wiegte den Kopf. »Was bringt uns das?«

»Nix«, musste Morgenstern, der Fahnder, zugeben.

Ratlos schlüpften die beiden aus dem Hymer-Mobil heraus und versuchten dabei, sich nicht am scharfkantigen Blech der zerschnittenen, zersägten, zerspreizten Karosserie zu schneiden. Hecht hielt sich an irgendeinem Griff fest. Das war keine sehr gute Idee, denn es handelte sich um den Verschluss eines Schränkchens – die Kunststoffklappe ging auf, und Marvin Mecks gesamte Garderobe ergoss sich als textiler Wasserfall auf Hechts Kopf. Es war Schmutzwäsche, Unterhosen, Unterhemden, T-Shirts, Socken. Fast alles in Schwarz, und alles mit dem Odeur von kaltem Männerschweiß parfümiert.

Hecht entfuhr – ganz gegen seine Art – der urbayerische Fluch »Sacklzement!«, dann schüttelte er Mecks Herrenunterbekleidung von sich. Das letzte Stück zupfte er sich genervt von der Schulter und wollte es gerade auf den Boden werfen, als er innehielt. »Was haben wir denn da?« Er sah sich das Teil näher an.

Morgenstern kehrte in die Wrack-Höhle zurück. »Was hast 'n da Schönes? Einen Liebestöter?«

»Nein, lieber Kollege. Das ist eine Sturmhaube für Motorradfahrer.« Er beugte sich zum Boden, wühlte kurz in dem schwarzen Wäschehäufchen und zog eine identische zweite Haube heraus. »Was sagt uns das?«, fragte er.

»Dass Herr Meck irgendwo noch ein Motorrad stehen hat?«, tippte Morgenstern.

»Oder dass er ein ganz besonders rasanter Fahrradfahrer ist?«, machte Hecht mit zynischem Unterton einen Gegenvorschlag. »Nein, mit diesem Herrn Meck ist irgendwas oberfaul. Denk doch mal nach. Klingelt bei dir nichts?«

Von draußen meldete sich Manfred Huber. »Was gibt's denn da drinnen so Spannendes? Ihr könnt euch ja gar nicht mehr losreißen.«

»NSU«, sagte Hecht. »Die NSU-Morde. Da waren die Täter auch mit dem Wohnmobil unterwegs. Und zur Tat selbst sind sie mit dem Rad gefahren. Und wenn irgendein Überfall angestanden ist: die Sturmhaube über den Kopf, rein in den Laden, und dann per Fahrrad ab durch die Hecke, zurück zum Wohnmobil. Während die Polizei im Dunkeln tappt.«

Morgenstern sagte nur zwei Worte: »Du spinnst. Außerdem ist da gar kein Fahrrad.«

Hecht, immer noch die Sturmhauben in den Händen, war beleidigt. »Dann lass dir doch selbst was einfallen, Besserwisser! Jedenfalls hatte ich damals, als ich mit der Angelika unterwegs war, keine Sturmhaube im Gepäck. So was braucht kein normaler Mensch, wenn er kein Motorrad hat. Basta!«

Und damit verließ er das Wrack, nicht ohne sich an einer der Kanten den Ärmel seines Sakkos anzuritzen. Damit war seine Laune endgültig auf dem Tiefpunkt. Mindestens so tief wie die Sohle dieses Steinbruchs, in dem Marvin Meck sein Leben ausgehaucht hatte.

Morgenstern ging zu dem zugedeckten Leichnam und zog die Folie ein kleines Stück zurück, um sich den Toten anzusehen. Mecks Kopf war blutüberströmt, bei diesem Sturz hatten weder Sicherheitsgurt noch der perfekt ausgelöste Airbag etwas ausrichten können. Soweit das zu erkennen war, war Meck ein dicker Mann mit hoher Stirn und raspelkurzen blonden Haaren. Einen Ehering, Morgenstern sah trotz seiner Skrupel kurz nach, trug er nicht. Möglicherweise war er Junggeselle.

»Habt ihr seine Taschen schon durchsucht?«, fragte er in die Runde der umstehenden Männer.

»Logisch«, sagte Manfred Huber. »Da war nichts von Bedeutung. Wenn du meinst, dass er seine Geldbörse mit allen Papieren in der Hosentasche hatte – so schlau wären wir auch schon gewesen.«

»Nichts für ungut. Aber irgendwo muss er die Papiere ja haben. Im Wohnmobil habe ich nichts gesehen. Das muss aber nichts heißen.«

»Vielleicht im Handschuhfach, Herr Kollege?«, sagte Hecht, immer noch beleidigt. Und in der Mitte ist auch so ein Ablagefach. Ich habe vorhin dran rumgefummelt, das ist entweder total verklemmt oder aber abgesperrt.«

Er ging zu einem der Feuerwehrmänner. »Hättet ihr mal ein Stemmeisen für mich?«, und als der ihn skeptisch ansah, fügte er hinzu: »Kaputt machen kann man hier ja wohl nichts mehr.«

Der Feuerwehrler holte aus seinem Fahrzeug ein fünfzig Zentimeter langes orangefarbenes Nageleisen und reichte es Hecht. Der machte sich mit Entschlossenheit – er hatte ja allerhand Zuschauer – an Mecks Ablagen zu schaffen. Plastik splitterte, ein dumpfes Geräusch, dann stand das Ablagefach zwischen Fahrer- und Beifahrersitz offen. Ein Shell-Atlas purzelte heraus – wobei sich die Frage stellte, wer im Zeitalter der Navigationsgeräte noch so etwas unfassbar Altmodisches verwendete. Und etliche Zeitschriften kamen zum Vorschein.

Marvin Meck war anscheinend ein Freund von Klatsch und Tratsch gewesen, dachte Morgenstern, der sich hinter Hecht positioniert hatte und nun die bunten Blätter begutachtete: Gala, Herz der Frau, Superillu, Bunte, Das Neue Blatt. Der Burda-Verlag hatte in Meck einen seiner treuesten Leser gefunden. Dieses Sortiment hätte jedem Friseursalon zur Ehre gereicht.

Kopfschüttelnd hielt Morgenstern die Zeitschriften in der Hand. Wer mochte bloß – zumal als Mann – all diesen Unfug lesen? Immer ging es darum, welcher Star gerade angeblich in der Krise steckte (»Einsam und verlassen!«), wer erfreulicherweise Nachwuchs von wem erwarten durfte (»Es werden Zwillinge!«) oder wer gerade mit rührender Hingabe die demenzkranke Mutter zu pflegen hatte (»Liebe bis zum Ende!«). Herzschmerz allerorten, blanker Schmalz war das in Morgensterns Augen.

Vielleicht hatte Marvin Meck, der wackere Wohnmobilist, doch eine weibliche Begleitung an seiner Seite gehabt. Männer, da war er sich ziemlich sicher, waren auf diese Art von Nachrichten nicht geeicht.

Er wollte Hecht gerade über diese Einschätzung in Kenntnis setzen, als ihm auf dem Titel eines mit besonders dünnem Papier gedruckten Blättchens namens »Die Goldene Revue« ein großes Porträt mit dicker Überschrift ins Auge stach: »Heimliche Tränen«. Und zur Erklärung für alle, denen die Frau auf dem Foto nicht gleich bekannt vorkam: »Luzie Petterson«. Verbunden mit dem Hinweis: »Das Ende einer Romanze«. Tatsächlich: Luzie Petterson, die Darstellerin der Johanna Sophia Kettner, hatte es auf die Titelseiten der Yellow Press geschafft.

Nun zeigte sich schon bei flüchtiger Durchsicht der anderen Zeitschriften, was der kleinste gemeinsame Nenner all dieser Ausgaben war, die aus ganz unterschiedlichen Monaten stammten: Frau Petterson, die Schauspielerin, war überall gewürdigt worden. Und es gab jemanden, der das mit besonders großem Interesse zur Kenntnis genommen hatte: der Fahrer dieses Wohnmobils.

»Ich fasse es nicht«, sagte Morgenstern zu Hecht. »Schau dir das an.«

Hecht, immer noch mit dem Nageleisen bewaffnet, hatte soeben das Handschuhfach aufgestemmt – und siehe da: Heute war ihr Tag. Marvin Mecks schwarze Ledergeldbörse lag drin. Triumphierend entstiegen die beiden Ermittler dem Wohnmobil.

Hecht als tapferer Herrscher über das Nageleisen durfte als Erster seine Beute begutachten. Marvin Mecks Personalausweis war da, dreihundertvierzig Euro in bar, Bankkarte, Krankenkassenkarte der AOK, Mitarbeiterausweis eines Fleischkonzerns. Und nicht zuletzt ein kleines Foto seiner Freundin hinter durchsichtigem Plastik, romantisch ausgeschnitten in Herzform. Eine hübsche blonde Frau.

Hecht reichte Morgenstern die aufgeklappte Börse. »Nichts Auffälliges.«

»Ooooh doch«, sagte Morgenstern gedehnt und genoss seinen Erfolg. Der rührte allerdings nur daher, dass er soeben ein halbes Dutzend Mal das Konterfei von Luzie Petterson aus den verschiedensten Fotografenblickwinkeln gesehen hatte.

Deswegen musste er nur ganz kurz überprüfen, ob seine Vermutung auch tatsächlich zutraf. Er tippte erst auf das kleine Herzbild in der Geldbörse, die ständige Erinnerung daran, dass es da in dieser kalten Welt jemanden gab, an den man gern dachte, den man von ganzem, aufrichtigem Herzen liebte. Und dann auf das Titelbild der »Goldenen Revue« vom letzten Januar.

»Ist das auffällig genug?«, fragte er. Dann zeigte er Hecht, dass Marvin Meck in sämtlichen Zeitschriften die Petterson-Berichterstattung mit grünem Neonfilzstift durchgearbeitet hatte. Wie ein sorgfältiger Archivar, wie ein akribischer Oberlehrer.

Marvin Meck hatte alle echten oder vermeintlichen Beziehungskisten der Schauspielerin für sich dokumentiert, hatte sich durch den Wust von Halbwahrheiten oder blanken Fake News gewühlt, hatte den Schmerz über den Tod des »über alles geliebten Vaters« zur Kenntnis genommen, hatte die Nachricht vom »endgültigen Aus« der On-off-Beziehung mit einem bundesdeutschen Starfußballer (»Was Psychologen raten«) studiert. Nicht zuletzt aber hatte er den Klatschzeitschriften entnommen, dass Luzie Petterson, die dem Vernehmen nach überwiegend in London lebte, eine ganze Woche lang in einer kleinen Stadt namens Eichstätt im idyllischen Altmühltal im Herzen Bayerns vor der Kamera von Starregisseur Robert Neumayer stehen würde. Anfang Juli werde das voraussichtlich sein, und sie freue sich schon sehr darauf. Sie habe sich in den letzten Jahren in Deutschland doch sehr rargemacht, zum allgemeinen Bedauern ihrer zahllosen Fans quer durch alle Generationen …

»Ich bin Ihr größter Fan«, sagte Morgenstern vieldeutig zu Hecht.

»Du bist ihr Fan? Quatsch mit Soße.«

»Nein, das ist ein Zitat«, stellte Morgenstern klar. »›Ich bin Ihr größter Fan‹ – das sagt die verrückte Stalkerin bei Stephen King. In seinem Thriller namens ›Sie‹. Habe ich sogar schon gelesen. Und im Kino gesehen. Da heißt er ›Misery‹.« Er lächelte überlegen, denn er wusste nur zu gut, dass sein schöngeistiger Kollege Hecht für derlei reißerische Kulturerzeugnisse nicht zu haben war, seien sie nun belletristischer oder cineastischer Natur.

»Ich bin Ihr größter Fan«, wiederholte er und folgerte daraus: »Ich habe so die Idee, dass unsere Kollegin Grabsky demnächst wieder zu Hause in ihrem eigenen Bett schlafen darf. Dieser Typ hier«, er deutete jetzt mit einer gewissen Verachtung mit der Fußspitze in Richtung des toten Marvin Meck, »ist nach meiner Einschätzung der Stalker, vor dem Adam Schneidt gewarnt worden ist.«

»Dazu würde dann auch die Sturmhaube passen«, fügte Hecht noch ein weiteres Teil ins Puzzle ein. »Was immer der Typ hier vorhatte, das war hochgefährlich. Immer vorausgesetzt, dass das alles so stimmt, wie wir uns das gerade ausmalen.«

»Aber jetzt ist er tot«, sagte Morgenstern. »Das steht fest. Toter geht's nicht. Wir müssen dringend mehr über diesen Mann hier erfahren. Die Sache ist oberfaul. Und wenn ich mir das genau überlege, dann wäre ein Unfall schon ein unglaublicher Zufall. Ausgerechnet dieser Mensch verfranzt sich in unseren Steinbrüchen und stürzt ab.«

»Dafür muss man im Matheunterricht an der Realschule keine Wahrscheinlichkeitsrechnung gelernt haben«, stimmte Hecht zu. »Ich war in Mathe sowieso immer wahnsinnig schlecht.«

»Ich auch«, gab Morgenstern zu. »Ansonsten hätten wir beide ja auch einen ordentlichen Beruf lernen können, nicht wahr?« Er stieß Hecht kumpelhaft in die Seite.

Sie veranlassten, dass das Wohnmobilwrack zur weiteren Untersuchung auf das Gelände der Eichstätter Bereitschaftspolizei gebracht würde. Der Leichnam von Marvin Meck wurde zur Gerichtsmedizin nach München abtransportiert. Die Geldbörse, die Sturmhauben und die Zeitschriften aus dem »Gesellschaftsressort« aber behielten die Kommissare für sich.

»Dieser Film steht unter keinem guten Stern«, sagte Hecht. »Werbung fürs Altmühltal sieht anders aus.«

Sie machten sich auf den Weg zu den Dreharbeiten. Luzie Petterson sollte als Erste die Nachricht von Marvin Mecks Tod erhalten. Natürlich war nicht einmal im Ansatz sicher, dass Meck tatsächlich der brandgefährliche Stalker war. Aber es sprach immerhin einiges dafür. Das wollten sie Petterson brühwarm erzählen.

Das ging eher in Richtung Wichtigtuerei, wie Morgenstern in einem selbstkritischen Augenblick feststellte. Eine Strategie, da waren sich die beiden Ermittler auf der Fahrt Richtung Eichstätt einig, war das nicht.

***

Für die Filmaufnahmen in der ehemaligen fürstbischöflichen Residenz – vulgo Landratsamt – war inzwischen die gesamte Straße rund um den Residenzplatz gesperrt worden. Schon an der Spitalbrücke wurde der Verkehr von Polizei und Feuerwehr umgeleitet, Gleiches galt für alle, die von der östlichen Seite kamen. Kein Autolärm sollte die sensiblen Tonaufnahmen im Spiegelsaal und im hochherrschaftlichen Treppenhaus der Residenz stören.

Hecht parkte den Wagen direkt vor der Absperrung im absoluten Halteverbot vor den Stufen der Dom-Westfassade. Den Feuerwehrler in Uniform, der ihnen auftragsgemäß den Zugang Richtung Residenz verwehren wollte, ließen sie mit Ausweisgewedel und dem bedeutungsschweren Hinweis »Kriminalpolizei!« abblitzen.

Vor dem Haupteingang der Residenz, wo sonst reihenweise Autos parkten, standen jetzt zwei altertümliche Pferdekutschen, die Parkuhren und alle sonstigen Hinweise auf die moderne Zeit waren mit Rupfensäcken verhängt. »Das ist wie bei der Landshuter Hochzeit«, sagte Hecht.

»Was ist das?«, fragte Morgenstern.

»Da beamen sie alle vier Jahre für ein paar Wochen die

ganze Altstadt ins Spätmittelalter zurück. Ein Riesenspektakel. Aber sehr schön, und ziemlich authentisch. Da können sich die Neuburger eine Scheibe davon abschneiden.«

»Die Neuburger? Was soll mit denen sein?«

»Die feiern alle zwei Jahre Schlossfest. Und alle verkleiden sich kunterbunt als Renaissance-Leute. Na ja.«

»Was heißt ›na ja‹?«

»Das verstehst du sowieso nicht«, schnappte Hecht. »Also für mich in Schrobenhausen ist das nichts.« Und damit war auch klar, dass es da wohl eher um uralte Animositäten zwischen zwei selbstbewussten Städten ging, die vor Jahrzehnten zu einem Landkreis zusammengespannt worden waren und eifersüchtig über ihre jeweilige Identität wachten.

Das Eingangstor zur Residenz mit seinen beiden Flügeltüren stand sperrangelweit offen, wieder wollte jemand den Kommissaren den Zutritt verwehren. Es war eine Mitarbeiterin des Landratsamts, die in einer hölzernen Pförtnerloge saß und den beiden Besuchern zurief, der gesamte Publikumsverkehr sei an diesem Tag eingestellt worden. Davon wussten Hecht und Morgenstern nichts, aber wie sie nun erfuhren, hatte das alles noch Klara Brandl mit dem Landrat persönlich ausgehandelt. Der war bereitwillig auf alle Wünsche eingegangen, wenn nur sein Dienstsitz ins rechte Licht gerückt würde. Das hatte Brandl problemlos versprechen können. Regisseur Neumayer habe sich für diese Aufnahmen sogar etwas ganz Besonderes einfallen lassen: Geplant sei, die rund fünfminütige Szene mit einer einzigen Kamerafahrt aufzunehmen. Komplett ohne Schnitt. Da zeige sich dann das ganze Können des Starregisseurs.

Der Eingangsbereich war hell erleuchtet, eine Kutsche stand in der Mitte, zur Rechten wie zur Linken führte eine in grelles Kunstlicht getauchte Marmortreppe ins erste Obergeschoss. Nackte Marmorputten wiesen den Weg in die Beletage, ein kunstvolles schmiedeeisernes Treppengeländer demonstrierte die Luxusbereitschaft der einstigen fürstbischöflichen Bewohner.

Ein riesiges Deckengemälde direkt über dem gewaltigen Treppenhaus zeigte den Sturz des Phaeton. Morgenstern hätte das natürlich nicht erkannt, mehr noch, es hätte ihn nicht interessiert, aber Peter Hecht, der für einen Moment in den Fremdenführermodus überwechselte, ließ es sich nicht nehmen, dem Kollegen flüsternd die architektonischen Besonderheiten dieser Prunktreppe zu erläutern. »Das ist griechische Mythologie: Phaeton hat seinem Vater Helios den Sonnenwagen für einen Tag abgeschwatzt und ist damit abgestürzt. Eine Katastrophe für die Erde.«

Morgenstern flüsterte zurück: »Der einzige abgestürzte Wagen, der mich heute interessiert, ist das Wohnmobil vom Steinbruch.«

»Banause! Sogar VW hat eine Luxuslimousine nach Phaeton benannt.«

»Ich fahre Land Rover, falls du das schon vergessen hast.«

Solchermaßen stichelnd gelangten sie ins mit blank polierten Solnhofer Platten geflieste Obergeschoss. Zur Rechten stand eine Flügeltür weit offen. Getragene Geräusche drangen aus dem Raum.

»Da sind sie«, sagte Morgenstern. »Mal schauen, wie Luzie Petterson unsere Nachricht aufnimmt.« Und unter lautstarkem Geklacker seiner Stiefelabsätze marschierte er geradewegs durch die Tür.

Dass ihn nun tatsächlich jemand mit körperlicher Gewalt aufhalten wollte, indem er ihn an der Jeansjacke packte, kümmerte ihn nicht. Denn da standen schließlich überall so viele Leute herum, dass es auf einen mehr oder weniger nicht ankam, dachte er und drängelte sich in den Saal.

Überall waren Scheinwerfer aufgebaut, in Dutzenden goldener Kandelaber flackerten Hunderte von Kerzen, deren Schein sich an den Wänden widerspiegelte, der Boden war mit edlen Teppichen ausgelegt. Vor einem bauchigen, gewaltigen gusseisernen Ofen war ein Thron aufgestellt. Auf dem Thron saß eine Schauspielerin in langem Brokatkleid, und davor stand, die Hände mit einer Kette gefesselt und von zwei grimmig wirkenden Soldaten von beiden Seiten bewacht, Luzie Petterson in schäbiger Sträflingskleidung.

»Hallo, Frau Petterson«, sagte Morgenstern, als er es endlich geschafft hatte, direkt hinter ihr zu stehen.

Das Nächste, was er hörte, war ein einziges gebrülltes Wort: »Schnitt!« Und ehe er es sich versehen konnte, stand Regisseur Robert Neumayer vor ihm, mit zornesrotem Gesicht, und verpasste ihm eine schallende Ohrfeige. Eine richtige Watschen.

Was dann einsetzte, würde Morgenstern noch lange, lange in Erinnerung bleiben und ihn von Fall zu Fall in nächtlichen Alpträumen heimsuchen: Alle Menschen im festlich illuminierten Spiegelsaal des Fürstbischofs, vom Beleuchter bis zur Regieassistentin, von der Kamerafrau bis zum Kabelträger, quittierten die spontane Ohrfeige mit stehendem Applaus. Standing Ovations, wie man wohl in Hollywood sagen würde.

Der Einzige, der sich dem Beifall nicht anschloss, war Peter Hecht. Der hatte im Unterschied zu seinem Kollegen nämlich in letzter Sekunde gemerkt, dass gerade jetzt die minutenlange »Plansequenz« aufgenommen wurde: Genau in diesen Minuten vollführte Neumayer diese ununterbrochene Kamerafahrt, dieses logistische Meisterstück, dieses filmhandwerkliche Kabinettstückchen als Verneigung vor Alfred Hitchcocks »Cocktail für eine Leiche«. Und genau in der letzten Szene, Johanna Sophia Kettner am Thron der gnädigen Herrscherin, platzte Mike Morgenstern herein. Ein Elefant im Porzellanladen war im Vergleich zu diesem Auftritt ein feinfühliger Meister der Rücksichtnahme.

Morgensterns Wange glänzte rot, während eine Schimpftirade auf ihn niederprasselte. Robert Neumayer hatte den Ruf, bei passendem Anlass zu cholerischen Ausbrüchen zu neigen – und welcher Anlass wäre passender gewesen als das Morgensternsche Missgeschick. »Du Riesenrindvieh!« war noch die geringste Beleidigung aus dem Mund des fassungslosen Regisseurs.

In der Aufregung und Empörung wechselte Neumayer sogar das Idiom: Pflegte er ansonsten ein glattgeschliffenes, großstädtisches Münchner Salonbayerisch, so verfiel er nun in den angestammten Eichstätter Dialekt. Es dauerte fast fünf Minuten, bis er sich wieder einigermaßen im Griff hatte. Dass es nicht zu weiteren Tätlichkeiten kam, war nicht zuletzt Peter Hecht zu verdanken, der sich schützend vor seinen Kollegen stellte und beschwichtigend auf Neumayer einredete wie auf den sprichwörtlichen kranken Gaul.

Dann erst wurde die gesamte Szenerie von Neuem aufgestellt. Und zwar vom Eingangstor der Residenz, wo die in Haft genommene »Schwindlerin« Johanna Sophia Kettner aus der Kutsche stieg, bis zur ehrenhaften Rehabilitierung durch Kaiserin Maria Theresia. Morgenstern sah sich all das nun aus sicherer Entfernung an, zusammen mit Hecht und Antonia Grabsky.

Letztere orientierte sich bei ihrer Security-Tätigkeit für Luzie Petterson bis ins Detail an all den Vorlagen, die sie nicht aus der praktischen Polizeiarbeit, sondern aus Hollywoodfilmen kannte. Sie gab das auch unumwunden zu und zählte unter anderem »Bodyguard« mit Kevin Costner, »In the Line of Fire« mit Clint Eastwood und ganz besonders »Miss Undercover« mit Sandra Bullock auf.

Während Grabsky das im Flüsterton berichtete, hielt sie mit Adlerblick vermeintlich unauffällig nach Attentätern, Bösewichten und irren Fans Ausschau. »Ich muss gleich wieder runter zur Kutsche«, sagte sie. »Sorry, Männer, das ist mein Auftrag. Luzie Petterson verlässt sich auf mich.«

»Übertreiben Sie's mal nicht«, empfahl Morgenstern. »Deswegen sind wir nämlich eigentlich da. Die Sache mit dem Stalker hat sich möglicherweise bereits erledigt. Das war es, was wir hier loswerden wollten.«

»Wenn sich Herr Morgenstern nicht mindestens so tölpelhaft angestellt hätte wie Leslie Nielsen im Film ›Die nackte Kanone‹«, sagte Grabsky unbarmherzig. »Also, was ist mit diesem Stalker? Sagt mir nicht, dass ihr den erwischt habt.«

»Erwischt trifft's nicht ganz«, sagte Hecht. Dann schilderte er, was in den vergangenen zwei Stunden oben in den Schernfelder Steinbrüchen geschehen war.

Antonia Grabsky wurde dabei immer stiller und blasser, und Morgenstern hatte das ungute Gefühl, dass sie den Tränen nahe war. Nicht aus Mitgefühl gegenüber einem Menschen, der auf so dramatische Weise sein Leben verloren hatte. Sondern aus Selbstmitleid. Die Kollegin hatte hier im permanenten Kontakt zu einem echten Filmstar für einige wenige Tage die Aufgabe ihres Lebens gefunden – ein Auftrag, von dem sie noch ihren Enkelkindern erzählen würde, da war sich Morgenstern ganz sicher. All das sollte jetzt hinfällig sein?

Grabsky schluckte schwer und bestätigte dann Morgensterns Überlegungen. »Wir verstehen uns inzwischen richtig gut, die Luzie und ich«, sagte sie traurig. »Die Luzie, ich meine, die Frau Petterson, die ist ganz normal. So wie du und ich. Wusstet ihr, dass wir fast gleich alt sind?«

Hecht und Morgenstern schüttelten synchron die Köpfe.

»Sie hat mir sogar angeboten, dass ich eine kleine Statistenrolle bekomme. Das will sie für mich organisieren, weil ich ihr hier den Rücken freihalte. Genau so hat sie das gesagt. Dadurch hat sie nämlich den Kopf frei für ihre große Rolle.«

Sie wischte sich mit dem Ärmel über die Augen, presste die Lippen zusammen und sagte tapfer: »Aber das ist ja ab sofort nicht mehr nötig, wenn dieser Typ aus dem Wohnmobil ihr nichts mehr tun kann.«

Peter Hecht zog galant ein blütenreines weißes Taschentuch aus seiner Sakkotasche und reichte es Grabsky. Die tupfte sich erst die tränenfeuchten Augen damit, dann schnäuzte sie sich geräuschvoll. »Dann gehe ich halt wieder zurück ins Büro, Adam Schneidt wird schon irgendeine Arbeit für mich haben ...«

Morgenstern konnte das Elend nicht mehr mit ansehen. Er nahm die Kollegin bei der Schulter. »Ich bin der Meinung, dass Frau Petterson immer noch ein bisschen Personenschutz brauchen kann. Das machen wir dem Schneidt klar. Wir wissen noch nicht sicher, was es mit diesem Meck auf sich hat. Und wer weiß: Am Ende gibt es noch ein paar andere Verrückte da draußen.«

Grabsky nickte, schnäuzte sich noch ein zweites Mal, reichte das Taschentuch an Hecht zurück, der es mit spitzen Fingern entgegennahm und in seiner Aktentasche verschwinden ließ. Und dann gab Hecht der Kollegin den ehrenvollen Auftrag, Luzie Petterson über die gute Nachricht in Kenntnis zu setzen. »Bei passender Gelegenheit«, sagte er und warf einen boshaften Blick hinüber zu Mike Morgenstern. »Und dann lassen Sie uns wissen, wie sie reagiert hat. Haben Sie sich den Namen gemerkt?«

»Logisch. Marvin Meck aus dem Landkreis Gütersloh.«

»Vielleicht ist ihr der Name schon einmal untergekommen. Marvin ist gar nicht so häufig.«

»Hier in Bayern vielleicht! Ha!«, sagte Grabsky.

Gott sei Dank, dachte Morgenstern, die Kollegin hatte schon wieder Oberwasser.

Die beiden beschlossen, nach Ingolstadt zurückzukehren und von dort alles, was möglich war, über Marvin Meck herauszufinden. Wenn stimmte, was sie sich bislang nur zusammengereimt hatten, dann hatten sie nun zwei Todesfälle zu klären: Klara Brandl und Marvin Meck.

Sie fuhren zunächst bei der Polizeiinspektion vorbei, um sich die Ergebnisse der Spurensicherung in Klara Brandls Haus geben zu lassen. Der Kollege war im Dienst, und die Fingerabdrücke, die er am Toilettenfenster wie auch an den Leitz-Ordnern in Klara Brandls Wohnung genommen hatte, waren bereits analysiert. Es war – neben den allgegenwärtigen Abdrücken der Hausherrin – nur noch ein einziger Unbekannter oder eine Unbekannte im Spiel gewesen. Ein Mensch, der bislang noch keinen Eintrag im Polizeicomputer hatte.

Im Polizeipräsidium in Ingolstadt entschieden die Ermittler zusammen mit Kriminaldirektor Schneidt, dass im Falle Marvin Meck ein einigermaßen hieb- und stichfester Pressebericht verfasst werden sollte. Da würden sie natürlich erst einmal einen tragischen Unfall melden, dem ein Tourist aus Westfalen zum Opfer gefallen sei. Es brauchte momentan noch niemand zu wissen, dass es sich um einen Hardcorefan von Luzie Petterson gehandelt hatte.

Morgenstern dachte kurz daran, was wohl die bundesdeutsche, wenn nicht gar die internationale Yellow Press aus dem Tod des Stalkers machen würde: ein gefundenes Fressen, das die Auflagenzahlen nach oben schnellen lassen würde. Auch dem Film »Kettnerin« könnte all dies einen unerwarteten Anschub geben. Zyniker würden von Glück im Unglück reden. Aber Morgenstern war kein Zyniker. Er war – schon von Berufs wegen – vor allem Skeptiker.

Morgenstern wusste nichts über Rheda-Wiedenbrück, und von ihm aus hätte sich das auch nicht ändern müssen. Aber jetzt brauchte er die Kollegen dort. Wie er dem Internet, diesem Fass ohne Boden, entnahm, befanden sich Polizeiwache, Kriminal- und Verkehrskommissariat in der Mitte der zwei zusammengespannten Stadtteile Rheda und Wiedenbrück, gleich beim Schloss Rheda und ebenso nahe beim Natur- und Erholungspark Flora Westfalica. Beides hörte sich idyllisch an. Kleines Handicap: Zwischen diesen beiden touristischen Glanzpunkten durchteilte mit scharfem Hieb die Autobahn A 2 die Stadt. Hier also hatte irgendwo Marvin Meck gewohnt.

Hecht kramte die Adresse heraus. Morgenstern klingelte beim Kriminalkommissariat durch. Ein westfälischer Kollege meldete sich und hörte sich Morgensterns Anliegen mit mäßiger Begeisterung an. Gleichzeitig suchte er in seinem Computer nach etwaigen Einträgen über Marvin Meck. Doch da fand sich nichts. Wie der Eindringling in Klara Brandls Haus war Meck bis dato ein unbeschriebenes Blatt. Ein Mann mit weißer Weste. Laut Melderegister lebte er zusammen mit seiner Mutter in einer Mietwohnung am Stadtrand.

»Sagen Sie den Kollegen, die sollen sich da unauffällig ein bisschen umsehen, wir suchen Hinweise auf Stalking«, verlangte Morgenstern.

»Sie haben vielleicht Nerven da unten in Bayern«, stöhnte

der Kollege. »Erst die Todesnachricht überbringen und dann rumschnüffeln. Macht ihr das immer so?«

»Logisch«, log Morgenstern. »Deswegen ist unser Innenminister immer so stolz auf unsere hohe Aufklärungsquote.«

»Also gut, ich schicke zwei Kollegen los. Wir melden uns dann umgehend wieder. Aber ich an Ihrer Stelle würde mir keine zu großen Hoffnungen machen.«

Schon eine Stunde später meldete sich der Kriminalbeamte wieder. »Ob Sie's glauben oder nicht: Die Kollegen sind zurück – und raten Sie mal, was sie gefunden haben?«

»Ein Poster von Luzie Petterson?«, frage Morgenstern hoffnungsvoll.

»Ein Poster? Nein. Viel besser. Ich gebe Ihnen gleich mal die Kollegin, die vor Ort war. Die ist übrigens selbst Petterson-Fan.«

Es meldete sich die Kriminalkommissarin Bianca Becker. Ihr erster Satz war: »Das ist ziemlich abgefahren!« Sie sei mit einem männlichen Kollegen zu Mecks Adresse gefahren. Die Mutter, eine fünfundfünfzigjährige Frührentnerin, habe ihnen geöffnet und sofort geahnt, dass ihrem Sohn etwas Schlimmes passiert sein müsse. Andernfalls würde wohl kaum die Polizei in ihrer Wohnungstür stehen.

Frau Meck hatte sie hereingebeten, auf dem Sofa platziert, eine Flasche Eierlikör geholt und sich das wenige, was die Beamten bisher wussten, erzählen lassen. Begleitet von mehreren Runden Eierlikör für alle drei. Dazwischen hatte sie geweint, aber nicht besonders heftig. Der Sohn, so habe sie erzählt, sei schon vor vier Tagen mit seinem Wohnmobil losgefahren. Er hatte sich in der Großschlachterei zwei Wochen Urlaub genommen und erklärt, er wolle sich Deutschland ein bisschen anschauen. Den Süden dieses Mal, nachdem seine letzte größere Tour an die Nordseeküste geführt hatte. Aber er habe ihr nie viel erzählt, sie wiederum habe ihn auch wenig gefragt. Morgenstern stellte sich vor, wie diese beiden Menschen nebeneinanderher gelebt hatten. Kommunikationskrüppel alle beide.

Die westfälische Kollegin erzählte weiter. »Dann haben wir Frau Meck gebeten, ob wir uns Marvins Zimmer ansehen dürfen. Sie hatte keine Einwände.«

»Und?«, fragte Morgenstern ungeduldig.

»Nun drängeln Sie mal nicht so, Herr Kollege, sonst dürfen Sie nächstes Mal selbst nach Rheda-Wiedenbrück fahren.«

»Ist ja schon gut.«

Die Kollegin nahm offenbar erst einmal einen großen Schluck aus einer Wasserflasche. Das dauerte. Anscheinend gehörte sie zu jenen Frauen, die Sinn für Spannungsaufbau hatten – und zugleich zu jener Gruppe, die fest daran glaubte, dass ohne drei Liter Flüssigkeitszufuhr am Tag jedem Menschen über kurz oder lang die Austrocknung drohte. In Morgensterns Augen war das eine Marotte. Er selbst kam schließlich seit vielen Jahren mit zwei, drei Tassen Kaffee am Tag zurecht. Am Abend allerdings holte er dann auf … Endlich war Bianca Becker so weit.

»Die Mutter sagt noch, dass wir uns nicht wundern sollen. Ihr Sohn war immer schon ein bisschen eigen. Dann macht sie uns die Tür auf – und vor uns liegt eine dunkle Wohnhöhle mit heruntergelassenem Rollladen, die nichts anderes ist als … ein Privatmuseum für Luzie Petterson.«

Jetzt brauchte Morgenstern einen Schluck zu trinken – bitterer Kaffee war wie immer vorrätig. »Dieses Museum – wie kann man sich das vorstellen?«

»Ich habe Fotos gemacht, mit dem Handy, mit Einwilligung der Mutter natürlich. Die hatte nichts dagegen. Erst einmal hängen an allen Wänden Bilder von ihr.«

»Fotos von der Mutter?«, fragte Morgenstern, der für einen Moment auf der Leitung stand.

»Natürlich nicht, sondern solche von Luzie Petterson. Alle Fotos, die irgendwo mal abgedruckt waren, hat er ausgeschnitten und aufgehängt. Aus der Zeitung, aus Zeitschriften, dazu Kinoplakate, die er sich im Kinocenter in Gütersloh erschnorrt hat. An den ganzen Wänden ist kein Fleckchen mehr frei. Der spinnt total.«

Hecht schaltete sich ein: »Und sonst?«

»Es gibt auch ein paar Zeitungsausschnitte mit schlechten Kritiken für Petterson-Filme. Er hat eine Dartscheibe im Zimmer – und die Artikel hat er dort angepinnt. Da wirft er mit Pfeilen drauf. Das Papier ist richtig durchlöchert, perforiert. Der nimmt das ausgesprochen persönlich.«

»Hat er denn eine Freundin?«, fragte Morgenstern.

»Natürlich nicht. Sagt jedenfalls seine Mutter, und ich kann's mir auch beim besten Willen nicht vorstellen. Allein schon, dass der tatsächlich in der Bettwäsche von Arminia Bielefeld schläft. Mit fünfunddreißig Jahren.«

»Stimmt, da müsste er wirklich allmählich aus dem Alter raus sein«, pflichtete Morgenstern bei.

Bianca Becker fügte trocken hinzu: »Genau – und endlich Fan von Borussia Dortmund sein.«

»Hat er einen Computer in seinem Zimmer?«

»Natürlich. Da kleben auch kleine Fotos von Frau Petterson drauf. In Herzform. Sorgfältig ausgeschnitten. Da hat er sich echt Mühe gegeben. Weil ansonsten ist er wohl eher ein Grobmotoriker und nicht so zart besaitet. Er arbeitet Schicht in der Großschlachterei. Am Band.«

»Wir brauchen den Computer«, sagte Morgenstern. »Wir gehen davon aus, dass dieser Meck eine ernsthafte Bedrohung für Frau Petterson war und dass er zu uns ins Altmühltal gefahren ist, um ihr nachzustellen. Da ist alles denkbar, bis hin zu einer Vergewaltigung, einer Entführung. Es gab da schon mal einen Versuch. Deswegen macht eine Kollegin von mir gerade, während wir hier telefonieren, Personenschutz für Frau Petterson.«

»Oh mein Gott«, sagte Becker. »Das wäre ein Job für mich! Sie müssen wissen, ich bin ihr größter Fan.«

Morgenstern dachte kurz an Stephen Kings »Misery« und knurrte: »Ihr zweitgrößter. Höchstens.« Er lächelte. »Und das mit Borussia Dortmund würde ich mir auch noch überlegen. Haben Sie schon mal über den 1. FC Nürnberg nachgedacht?«

Mecks Bett war allerdings nicht nur durch die Arminia-

Farben Schwarz-Weiß-Blau auffällig, wie die Kollegin schilderte, sondern vor allem dadurch, dass das Gestell aus weißem Eisenrohr war und der stolze Eigentümer an allen vier Enden Handschellen angebracht hatte. Welche Phantasien er auch immer hier auf dieser – ziemlich fleckigen – Matratze gehegt hatte – sie waren keine, mit denen man sich den Ruf eines freundlichen, wenn auch etwas spleenigen Mannes in seinen besten Jahren erwerben konnte.

Wenig später waren Beckers Handyfotos aus Mecks Junggesellenbude in Ingolstadt angekommen. Die westfälische Kollegin hatte nicht zu viel versprochen. Der Bewohner dieses Fünfzehn-Quadratmeter-Raums hatte eine brandgefährliche Leidenschaft entwickelt, die er selbst zuletzt nicht mehr hatte steuern können. Doch jetzt war er tot – und Luzie Petterson war aller Sorgen ledig. Mehr denn je hatte Morgenstern den Verdacht, dass am Steinbruch an der alten Schernfelder Straße, zwischen rapunzelartigem historischem Wasserturm, Weizenfeldern, Plattenkalk-Brüchen und Maisäckern, nicht alles mit rechten Dingen zugegangen war.

2. Juli

Die Zeitung war an diesem Morgen ihr Geld wert: Wann war zuletzt in Eichstätt so viel los gewesen? Das verunglückte Wohnmobil hatte es unter der momentanen Nachrichtenlage nicht einmal auf die erste Seite des Lokalteils geschafft. Die war nämlich in Gänze der Berichterstattung über den Ehrenabend im Alten Stadttheater gewidmet, inklusive einer Straßenumfrage auf dem Marktplatz.

Auch die »MeToo«-Protestaktion wurde gewürdigt, wenn auch gewiss nicht so, wie sich Fiona Morgenstern das vorgestellt hatte. In einem kurzen Kommentar dazu war missbilligend von unfairer Vorverurteilung die Rede, sogar das Wort »Hausfriedensbruch« wurde bemüht. Regisseur Robert Neumayer als bekanntlich größter Sohn Eichstätts habe es nicht verdient, »in der guten Stube unserer Stadt« dermaßen an den Pranger gestellt zu werden. Deswegen könne man sich an dieser Stelle nur für die Unannehmlichkeiten bei Herrn Neumayer entschuldigen.

Fiona, die sich den Lokalteil beim Frühstück als Erste geschnappt hatte, knüllte die erste Seite empört zusammen und warf sie als Papierball wutentbrannt auf den Boden. »Entschuldigen!«, schnappte sie. »Wenn sich hier irgendjemand entschuldigen sollte, dann ist das dieser Neumayer. Das ist doch der Gipfel, wie der hier hofiert wird. Ein schlimmer Macho ist der, vor dem ist keine Schauspielerin sicher. Da sollten die mal recherchieren für ihre Zeitung.«

Morgenstern bückte sich, hob die Zeitungsseite auf und strich sie glatt. »Die brauche ich noch«, sagte er. »Dienstlich.« Nachdenklich sah er sich die völlig zerknitterte Seite an.

Eine Umfrage auf dem Marktplatz ergab – ganz unrepräsentativ unter sechs Bürgerinnen und Bürgern –, dass alle unglaublich stolz waren auf Neumayer und dass exakt die Hälfte versuchte, bei einer der noch anstehenden Filmszenen eine

Statistenrolle zu ergattern. Ein eigener Artikel rief dazu auf, sich noch an diesem Tag in einer Art Rekrutierungsbüro zu melden. Das war in der ehemaligen Johanniskirche am Domplatz eingerichtet, Morgenstern war schon ein paarmal daran vorbeigekommen.

Die Johanniskirche, ein komplett leerer Raum mit weiß gekalkten Wänden, wurde üblicherweise für Kunstausstellungen genutzt. Nun konnte man sich hier »mustern« lassen – die notwendige Kleidung wurde dann einen Tag später ausgegeben. Gesucht wurden zunächst Männer im Alter zwischen achtzehn und vierzig Jahren, die als Soldaten bei einem Großangriff auf eine Festung mitwirken sollten und entsprechend kostümiert würden. Drehort sei die Wülzburg bei Weißenburg. »Ist denen unsere Willibaldsburg nicht gut genug?«, fragte Morgenstern, als er das gelesen hatte.

»Unsere Burg?«, fragte Fiona zurück. »Seit wann kannst du dich mit Eichstätt so identifizieren?« Und süffisant fügte sie hinzu: »Wir als Franken sollten uns doch freuen, wenn die auch auf fränkischem Gebiet drehen.«

Eine zweite Schlachtszene war dann allerdings wieder auf Eichstätter Territorium eingeplant: Hoch über der Stadt, auf einem steppenartigen Gelände mit dem französisch klingenden Namen »Waschette«. Gebraucht wurden dafür rund hundert Statisten – alles andere würde dann nachträglich per Videoanimation eingefügt, sodass man im Film den Eindruck habe, hier würden gewaltige Heere aufeinanderstoßen. Als Tagesgage wurden sechzig Euro plus eine Brotzeit versprochen.

Was Morgenstern aber viel mehr interessierte, war der kurze Beitrag über den Toten im Wohnmobil – verbunden mit dem Aufruf an mögliche Zeugen, sich umgehend bei der Kriminalpolizei in Ingolstadt oder auch bei der Polizeiinspektion Eichstätt zu melden. Marvin Meck firmierte im Beitrag als Tourist aus Westfalen. Morgenstern war gerade mit dem Lesen des Beitrags fertig, als auch schon sein Telefon klingelte.

In der Leitung war ein Mensch, der quasi synchron mit Morgenstern den Unfallartikel gelesen hatte und sich durch den Zeugenaufruf angesprochen fühlte. Die Kripozentrale in Ingolstadt hatte ihm umgehend Morgensterns Nummer gegeben. Der Zeuge residierte nach eigener Schilderung derzeit am städtischen Wohnmobilstellplatz in der Altmühlau, gleich neben dem Volkfestplatz. »Raten Sie mal, wer da bis vor Kurzem mein Nachbar war?«

Morgenstern zögerte keinen Moment. »Ich komme zu Ihnen runter. Das besprechen wir von Angesicht zu Angesicht.«

Er schlüpfte in Stiefel und Jeansjacke, griff sich den Schlüssel für den uralten roten Land Rover der Familie, der wundersamerweise erst einen Monat zuvor wieder den amtlichen Segen des TÜV bekommen hatte, und zog los.

Es war nur ein Katzensprung von seiner Wohnung zum Volksfestplatz. Morgenstern kannte das Areal aus mehreren Gründen. Zum einen war er hier im Rahmen des Eichstätter Volksfestes im vergangenen Spätsommer mindestens einmal übel versumpft. Zum anderen fand auf dem Gelände in den Sommermonaten einmal monatlich der große Flohmarkt des Boxclubs Eichstätt statt. Die Morgensterns hatten sogar einmal einen Stand dort aufgebaut und überschüssigen Krimskrams feilgeboten. Ausrangiertes Spielzeug der Kinder, Küchenutensilien, ungeliebte Bücher. Direkt daneben – auf einer geschotterten Fläche, waren ein paar Dutzend Stellplätze für Wohnmobile, ganz nahe bei der Altmühl. Auf der anderen Flussseite lagen ein großer Lebensmittelmarkt und die Bundesstraße.

Morgenstern hatte den Platz nie für besonders attraktiv erachtet, direkt neben einem Großparkplatz, in Sicht- und Hörweite zur Bundesstraße, aber die Urlauber sahen das anders: so nah am Fluss und direkt neben dem Altmühlradweg. Der Platz war immer bestens belegt. Erst recht jetzt im Hochsommer.

Der Anrufer wartete bereits auf den Kommissar und winkte ihm zu, als er mit seinem auffälligen, röhrenden Geländewagen angefahren kam. »Setzen Sie sich zu uns. Wir haben's uns gemütlich gemacht. Meine Frau hat sogar Kuchen da, erst gestern Abend gebacken.«

»Sie haben einen Backofen im Wohnmobil, echt?«

Der Mann lächelte stolz. »Wir haben alles. Hier, sehen Sie, willkommen in unserem kleinen Reich.«

Morgenstern stand vor einem reisebusgroßen Fahrzeug, von »kleinem Reich« konnte keine Rede sein. Das hier war ein mehrere hunderttausend Euro teures Imperium, eine Luxusyacht für die Landstraße, eine Demonstration von Reichtum und immerwährender Mobilität im Pensionistenalter. Denn der Herr über diesen rollenden Palast gehörte samt seiner Gattin zur Generation »Silver Ager«. Kaufkräftig, anspruchsvoll und vor allem mobil. Da sollte auch auf Reisen nichts von all dem fehlen, was man sich zu Hause gönnte.

Pensionist Hermann Makuschik und seine Gattin Ingeborg aus dem Hochsauerlandkreis baten ihren Gast an den im Freien aufgebauten Frühstückstisch, auf dem bereits ein veritabler Gugelhupf thronte. Man speiste von weißem, edlem Porzellan.

»Meine Familie und ich gehen auch manchmal campen«, sagte Morgenstern als vertrauensbildende Maßnahme. »Wir haben da so ein Zelt –«

Ingeborg ließ ihn gar nicht erst weiterreden. »Zelt? Das wäre nun wirklich nichts für uns, nicht wahr, Hermann. Wenn ich nur dran denke, spüre ich schon meine Bandscheiben. Nein, wissen Sie, junger Mann, früher waren wir ja immer in Hotels, aber seit wir uns vor zwei Jahren dieses kleine Schätzchen zugelegt haben, sind wir richtig im Reisefieber. Andalusien, Algarve, Bretagne, und jetzt sind wir kurz auf der Heimreise. Mal sehen, ob da alles so läuft, wie wir uns das vorstellen. Unser Sohn hat die Firma übernommen.«

Der Gatte schaltete sich ein: »Makuschik Werke«, sagte er stolz. »Hidden Champion. Wir machen in Raffineriebedarf.«

»Nie gehört«, sagte Morgenstern wahrheitsgemäß.

»Deswegen heißt es ja auch Hidden Champion. Heimlicher Gewinner.«

Und schon wieder hatte Morgenstern das Gefühl, dass er dringend an seinen Englischkenntnissen arbeiten sollte.

Hermann Makuschik kam endlich zum Punkt. »Jedenfalls

war hier direkt neben uns, als unser Nachbar, dieser Mensch, der jetzt verunglückt ist.« Er tippte auf den Eichstätter Kurier, der vor ihm auf dem Tisch lag. »Ich habe Ihr Blättchen heute früh drüben im E-Center gekauft und das Fahrzeug gleich erkannt.«

»Das ist nicht ›mein Blättchen‹«, stellte Morgenstern klar. »Was können Sie mir über den Mann sagen?«

»Der kam neulich hier angefahren, neben uns war gerade noch Platz. Und wie man das so macht unter Campern, haben wir gleich ein bisschen Fühlung aufgenommen.« Der Herr des Hauses lächelte. »Seine Karre war natürlich ein billiges Ding, kein Vergleich. Aber ich habe gesehen, dass wir sozusagen Landsleute sind. Westfalen. Das verbindet in der Fremde.«

»Ich habe ihm eine kleine Führung durch unseren Wagen gegeben, und daraufhin durfte ich auch einen Blick in seinen werfen. Nichts Besonderes, aber ordentlich. Er hat dann aus einem Kühlschrank Bier geholt, das haben wir hier getrunken. Warsteiner. Ich persönlich trinke ja lieber Paderborner Pilsener.«

Morgenstern konnte sich nicht recht vorstellen, dass der Sonderling Marvin Meck in nennenswertem Umfang zu Small Talk fähig gewesen sein könnte. Ob mit oder ohne Bier. »Hat er Ihnen erzählt, was er hier im Altmühltal vorhatte?«

Ingeborg konnte sich erinnern: »Ja doch, hier sind gerade Filmaufnahmen, da wollte er ein bisschen Zaungast sein. ›Mäuschen spielen‹ hat er das genannt. Ich habe das ziemlich witzig gefunden, weil ein Mäuschen ist der wirklich nicht gewesen. Der hatte bestimmt zwei Zentner. Ziemliches Übergewicht. Und dann hat er sich rasch verabschiedet und hat sich in seinen Wagen gesetzt. Fernsehgucken.«

Das war's dann auch schon gewesen mit dem unmittelbaren Kontakt. Alles Weitere hatte sich auf ein paar Begrüßungsformeln beschränkt. Marvin Meck hatte sich rargemacht, war mit seinem mitgebrachten Fahrrad viel unterwegs gewesen und zuletzt ohne Abschied mit seinem Wohnmobil weggefahren. »Wir haben sogar noch seinen leeren Platz verteidigt, weil wir dachten, dass er bestimmt zurückkommt – aber da war nichts«, sagte Hidden Champion Hermann.

»Mit dem Fahrrad war er immer unterwegs?«, fragte Morgenstern. Im Steinbruch war kein Rad aufgetaucht.

Dennoch war er alles in allem enttäuscht. Er wusste zwar nicht, was er erwartet hatte, aber jedenfalls mehr als diese kargen Informationen. Und Ingeborgs Gugelhupf war strohtrocken. Morgenstern begann bereits, sein Stück in die Kaffeetasse einzutunken.

Er unternahm einen letzten Anlauf. »Ist Ihnen irgendetwas Besonderes aufgefallen an diesem Mann? War er vielleicht nervös? Hat er sich sonderbar benommen? Hat er vielleicht überraschend Besuch bekommen?«

Die beiden Pensionisten dachten lange nach. Dann sagte Ingeborg: »Ich glaube nicht, dass Sie das interessiert. Aber in seinem Wohnmobil hatte er ein paar Poster aufgehängt. Bilder von dieser Schauspielerin, dieser ganz bekannten. Hermann, die haben wir erst gestern Abend im Fernsehen gesehen, Zweites Programm. Wie heißt die gleich wieder? Ich hole mal eben unsere ›Hörzu‹.«

Noch ehe sie aufstehen konnte, sprang ihr Morgenstern mit einem äußerst naheliegenden Vorschlag zur Seite. »Luzie Petterson?«

»Natürlich!« Ingeborg schlug sich theatralisch mit der flachen Hand an die Stirn. »Natürlich, die Frau Petterson. Die spielt ja momentan überall mit. Bei Rosamunde Pilcher habe ich sie auch schon gesehen. Ein richtiger Star.«

»Wie viele Poster waren das?«, fragte Morgenstern der Vollständigkeit halber.

»Drei, glaube ich. Oder vier.«

Hermann fragte neugierig: »Warum müssen Sie das wissen? Die haben Sie doch selbst gesehen, wenn Sie sich das verunglückte Fahrzeug angesehen haben.« Er deutete auf den Zeitungsbericht.

Morgenstern schüttelte den Kopf. »Das ist ja das Interessante. Herr Meck hat die Poster weggemacht. Die waren nicht mehr da, als er verunglückt ist. Wer weiß, was da in ihn gefahren ist.«

Nachdenklich tunkte er ein zweites Stück Kuchen, das ihm Gastgeberin Ingeborg ungefragt auf seinen noblen Porzellanteller gelegt hatte, in die gleichfalls noble Tasse.

»Maria Theresia«, sagte Ingeborg mit Tadel in der Stimme, als sie sah, wie unzivilisiert Morgenstern sich an ihrer Kaffeetafel benahm.

»Der habe ich gestern erst den Auftritt versaut«, sagte Morgenstern eingedenk seiner elefantösen Einlage im Spiegelsaal der fürstbischöflichen Residenz.

Ingeborg deutete auf den Kuchenteller. »Maria Theresia: So heißt dieses edle Tafelset von Hutschenreuther, in Erinnerung an die berühmte österreichische Kaiserin. Vierundzwanzigteilig. Ein gewisses Niveau lässt sich auch auf Campingreisen halten.«

Ist das noch Camping?, fragte sich Morgenstern, behielt diese Frage aber wohlweislich für sich. Sein Kollege Hecht hätte sich wahrscheinlich ans spanische Hofzeremoniell erinnert gefühlt.

Unter vielfachem Dank für die Gastfreundschaft nahm Morgenstern Abschied von den beiden westfälischen Wandervögeln. Er schärfte ihnen ein, sich umgehend bei ihm zu melden, falls ihnen noch etwas Nennenswertes einfallen würde. Die Sache mit den Postern sei jedenfalls ein hochinteressanter Hinweis gewesen.

»Warum ist das so wichtig?«, fragte Ingeborg.

»Sie haben Ihren unscheinbaren Nachbarn Marvin Meck nicht wirklich kennengelernt«, sagte Morgenstern kryptisch. »Und dazu kann ich Sie nur beglückwünschen.«

Morgenstern setzte sich umgehend, noch vom Volksfestplatz aus, mit Peter Hecht in Verbindung und klärte ihn über die Poster aus Mecks Wohnmobil auf. Die Tesafilm-Reste waren also tatsächlich eine spannende Spur gewesen. Beide waren sich einig, dass Marvin Meck wohl kaum mit eigener Hand die

Poster seines Idols von den Wänden seines fahrbaren Wohnzimmers gerissen hatte. Schon gar nicht so rabiat, dass kleine Papierecken kleben blieben und die wahrscheinlich unersetzbaren Druckwerke dauerhaft beschädigt waren. »Es sei denn, unser Herr Meck hat Panik gekriegt, dass wir ihm auf die Schliche kommen«, sinnierte Hecht.

»Aber dann wäre er trotzdem sorgfältiger gewesen. Und die Poster hätte er bestimmt ins Handschuhfach zu den Zeitschriften gelegt.«

»Was lernen wir daraus?«, fragte Hecht – und klang wieder einmal wie ein Oberstudienrat.

»Herr Meck ist an den Falschen geraten?«

»Wie auch immer: Ich komme rüber nach Eichstätt. Wir müssen diesmal persönlich mit Frau Petterson sprechen«, sagte Hecht.

»Falls wir an sie rankommen«, gab Morgenstern zu bedenken.

»Das ist dir gestern doch auch gelungen«, gab Hecht zurück.

»Dann frag sie doch, ob sie vielleicht höchstpersönlich die Poster aus dem Wohnmobil genommen hat«, schlug Morgenstern nicht weniger sarkastisch vor. Er hatte den Eindruck, dass im Ermittlerteam demnächst ein Supervisionstermin anstand. So weit käm's noch! Was für ein Glück, dass Kriminaldirektor Adam Schneidt für solchen modernen Psychoschnickschnack nicht zu haben war. In der Theorie schon, sonst wäre Ärger mit dem Innenstaatssekretär, wenn nicht gar mit dem Innenminister vorprogrammiert. Doch in der Praxis setzte er darauf, dass sich seine Teams irgendwie zusammenrauften. Im Falle Morgenstern-Hecht hatte das bis dato noch immer funktioniert.

Nachdenklich saß Morgenstern in seinem Land Rover und sah zu, was sich auf dem Volksfestplatz rührte. Gleich zwei Fahrlehrer waren mit ihren Schülern auf dem Platz zugange und machten Motorradtraining. Wieder und wieder mussten die jungen Leute Hütchen umkurven, Vollbremsungen absolvieren, Ausweichmanöver vornehmen. Es klang nach Nürburgring. Und das alles direkt neben dem Wohnmobilstellplatz. Morgenstern erinnerte das schmerzlich an seinen alten Traum, eines Tages mit einer Harley-Davidson durch den Westen der USA zu rollen. Einer der zahllosen Gründe, warum diese Träume Schäume bleiben würden, war der fehlende Motorradführerschein – so ging das ja schon mal los.

Der erste Fahrschüler hatte inzwischen sein Pensum absolviert, der Fahrlehrer sammelte die weiß-roten Hütchen ein, legte sie in den Kofferraum und fuhr dann, gefolgt vom Schüler auf dem Motorrad, von dannen. Fahrlehrer Nummer zwei war anscheinend gleichfalls mit seinem Latein am Ende. Morgenstern sah, wie Lehrer und Schüler sich unterhielten. Der Schüler deutete zum unmittelbar benachbarten Schulzentrum. Da hatte er anscheinend gleich wieder Unterricht. Möglicherweise hatte er eine Freistunde fürs Fahrtraining genutzt.

Fünfundvierzig Minuten konnte man durchaus sinnvoll nutzen, dachte Morgenstern – und das war der Moment, in dem er sich einen Ruck gab. Er stieg aus seinem Land Rover. Hecht käme frühestens in einer halben Stunde hierher auf den Volksfestplatz. Warum sollte er jetzt ewig in der Karre sitzen? Er konnte ja einfach mal fragen.

Morgenstern schlenderte so lässig wie möglich zum Fahrlehrer, die Hände in den Hosentaschen, pfiff dazu eine kleine Melodie, die ihm sein Unterbewusstsein eingeflüstert hatte. Peinlich, aber wahr – der Text ging so: »*Get your motor running, head out on the highway.*« Ja, das war die gute alte Bikerhymne »Born to be Wild« aus dem Film »Easy Rider«, mit dem Appell, den Motor anzuwerfen, auf den Highway einzubiegen und dort nach den letzten großen Abenteuern Ausschau zu halten, komme, was da wolle.

Der Fahrlehrer, ein Mann in Morgensterns Alter, allerdings mit einem respektgebietenden Schnauzbart ausgestattet, sah Morgenstern neugierig an. »Was gibt's denn?«

Morgenstern nahm seinen ganzen Mut zusammen. »Ich

wollte schon lange den Motorradschein machen, und ich dachte mir: Vielleicht könnte ich mal einen kleinen Test machen, ob das für mich was ist.«

Der Fahrlehrer zeigte ein Walrosslächeln unter seinem Schnauzbart – dann nickte er. »Der junge Mann hier kann einfach zum Gymnasium rüberlaufen. Und wir beide machen kurz ein paar Formalitäten klar, dann kann's losgehen.«

Morgenstern konnte kaum glauben, wie einfach das ging. Warum bloß hatte er auf diesen Moment Jahrzehnte gewartet?

Keine fünf Minuten später saß er auf einem echten Motorrad. Eine blaue Honda, angeblich nicht besonders stark motorisiert, einen Leihhelm auf dem Kopf, eine Leihlederjacke um die Schultern, Leihhandschuhe an den Händen. Das war die große Freiheit! Er wurde nun doch nervös, aber das überspielte er, indem er »Born to be Wild« in Endlosschleife vor sich hin pfiff. Bis ihm der Fahrlehrer sagte, das habe er über das in den Helm integrierte und eingeschaltete Funkmikrofon nun oft genug gehört. Morgenstern stieg für einen Moment die Schamesröte ins Gesicht, aber das konnte unter dem Helm zum Glück niemand sehen.

Ganz langsam fand er sich mit der Technik zurecht. Schalten mit dem Fuß, kuppeln, bremsen und sich auch noch irgendwie in die Kurven legen. Dutzende Male würgte er den Motor ab, mehrmals sprang das Motorrad wie ein widerspenstiger Bronco mit einem Satz nach vorn, weil der Reiter die Kupplung zu rasch losgelassen hatte. Reines Glück, dass er das Zweirad noch nicht umgeworfen hatte. Doch mit der Zeit wurde er immer selbstbewusster, immer mutiger, je länger er auf der langen asphaltierten Geraden entlang des Wohnmobilstellplatzes rauf und runter fuhr.

Und schon wieder fing er vor Freude zu singen an, in einer musikalisch-euphorischen Anwandlung, die ihn sonst höchstens im Pub zu später Stunde übermannte. »Highway to Hell« von AC/DC musste dieses Mal herhalten, und Morgenstern brauchte lange, bis er verstand, warum der Fahrlehrer aus dem

Grinsen gar nicht mehr herauskam. »*I'm on the highway to hell*«, tirilierte Morgenstern unter seinem Helm und gab gleich noch ein bisschen mehr Gas. Ups, schon hatte er eines der Hütchen weggekegelt, hoppla, jetzt schon das zweite. Ich bin im Flow!, jubelte Morgenstern innerlich – endlich hatte er den Bogen raus, wie man sich ohne Sorge, ohne Furcht mit seinem ganzen Oberkörper auf die Seite legte, um die Maschine in die Kurve zu zwingen, ganz ohne am Lenker herumzureißen. So machte man das gewiss auch, wenn man ein stolzes Pferd dirigierte, dachte er, als Cowboy. Wie passend, dass er auch heute seine Cowboystiefel trug.

Der Fahrlehrer gab jetzt die Devise durch, dass es langsam dem Ende zugehe. Zwei, drei Fahrten vielleicht noch, immer an der Phalanx der Wohnmobile entlang. Deren arme Bewohner hatten jetzt schon eine gute halbe Stunde unter Morgensterns Motorengeräuschen gelitten, dem permanenten Aufjaulen des Motors, dem Rauf- und Runterschalten. Gerade erst kamen Ingeborg und Hermann Makuschik die kleine Böschung herauf und bedeuteten dem Fahrlehrer mit Armwedeln und demonstrativem Hände-an-die-Ohren-Halten, dass es allmählich reiche mit der Ruhestörung am frühen Vormittag.

Morgenstern sah, dass auch Peter Hecht in diesem Moment mit dem Dienst-Audi angefahren kam, neben dem Land Rover haltmachte und nach dem Kollegen Ausschau hielt. Damit nicht genug: Vom Schulzentrum Schottenau liefen mehrere Teenager geradewegs auf Morgensterns Teststrecke zu. Es dauerte eine Weile, bis klar war, dass sein Sohn Marius, der Gymnasiast, vorneweg marschierte. Morgenstern zählte eins und eins zusammen und kam zu dem Schluss, dass der Fahrschüler, von dem er vorhin das Motorrad übernommen hatte, mit Marius bekannt war und ihn darüber in Kenntnis gesetzt hatte, dass der Vater sich zu einer spontanen Fahrstunde hatte hinreißen lassen. Das wollte der Nachwuchs – punktgenau zur großen Schulpause – mit eigenen Augen sehen.

Großer Bahnhof, dachte Morgenstern, der Asphaltcowboy. Morgenstern, der Easy Rider. Morgenstern, der Fahranfänger.

Er drehte am Gas, der Motor jaulte auf, jetzt waren ihm endgültig alle Blicke sicher. Noch ein paar weitere Wohnmobilisten stellten sich an die Straße. Hecht dämmerte inzwischen, dass der seltsame Fahrschüler auf diesem Zweirad, der Mensch vor dem Hütchenparcours, sein Kollege war. Er schüttelte ungläubig den Kopf.

Inzwischen waren auch die Schüler da. Marius stemmte die Hände in die Seiten, um der Dinge zu harren, die noch kommen würden. Morgensterns private »Playlist« präsentierte aus den Tiefen des Unterbewusstseins Lynyrd Skynyrd mit dem Song »Free Bird«. Frei wie ein Vogel, so fühlte sich Morgenstern, und hatte er nicht erst neulich das Video zu diesem Lied auf YouTube gesehen: mit echten Cowboys, die ein paar Rinder im lässigen Galopp unter Kontrolle hielten. So war das auch jetzt bei ihm: Er hatte alles unter Kontrolle.

»*Free bird*«, sang Morgenstern – und plötzlich hatte er noch eine Assoziation, einen ganz und gar faszinierenden Gedanken. Steve McQueen! Der Filmstar und seine weltberühmte Szene aus dem Film »Gesprengte Ketten«. Diese Szene war eine Ikone der Filmgeschichte: McQueen als Captain Hilts, der junge, coole kriegsgefangene US-Offizier, der aus einem deutschen Lager flüchtet und dann mit einem gestohlenen Motorrad, einer Triumph, die Grenzanlagen zur Schweiz überwinden will. Noch heute gedachte man in Füssen, wo diese Szene gedreht worden war, mit Stolz und Ehrfurcht jener Tage, als Hollywood ins Allgäu kam. Ähnliches fand jetzt auch in Eichstätt statt.

Morgenstern gab noch mal Gas, dachte an Steve McQueen und steuerte mit aus seiner Sicht atemberaubender Geschwindigkeit auf zwei Hütchen zu, die er laut Fahrlehrer mittels Vollbremsung, irgendeines Kupplungsmanövers und einer wuchtigen Bewegung des Oberkörpers umkurven sollte. Genau betrachtet war das fast schon eine Choreografie, und zwar eine, für die es Mut brauchte. »*Free bird*«, jubelte Morgenstern, dann riss er den Lenker herum.

Was auch immer er getan hatte: Es war nicht ganz korrekt

gewesen. Die Maschine kam erst bedrohlich in Schräglage, ins Kippen, ins Schlingern und stellte sich quer zur Fahrbahn. Steve McQueen!, dachte Morgenstern noch, dann kam das Motorrad vom Asphalt ab, von Kontrolle konnte jetzt keine Rede mehr sein. Direkt unterhalb der Straße, zwei Meter tiefer, standen in Reih und Glied die Wohnmobile. Und wie im Film »Gesprengte Ketten« setzte das Zweirad zu einem Sprung an, der jedem Stuntman zur Ehre gereicht hätte. Morgenstern, der sich verzweifelt am Lenker festklammerte, erlebte die Szene seltsamerweise nun wie in Zeitlupe: Seine brave Fahrschul-Honda schien Flügel zu bekommen, und frei wie ein Vogel katapultierte sie sich selbst durch die Lüfte.

Zwei, drei Sekunden später krachte sie mit voller Wucht in die Rückseite des Luxuswohnmobils des pensionierten Unternehmerehepaars Makuschik aus dem Hochsauerlandkreis.

Mike Morgenstern höchstpersönlich war es, der mit seinem vom Helm geschützten Kopf das rückwärtige Plexiglasfenster einschlug. Ehe er mitsamt Fahrzeug auf dem gekiesten Boden des Wohnmobilstellplatzes zu liegen kam. Unmittelbar vor dem Aufprall, in seiner ganz privaten Slow-Motion-Phase, hatte ihn noch eine Erkenntnis aus »Gesprengte Ketten« elektrisiert: Die Wahrheit war, dass Steve McQueen, der coole Biker, an der Schweizer Grenze gescheitert war. Sein todesmutiger Sprung über die Sperranlage der Nazis hatte im Stacheldrahtverhau geendet.

Helfer waren mehr als genug da – bereit, Morgenstern unter dem Motorrad hervorzuziehen, ihn auf Verletzungen aller Art zu untersuchen und nicht zuletzt lautstark den Schaden am Wohnmobil zu beklagen. Ebendieser Part oblag dem Ehepaar aus Westfalen, dem erst jetzt klar wurde, dass der havarierte Fahrschüler niemand anders war als der Kriminaloberkommissar, mit dem sie eben erst vom Maria-Theresia-Porzellanservice gespeist hatten.

Zu allem Überfluss gab es auch noch ein Video von Morgensterns unfreiwilligem Stunt: Marius hatte die letzte Fahrt seines Vaters mit dem Handy aufgezeichnet – nicht ahnend, in welchem Fiasko sie enden würde.

Wenig später rückte mit Tatütata ein Krankenwagen des Roten Kreuzes an, denn der Fahrlehrer hatte sofort nach dem Unfall einen Notruf abgesetzt. Morgenstern wurde in die Klinik in der Eichstätter Ostenstraße befördert, in die Notaufnahme. Peter Hecht stand ihm dort zur Seite.

Es stellte sich heraus, dass wie durch ein Wunder nichts Größeres passiert war. Eine Gehirnerschütterung war zwar denkbar, aber nicht deutlich genug zu diagnostizieren – und Morgenstern wehrte sich mit Händen und Füßen dagegen, eine Nacht zur Beobachtung im Krankenhaus zu verbringen. Immerhin akzeptierte er es, dass ihm zur Stabilisierung seines schmerzenden Nackens eine Halskrause verpasst wurde. Die sollte er die nächsten fünf Tage tragen, wurde ihm beschieden. Peter Hecht, der Morgenstern lange genug kannte, wusste, dass der Kollege das Ding spätestens am Abend abstreifen würde wie ein Flohhalsband.

Währenddessen ging Marius' kleine Videodokumentation bereits im Internet viral: Der Sohn hatte den Dreißigsekünder auf dringende Empfehlung seiner Schulkameraden ins Netz gestellt, wo er sich noch am gleichen Tag epidemisch verbreitete. Immerhin hatte er damit gewartet, bis klar war, dass der Familienvorstand nicht ernsthaft zu Schaden gekommen war.

Apropos Schaden: Morgensterns Großmutter hätte das Video gewiss ausdrücklich gebilligt mit dem Hinweis: »Wer den Schaden hat, braucht für den Spott nicht zu sorgen.« Und das Opfer schwor beim Verlassen der Notaufnahme, sich nie wieder auf ein Motorrad zu setzen. Nicht in Eichstätt und noch viel weniger im Wilden Westen der USA.

»Dein Wort in Gottes Ohr«, sagte Peter Hecht.

* * *

Der von Morgenstern angerichtete Fahrzeugschaden war nicht der einzige an diesem Vormittag. Als er und Hecht im

Dienstwagen über den Residenzplatz fuhren, sahen sie zwei Streifenwagen der Polizeiinspektion. Manfred Huber stand mit bekümmerter Miene neben einem der großen weißen Mietlastwagen, in denen die Filmcrew ihre Technik gelagert hatte. Der Streifenbeamte Ludwig Nieberle kniete sich gerade schwerfällig neben einen anderen Transporter, gleichfalls ein Mietfahrzeug, und machte Fotos. Die Kommissare stellten ihr Auto neben Robert Neumayers Wagenburg. »Was ist denn jetzt schon wieder los?«, rief Hecht aus dem geöffneten Fenster.

»Sabotage!«, rief Nieberle zurück. »So eine Sauerei!«

Die beiden stiegen aus und sahen sich die Sache näher an. An neun geparkten Fahrzeugen des Filmteams waren irgendwann im Laufe der vergangenen Nacht jeweils alle vier Reifen zerstochen worden. Plattfüße, so weit das Auge reichte.

Inspektionsleiter Huber schüttelte nur fassungslos den Kopf. »Ich verstehe die Leute einfach nicht. Wer macht denn so was?«

Morgenstern hatte da ein paar Vorschläge: »Dieselben Menschen, die einfach so zum Spaß beim Spazierengehen mit einem Schlüsselbund ein fremdes Auto verkratzen? Oder die Typen, die in letzter Zeit reihenweise an geparkten Autos die Reifenmuttern aufschrauben?« Er hob die Hände zum Himmel. »Die Welt ist voll mit Idioten!«

»Was ist eigentlich dir passiert?« Huber deutete auf die Halskrause.

Hecht übernahm die Erklärung. »Das fällt auch unter die Rubrik Idiot. In diesem Fall allerdings die harmlosere Sorte.«

Morgenstern war drauf und dran, handgreiflich zu werden, vor allem, als Hecht genüsslich schilderte, mit welch spektakulärem Manöver der Kollege vor Kurzem auf dem Volksfestplatz für Furore gesorgt hatte.

»Klingt mir schwer nach Midlife-Crisis«, sagte Huber mit einem extrabreiten Grinsen – um dann gleich wieder ernst zu werden. »Das hier ist jedenfalls alles andere als lustig. Der ganze Tross soll heute Mittag noch nach Weißenburg auf die

Wülzburg umziehen. Jetzt verzögert sich das alles. Wir haben sämtliche Reifendienste der Umgebung zusammengetrommelt, damit wir die Fahrzeuge so schnell wie möglich wieder startklar machen.«

Kein Geringerer als Regisseur Neumayer hatte, wie Huber schilderte, am Morgen in der Inspektion angerufen und die Schäden gemeldet. »›Wenn wir wegen ein paar platten Reifen den Drehplan umwerfen müssen, kostet uns das zigtausend Euro‹, hat er gesagt. ›Also helfen Sie uns aus der Patsche!‹ Ein paar Minuten später hat dann der Landrat angerufen und kurz darauf auch noch der Oberbürgermeister. Da liegen jetzt überall die Nerven blank.«

»Gibt's schon Hinweise?«, fragte Hecht.

Huber musste verneinen. »Gestern Nacht war's stockdunkel. Neumond. Und die Eichstätter schlafen den Schlaf der Gerechten.«

Beide Flügel des Tores, das von der Mitte des Residenzplatzes in den Innenhof des Landratsamtes führte, standen weit offen. Morgenstern sah, dass im Hof eine historische Pferdekutsche geparkt war, ein Zweispänner, Rappen mit samten glänzendem Fell. Die Kutsche selbst glänzte gleichfalls matt von schwarzem Lack, Messinglampen an den Seiten schimmerten in der Sonne. Der Verschlag der Kutsche öffnete sich, und heraus kletterte Regisseur Neumayer. Er trug seine übliche, längst ikonisch gewordene Kleidung: eine olivgrüne Kampfjacke, die den Eindruck machte, als käme sie aus ausgemusterten Beständen der US-Army und habe den halben Vietnamkrieg erlebt. Wahrscheinlicher war allerdings, dass es sich um ein sündteures Designerprodukt aus einem Laden an der Münchner Maximilianstraße oder vom Rodeo Drive in Los Angeles handelte. Auf dem Kopf hatte er – wie meistens – einen schwarzen Cowboyhut, an den Füßen trug er weiße Chucks, die gleichen Turnschuhe mit dem emblematischen Stern, die sich auch die Morgenstern-Jungs mühsam von ihrem Taschengeld zusammengespart hatten.

Morgenstern wurde mit einem Mal bewusst, wie bemüht

sich Neumayer seine Erkennungszeichen zusammengestellt hatte. Da war eindeutig nichts dem Zufall überlassen. Jedes Accessoire ein Statement. Oder einfach nur ein Zitat? Morgenstern fiel ein, an was ihn die Optik des Regisseurs erinnerte: an den ultracoolen US-Colonel Bill Kilgore im Vietnamfilm »Apocalypse Now« – einen Verrückten, der mit Cowboyhut und Hornsignal zum Hubschrauberangriff blasen ließ, um am feindlichen Strand surfen gehen zu können. Da hatte sich Neumayer ungeniert bedient. Fehlte bloß noch, dass er hie und da Kilgores legendären Satz murmelte: »Ich liebe den Geruch von Napalm am Morgen. Riecht nach Sieg.«

Doch Neumayer war nicht allein in der Kutsche gesessen, die da wie bestellt und nicht abgeholt auf dem Pflaster stand. Hinter ihm stieg Luzie Petterson aus und sah sich schnell in alle Richtungen um. Sie trug Jeans und ein mit Pailletten besticktes T-Shirt, in allen Farben des Regenbogens glitzernd war darauf das Wort »LOVE« zu lesen. Auch das war gewiss ein Designerstück, für dessen Erwerb Fiona zwei Dutzend Reisegruppen durch die Stadt hätte führen müssen.

Morgenstern sah, dass sich die Schauspielerin kurz mit dem Unterarm über die Augen wischte, als müsse sie schnell ein paar Tränen beseitigen. Sie und Neumayer hatten wohl in der Kutsche irgendeine Art von Aussprache geführt, folgerte er. Petterson verschwand in einem der plattfüßigen Fahrzeuge – ein Wohnmobil (schon wieder!), das eventuell ein Drittwohnsitz für sie war, wenn sie direkt am Set noch nicht benötigt wurde.

Regisseur Neumayer, jetzt in der ganzen Körpersprache ein US-Colonel, steuerte geradewegs auf die versammelten Polizeibeamten zu. »Na, schon was rausgefunden?«, fragte er in einem Ton, aus dem Morgenstern eine unerfreuliche Ungeduld heraushörte.

Manfred Huber zog ein mürrisches Gesicht. »So schnell schießen die Preußen nicht. Aber wir kommen schon noch dahinter, was da los war. Das Wichtigste ist jetzt, dass Sie Ihre Flotte wieder flottkriegen.«

Neumayer wandte sich Morgenstern zu. »Und Sie? Gibt es etwas Neues zu Klara Brandl?« Er sah sich stirnrunzelnd die Halskrause an. »Was haben Sie denn da angestellt?«

Morgenstern lächelte säuerlich. »Kleiner Motorradunfall«, sagte er. »Ein missglückter Sprung.«

»Ach, Sie machen Motocross?«

»So ähnlich«, sagte Morgenstern vage und hoffte, dass es Neumayer dabei belassen würde. Die Sache war einfach zu peinlich.

Doch der Colonel war ohnehin kein Mann, der anderen lange zuhörte. Viel lieber nutzte er Vorlagen aller Art, um von sich selbst zu erzählen. In diesem Fall also berichtete er – ausgehend vom Stichwort Motocross –, dass er selbst in seiner wilden Jugend eine Motocross-Maschine gefahren und damit sogar an Rennen teilgenommen habe. »Da drüben, hinter Mörnsheim und noch ein Stück weiter. Warching heißt das Kaff. Da haben die eine Rennstrecke. Ich weiß nicht, ob's die heute noch gibt.« Er lächelte selig. »Ich war damals nicht schlecht. Bin sogar mit Seitenwagen gefahren. Einmal habe ich die ganze Karre umgeworfen, habe mir ein paar Rippen gebrochen, dann habe ich aufgehört.«

»Ich glaube, ich höre auch auf damit«, sagte Morgenstern, ohne zu erklären, dass er noch gar nicht richtig angefangen hatte. Aber neben diesem vor Selbstbewusstsein strotzenden Neumayer wollte er definitiv nicht als grobmotorischer Anfänger dastehen. Sollte der doch glauben, was er wollte. Es ging doch nichts über ein ordentliches Missverständnis.

Neumayer erklärte, dass oben im Treppenhaus der Residenz noch einmal eine kleine Szene vorbereitet werde, da sei er einen Moment lang abkömmlich. Er wandte sich an die beiden Kommissare. »Haben Sie zufällig Lust, ein Weißbier mit mir zu trinken? Ich könnte gerade eines vertragen.«

»Gibt's auch Spezi?«, fragte Hecht.

Im Nu waren von einem Mitglied des Cateringteams drei Regieklappstühle aus weißem Segeltuch im Schatten eines sorgfältig beschnittenen Lindenrondells aufgestellt, ein Klapptischchen dazu, zwei Gläser mit Gutmann-Weißbier und eines mit Cola-Mix. Neumayer nahm einen großen Schluck, Morgenstern tat es ihm nach, Hecht nippte nur.

Der Regisseur nahm seinen Hut ab und drehte ihn in den Händen. »Ich wollte die Gelegenheit nutzen, mich ein bisschen mit Ihnen zu unterhalten. Sie wissen bestimmt, dass mir Frau Brandl, Klara, sehr am Herzen gelegen ist.«

»Das ist aber lange her«, gab Morgenstern zu bedenken. »Waren Sie damals eigentlich ein Paar?«

Neumayer nickte. »Ja, ganz klassisch. So eine richtige Sandkastenfreundschaft war das. Es ging sogar nach der Schule noch ein bisschen weiter. Da hatte ich schon meine eigene Wohnung hier in Eichstätt, in einer WG. Das war im Abiturjahr, und auch später noch, als ich Zivildienst beim Roten Kreuz in Eichstätt gemacht habe. Essen auf Rädern ausfahren. Ich habe mir sagen lassen, dass die heute noch beim Roten Kreuz im Gang ein gerahmtes Bild von mir als Zivi hängen haben. Sind mächtig stolz drauf.«

Er nahm einen großen Schluck – sein Glas war damit schon zur Hälfte leer. Morgenstern tat es ihm nach. »Sie und Frau Brandl: Können Sie mir noch mal erklären, wie das jetzt zu dieser Neuauflage gekommen ist?«

Neumayer fuhr auf. »Was meinen Sie mit ›Neuauflage‹? Meinen Sie, wir hatten jetzt noch mal was zusammen? Ich glaube, Ihnen geht's nicht gut!«

Das hatte Morgenstern nun wirklich nicht gemeint, und Hecht klinkte sich sofort beschwichtigend ein. »Nein, nicht so, wie Sie das verstanden haben. Wir meinen, wie haben Sie, sozusagen professionell, wieder zusammengefunden?«

»Ach so …«, sagte Neumayer, aber es klang ein Rest von Misstrauen durch. »Nein, nein, nein, das war alles, wie Sie ganz richtig sagen, völlig professionell. In alter Freundschaft. Wie sagt man so schön: platonisch. Das ist das Schöne, wenn man am humanistischen Gymnasium war. Dann kann man mit solchen Begriffen um sich werfen, nicht wahr.« Er lachte bemüht.

Das alles hörte sich dermaßen verschwurbelt an, dass Morgenstern augenblicklich wusste, dass seine harmlose Frage einen wunden Punkt getroffen hatte. Robert Neumayer und Klara Brandl hatten, da war er sich nun ziemlich sicher, ihre uralte Beziehungskiste, diese Sandkastenliebe, gerade eben zu neuem Leben erweckt. Wie immer man sich das im Tohuwabohu der Drehtage in Eichstätt vorstellen mochte.

Erst jetzt fiel Morgenstern ein, dass er am Vorabend zu Hause im Bett noch ein Weilchen in Marvin Mecks bunten Klatschblättern gelesen hatte. Fiona hatte sich, neben ihm liegend, unablässig über das katastrophale Frauenbild echauffiert, das in diesen »Ramschzeitungen« verbreitet werde, weswegen ihr Gatte erst recht eifrig und provokativ hin und her geblättert hatte, und zwar unter Berufung auf dienstlich erforderliche Recherchen. Jetzt erinnerte er sich an einen Informationsschnipsel, den er im Goldenen Blatt aufgeschnappt hatte. Glaubte man den Schaumschlägern der deutschen Yellow Press, dann hatte Neumayer, der coole Colonel, der berüchtigte Womanizer und »MeToo«-Verdachtsfall, aktuell eine neue Affäre. Eine Affäre mit »Starschauspielerin« Luzie Petterson.

»Wie war das jetzt mit Frau Brandl?«, fragte er erneut.

»Ganz einfach: Als klar war, dass wir diesen Film machen, habe ich sie in Eichstätt angerufen. Sie hat immer noch Festnetztelefon. Steht einfach im örtlichen Telefonbuch. Da könnten Sie nach meiner Nummer lange suchen …«

»Und dann?«, fragte Hecht. Der hatte inzwischen beiläufig aus seiner mitgebrachten Aktentasche seinen Montblanc-Füllfederhalter und ein schwarzes Moleskin-Notizbuch gezogen.

Neumayer sah sich das mit Stirnrunzeln an. »Sie war völlig überrascht von meinem Anruf. Zum ersten Mal seit zwanzig Jahren oder länger. Ich habe ihr von meinem Projekt erzählt, dass Max Bleichinger, ein echter Profi, das Drehbuch geschrieben hat und dass ich mir wünschen würde, dass sie uns bei der Suche nach Drehorten hilft.«

»Das haben Sie uns neulich schon erzählt«, erinnerte sich Morgenstern.

Neumayer ließ sich nicht beirren. »Sie war Feuer und Flamme, erst recht, weil ich ihr finanziell weit entgegengekommen bin. In alter Freundschaft und so weiter. Sie verstehen schon.« Er lächelte gönnerhaft. »Sie konnte das Geld wirklich brauchen. Die war hier in den letzten Jahren finanziell nicht auf Rosen gebettet. Es gibt nicht viele, die von Kultur gut leben können.«

Er nahm einen weiteren Schluck, mit dem er sein Weißbierglas leerte. Hecht sah das mit beträchtlicher Faszination. »Das war jetzt fast der Meistertrunk von Rothenburg«, sagte er halb bewundernd.

»Das habe ich mir vom Rainer Werner Fassbinder abgeschaut«, gab Neumayer zu. »Fassbinder war ein großer Weißbiertrinker. Und ein großer Regisseur. Klara Brandl«, sagte er dann mit einem Seufzen. »Sie wissen also immer noch nicht, was da oben auf der Burg genau passiert ist?«

Die Kommissare schüttelten wider besseres Wissen synchron den Kopf. Momentan war es noch von Vorteil, wenn die Sache als mutmaßlicher Unfall gehandelt wurde.

»Vielleicht ist sie einfach gestolpert«, überlegte der Regisseur. »Oder sie hat sich zu weit über den Brunnenrand gebeugt.«

Peter Hecht, der Freund von Balladen und auch der guten alten Grimm'schen Märchen, fühlte sich bemüßigt, an den »Wolf und die sieben Geißlein« zu erinnern: Da sei der Wolf, den Magen voll mit Wackersteinen, am Ende in den Brunnen gestürzt.

Hecht hatte seine sonderbare Assoziation kaum verlautbart, als ihm Morgenstern mit dem Ellbogen so in die Seite schlug, dass der Kollege einen Großteil seines Spezis, das er in der Hand hielt, verschüttete. »Geht's noch«, schimpfte Morgenstern. »Das ist so was von pietätlos!«

»Wackersteine!«, sagte Neumayer fassungslos – und bestellte sich beim Catering noch ein zweites Weißbier. Ungefragt orderte er auch noch eines für Morgenstern. »Ich habe in Ihnen irgendwie eine verwandte Seele entdeckt, glaube ich zumindest«, sagte er. »Hatten Sie schon jemals etwas mit Film zu tun?«

»Ich war schon mal im Kino«, sagte Morgenstern. »Und wenn wir unsere Mordfälle klären, kommen Kollege Hecht und ich manchmal ins Fernsehen.«

»Mordfälle?«, fragte Neumayer. »Wir reden hier aber von einem Unfall? Oder habe ich Sie da falsch verstanden?«

»Nein, nein«, log Morgenstern. »Aber wie Sie sich vorstellen können, ermitteln wir …«, wie er diese Larifariformulierung hasste, »in alle Richtungen. Das ist unvermeidlich. Eine Formalität.«

Hecht sagte über seine Steno-Notizen hinweg: »In unserem Metier ist der Zweifel der ständige Begleiter. Oder wie es so schön heißt: Zweifel ist der Weisheit Anfang.«

»Man könnte auch Stochern im Nebel dazu sagen«, stellte Neumayer fest.

»Das ist leider nicht so einfach. Frau Brandl ist an diesem Spätnachmittag verschwunden, als hätte ein schwarzes Loch sie verschluckt – und so war es ja letztlich auch«, erklärte Morgenstern. »Ein großes Gewimmel, ziemliches Durcheinander, überall sind Leute unterwegs, Tür auf, Tür zu, und dann, viel später, stellt man fest, dass einer fehlt. Dass eine fehlt. Und dann kommen wir zwei, Herr Hecht und ich.«

»Nicht zu beneiden«, sage Neumayer. »Wer hat Klara zuletzt gesehen?«

»Genau das ist unsere Frage«, nickte Morgenstern.

Robert Neumayer lehnte sich in seinem Regiestuhl zurück, das Holzgestell ächzte leise, und einen Moment bestand Gefahr, dass die Konstruktion auseinanderbrechen könnte. »Ich selbst war mehrmals da unten in diesem Raum, das habe ich Ihnen schon erklärt. Immer mit verschiedenen Leuten. Mal mit der Kamerafrau, mal mit dem Drehbuchautor, mit dem Chefbeleuchter, mit den Schauspielern.«

»Mit welchen Schauspielern?«, fragte Hecht in seiner Eigenschaft als Protokollführer.

»Mit Luzie Petterson und unserem Mann mit der Augenklappe. Die beiden liefern sich da ein entscheidendes Duell am Brunnen. Das war der Sinn der ganzen Sache. Ob Sie's glauben oder nicht: Den Ort hat uns Klara Brandl empfohlen, sogar richtig ans Herz gelegt. Das gibt richtig Spannung, hat sie gesagt. Ich habe dann erst später erfahren, dass drüben in Weißenburg, auf der Wülzburg, noch ein viel tieferer Brunnen ist als hier in Eichstätt.«

Er wischte sich über die Augen. »Ist das nicht schicksalhaft, dass sich Klara ihren Todesort quasi selbst ausgewählt hat?«

Peter Hecht blätterte in seinem Büchlein. »Es gibt da auf der Burg, also auf der Willibaldsburg, einen Mann«, er deutete mit dem Finger auf seine Mitschriften, »einen Herrn Sommerer, der anscheinend einfache Hausmeisterdienste erledigt, an der Kasse sitzt, im Museum Aufsicht führt. Kennen Sie den zufällig?«

Neumayer dachte nach, nestelte an seinem Hut. »Ich habe in den vergangenen Tagen so viele Leute getroffen, da habe ich doch nicht jeden Hausmeister auf dem Schirm. Aber warum, was soll mit dem sein?«

»Ach nur so«, beeilte sich Morgenstern zu sagen und sah, dass dem Regisseur ein Licht aufging.

»Also, hm, einer war da immer mit dabei, einer von der Burgverwaltung, und hat sich wichtiggemacht. Jetzt erinnere ich mich wieder. Der ist uns die ganze Zeit im Weg gestanden. Das passiert uns ständig. Dauernd laufen irgendwelche Leute bei uns durch die Kulisse«, sagte er mit einem schrägen Blick auf Morgenstern. Er setzte sich den Hut auf: »Jetzt hab ich's: Der war auch da unten. Vorausgesetzt, dass es der ist, den Sie meinen.«

»Dann wird's höchste Zeit, dass wir mit diesem Herrn Sommerer mal sprechen.«

»Darf ich fragen, warum?«

»Fragen dürfen Sie schon. Aber Antwort kriegen Sie keine«, sagte Morgenstern vieldeutig.

Neumayer lächelte verständnisvoll. Ein Wolfslächeln, fand Morgenstern.

Die Willibaldsburg lag im Sonnenlicht, und nachdem sämtliche Filmarbeiten hier abgeschlossen waren, gehörte sie wieder ganz den Touristen. Scharenweise fuhren sie, vorbei an der örtlichen Justizvollzugsanstalt, über eine steile Straße hinauf, um oben im großen Burghof zu parken und dann auszuschwärmen. Die einen besichtigten den Hortus Eystettensis, die Nachbildung eines berühmten historischen Gartens, den sich einst ein Fürstbischof hatte einrichten lassen. Die meisten hatten es aber auf die beiden Museen abgesehen, auf den Urvogel Archaeopteryx oder auf das komplette Gerippe eines Mammuts.

Hecht und Morgenstern ließen ein paar tütteligen Ausflüglern den Vortritt an der Museumskasse – und vergewisserten sich kurz, ob Paul Sommerer Dienst tat. So war es, die Beschreibung, die ihnen Dagmar Kunze gegeben hatte, passte genau. Der geschasste Laientheaterspieler und Ex-Stadtwerke-Mitarbeiter saß hinter einer Glasscheibe und gab die Tickets aus.

»Zweimal Erwachsene?«, fragte er, als die beiden Ermittler vor ihm standen.

»Zweimal die Kriminalpolizei«, sagte Morgenstern und drückte seinen Ausweis gegen die Scheibe. »Sind Sie Herr Sommerer? Paul Sommerer?«

Der Mann tippte an ein Namensschild, das an der Brusttasche seines Hemdes befestigt war. »Genau.«

»Können Sie sich vorstellen, warum wir hier sind?«

Der Mann nickte. »Es geht natürlich um Klara Brandl. Und da sind Sie jetzt auf mich gekommen.« Er spähte in Richtung Eingang, ob gerade besuchermäßig die Luft rein war. »Schrecklich, was da passiert ist. Ein schlimmer Unfall. Tragisch.«

Hinter einer dicken Hornbrille blickte er von Hecht zu Morgenstern und wieder zurück. Paul Sommerer war etwa fünfundvierzig Jahre alt, ziemlich beleibt, die blonden Haare hatte er sich zum Seitenscheitel gekämmt. »Sie war eine von den richtig Guten, die Klara. Ich meine, für eine Frau war sie eine echt gute Theaterregisseurin.«

Morgenstern erinnerte sich daran, was Dagmar Kunze, Brandls Freundin, über Sommerer erzählt hatte. Der Mann bestätigte das praktisch schon binnen einer Minute. Ein schwer erträglicher Macho.

»Sie sind mit ihr aber anscheinend nicht klargekommen«, sagte Hecht. »Frau Brandl hat Sie aus der Theatergruppe geworfen.«

Sommerer sprang von seinem Stuhl auf. »Das ist nicht wahr. Ich lasse mich doch nicht von einer Frau rauswerfen. Eher gehe ich selbst, und genauso habe ich es gemacht. Das war meine freie Entscheidung. Man hat als Mann schließlich seine Ehre.«

»Aber Sie waren seitdem nicht besonders gut auf sie zu sprechen, hört man so«, sagte Hecht. »Ein Ehrenmann hat halt immer auch einen Ruf zu verlieren.«

»Hören Sie, ich habe über die ganze Sache ein Ei geklopft, diese ganze Theatergruppe kann mir gestohlen bleiben. Ich bin mal gespannt, was aus denen wird, jetzt, wo die Klara nicht mehr da ist.«

Ein Ehepaar mit zwei kleinen Kindern kam an die Kasse. Missmutig verkaufte Sommerer ihnen die Billetts, und als sie nach den Toiletten fragten, raunzte er sie an, da drüben seien sie doch unübersehbar angeschrieben. »Haben Sie denn keine Augen im Kopf! Also manchmal frage ich mich schon …«

»Der Kunde ist König«, sagte Morgenstern tadelnd. Es war eindeutig, dass Sommer an seiner neuen beruflichen Wirkungsstätte den Servicegedanken noch nicht komplett verinnerlicht hatte. Es war also nur eine Frage der Zeit, bis er auch hier mit einem Vorgesetzten, im aus seiner Sicht schlimmsten Fall mit einer Vorgesetzten, aneinandergeraten würde.

»Waren Sie eigentlich drüben beim Tiefen Brunnen, als das Filmteam da herumgewerkelt hat?«, fragte Morgenstern scheinheilig.

Sommerer tat so, als müsste er überlegen, entschied sich dann aber klugerweise für die Wahrheit. »Ja, ich habe da ein bisschen mitgeholfen bei den Vorbereitungen. Man tut, was man kann. Das ist ja irgendwie jetzt auch mein Reich, seit ich auf der Burg arbeite.«

Die Art von Mithilfe konnten sich die Kommissare gut

vorstellen: ein bärbeißiger, dicker Mann, die Hände tief in den Taschen seiner Lederhose versenkt, und von Fall zu Fall einen besserwisserischen Kommentar auf den Lippen. Aber ganz so stimmte das nicht, denn Sommerer verkündete stolz, dass im Wesentlichen er das schwere eiserne Gitter vom Brunnen abmontiert hatte. Allein deswegen habe er jedes Recht gehabt, hier auch weiterhin seinen Aufsichtspflichten nachzukommen, ob erbeten oder nicht.

»Und dabei sind Sie auf Frau Brandl gestoßen?«, fragte Hecht.

»Gestoßen? Was wollen Sie damit sagen?« Wieder wurde Sommerer laut. »Niemand hat irgendwen gestoßen.«

»Wie kommen Sie denn darauf?«

»Sie haben doch gerade behauptet, dass ich Frau Brandl gestoßen habe.«

Morgenstern fasste sich ans Hirn. Paul Sommerer war definitiv ein Mann, für den die Rubrik »Vollpfosten« eigens erfunden worden war.

»Niemand hat das behauptet, Herr Sommerer. Bisher hat auch überhaupt niemand davon gesprochen, dass der Tod von Frau Brandl kein Unfall gewesen sein könnte. Niemand. Kein Einziger. Nur Sie haben das gerade ins Spiel gebracht. Wenn auch zufällig. Ich finde das jetzt richtig interessant.« Morgenstern legte so viel Sarkasmus wie möglich in seine Stimme. Er sah, dass Sommerer, der Vollpfosten, nun restlos verwirrt war. Schnaubend kam er hinter seiner Kasse hervor.

»Ich hole mal kurz eine Kollegin als Vertretung. So kann ich hier nicht arbeiten«, brummte er und verschwand.

Fünf Minuten später kehrte er zurück, mit einer jungen Frau, die gerade noch im fürstbischöflichen Prunkgarten die Pflanzen gegossen hatte. Er lächelte schief, als sie auf seinem Schreibtischstuhl Platz nahm, und rang sich ein »Danke schön« ab. Dann zog er mit den beiden Beamten davon.

»Ich würde mir mit Ihnen gerne nochmals den Brunnen ansehen«, sagte Morgenstern. »Vielleicht fällt Ihnen vor Ort noch das eine oder andere ein.«

»Da gibt's nicht viel zu erinnern. Aber von mir aus.«

Wieder waren sie in dem dunklen Raum mit dem Brunnen und der riesigen hölzernen Tretmühle.

»Haben Sie Frau Brandl hier getroffen?«, fragte Hecht.

»Ja«, knurrte Sommerer und hielt sich so weit wie möglich von dem Brunnenschacht fern. Das wäre freilich gar nicht nötig gewesen, denn das altbewährte Schutzgitter war wieder montiert worden, ehe der Zugang für die Touristen freigegeben worden war.

»Da waren alle möglichen Leute hier, ein Kommen und Gehen. Ich sag immer: wie im Taubenschlag. Ich kenne mich mit solchen Sachen aus, ich bin nämlich Brieftaubenzüchter.«

»Ein schönes Hobby«, sagte Hecht, um Paul Sommerer in Gesprächslaune zu halten.

»Ja, ich habe schon etliche Preise gewonnen. Wir sind hier gut organisiert. Ich gehöre zur Einsatzstelle Schernfeld.«

»Aha«, langweilte sich Morgenstern. »Und wie hat Frau Brandl in diesem speziellen Taubenschlag hier reagiert, als sie unverhofft auf Sie traf? Das dürfte sie nach allem, was wir wissen, nicht besonders gefreut haben.«

Sommerer verzog das Gesicht. »Die Klara hat mich gleich angefegt, vor allen Leuten, hat gefragt, was ich hier zu schaffen habe. ›Mindestens so viel wie du‹, habe ich ihr gesagt. Das haben auch ein paar andere ringsum gehört. Da brauchen wir gar nicht um den heißen Brei herumzureden. Sie hat mich rausschmeißen wollen, aber das habe ich mir nicht gefallen lassen. Da bin ich gerade mit Fleiß geblieben. Sie hat mich einmal rausgeschmissen, beim Theaterverein – das reicht.«

»Ach«, sagte Morgenstern. »Ich dachte, Sie wären freiwillig gegangen.« Er grinste fies.

»Ganz wurscht, wie. Mich hat sie hier nicht rausgebracht. Das war auch alles hochinteressant, gerade für einen Menschen wie mich, der die Schauspielerei im Blut hat. So etwas wie hier mit dem Neumayer erlebt man nicht alle Tage. Und die Petterson war ja auch da. Da schleich ich mich doch nicht. Blöd wäre ich!«

»Und was haben Sie hier Tolles zu sehen bekommen?«, fragte Morgenstern.

»Na ja, der Neumayer hat der Petterson genau gezeigt, wie er sich die Szene mit ihr vorstellt. Nämlich, dass sie die Treppe runterkommt, das ist so ein Fechtduell, und wie sie dann hier rund um den Brunnen gegen den einäugigen Franzosen kämpfen soll. Die hatten beide so ein Florett oder einen Säbel oder wie das Ding heißt, oder von mir aus Degen. Weil der Neumayer übungshalber den Franzosen gespielt hat. Das ging in einer Tour, kling, ding, dong, wie in der Schmiede hat sich das angehört. Ich habe echt Angst gehabt, dass die sich aus Versehen auf die Finger hauen, aber anscheinend haben die das schön öfter geübt. Und dazu mussten sie auch noch dauernd reden. Der Typ mit dem Drehbuch hat ihnen den Text vorgesagt. Und dann bin ich irgendwann doch gegangen.«

»Wie kommt's?«, fragte Hecht. »Ich dachte, Sie lassen sich nicht abwimmeln.«

»Der Neumayer hat mich weggeschickt. Der darf das natürlich. Bei dem ist das was anderes.«

»Und Klara Brandl?«

»Das weiß ich nicht mehr genau, ob die noch da war oder nicht. Ich bin dann jedenfalls da raus. Und die haben unten noch eine Weile vor sich hin gescheppert. Mehr weiß ich nicht.«

Morgenstern schaute den Taubenzüchter scharf an. »Das heißt also, Sie wissen überhaupt nichts. Ich sage Ihnen was: Ich halte es für absolut denkbar, dass Sie und Frau Brandl durch einen unglücklichen Zufall bis zum Schluss hier am Brunnen waren. Herr Neumayer und Frau Petterson haben das Feld geräumt, Frau Brandl ist noch beschäftigt, das provisorische Sicherungsnetz zu überprüfen: Und dann kommen Sie ins Spiel. Wäre doch, nur so hypothetisch, möglich.«

»Sind Sie wahnsinnig?«, knurrte Paul Sommerer jetzt mit gefährlichem Unterton und rückte dicht an Morgenstern heran. Der sah jetzt erst, dass der Kassenmann, wie es sich für einen überzeugten oberbayerischen Lederhosenträger ziemte, ein Messer mit dem obligatorischen Hirschhorngriff in einer schmalen Seitentasche stecken hatte. Das könnte heikel werden, dachte er – erst recht, als sich Sommerer jetzt vor ihm aufbaute, Brust an Brust, und Morgenstern wie bei einer Bierzeltrauferei von sich wegschubste. Doch ehe die Situation weiter eskalieren konnte, jaulte Sommerer auf und ging in die Knie.

Verantwortlich dafür war der kreuzbrave Kriminaloberkommissar Peter Hecht. Der hatte kurz entschlossen von hinten das rechte Ohr des Museumsmanns gepackt, rabiat daran gedreht und – Gipfel des Multitaskings – mit der anderen Hand auch noch Sommerers Brotzeitmesser aus dessen Lederhose gezogen. Sommerer winselte um Gnade. Seine Hörmuschel würde mit einiger Wahrscheinlichkeit nach dieser Traktur nicht mehr zur alten, wohlgefälligen Form zurückfinden, sondern als sogenanntes Blumenkohlohr noch lange von dieser Auseinandersetzung künden. Das konnten sonst nur altgediente Mitglieder des Boxclubs Eichstätt vorweisen.

»Das ist die Schrobenhausener Schraube, Freundchen«, erklärte Hecht dem wimmernden Sommerer. »Wagen Sie es nie wieder, einen Beamten im Dienst anzugreifen. Und auch nicht außerhalb des Dienstes. Versprechen Sie das?«

»Ja, bitte, ich tu ja alles, wenn Sie loslassen. Ich tue alles, was Sie wollen.«

»Brav«, sagte Hecht und ließ das Ohr los. Es verfärbte sich in kürzester Zeit dunkelrot.

»Danke«, sagte Morgenstern. »Sehr beeindruckend. Wo hast du das her?«

»Aus dem Kino natürlich. Kennst du den Film ›Herr Lehmann‹? Da gibt's die Kreuzberger Schraube.«

»Man lernt nicht aus.«

Sommerer richtete sich mühsam wieder auf und hielt sich den Kopf wie einst am biblischen Ölberg der Knecht Malchus, dem der heilige Petrus mit dem Schwert ein Ohr abgeschlagen hatte. Bloß war hier, in diesem Fall, keine spontane Heilung per Wunder zu erwarten.

Hecht sah sich währenddessen das Trachtlerstilett näher an. Es war jenseits allen Brauchtums – Sitt und Tracht der Alten wollen wir erhalten – eine veritable Waffe.

»Aufs Oktoberfest lassen sie einen mit so einem Dolch schon lange nicht mehr«, sagte Hecht. »Da passt die Security auf. Aber sonst darf hier jeder mit so einem Mordinstrument rumlaufen.« Er wog das Messer in der Hand. »Haben Sie das Ding eigentlich immer am Mann?«

Sommerer, der seinen Meister gefunden hatte, räumte kleinlaut ein, dass er praktisch täglich seine Lederhose trage, und da gehöre selbstverständlich auch das Messer dazu. Und ja, er habe die Lederhose auch am Tag von Klara Brandls Tod getragen.

Hecht sah sich die Klinge mit dem eingravierten Herstellerhinweis »Hubertus Solingen« sowie dem Vermerk »Hochleistungsstahl« an. Er stutzte, als er einige undefinierbare Flecken darauf erkannte. Umständlich öffnete er seine Aktentasche, holte eine durchsichtige kleine Plastiktüte mit Zippverschluss heraus und ließ mit spitzen Fingern die Waffe hineingleiten – was allerdings scheiterte, denn sie war so spitz und sarazenenscharf geschliffen, dass sie umgehend das Tütchen aufschlitzte und zu Boden fiel. Daraufhin wickelte Hecht die Klinge beim zweiten Versuch in ein sauberes weißes Stofftaschentuch ein, das er immer bei sich trug, und hatte daraufhin mit Asservatendruckverschlussbeutel Nummer zwei mehr Erfolg.

»Sauscharf, Ihr Brotzeitmesser«, sagte Morgenstern. »Damit kann man mehr als Leberkäs schneiden.« Er sah demonstrativ zum Brunnen. »Man könnte, bloß als Beispiel, auch ruckzuck ein Sicherungsnetz damit abschneiden. Am einfachsten ist das natürlich, wenn man es selbst zuvor befestigt hat und genau weiß, wo man hinlangen muss.«

Paul Sommerer wedelte energisch mit dem Zeigefinger. »Das ist alles an den Haaren herbeigezogen. Ich war bestimmt nicht der Letzte, der sie lebend gesehen hat. Fragen Sie doch mal den Neumayer, den frischgebackenen Eichstätter Ehrenbürger.« Maliziös fügte er hinzu: »Wenn Sie sich trauen.«

»Passen Sie besser mal auf Ihre Ohren auf«, patzte Morgenstern. »Wenn wir vom Regisseur was wissen wollen, dann reden wir mit ihm – ganz ohne Ansehen der Person. Bayern ist schließlich keine Bananenrepublik. Wir gehen allen Hinweisen nach.«

»Und wenn der Neumayer Dreck am Stecken hätte?«, fragte Sommerer rotzig.

»Sie klingen so, als ob Sie uns noch nicht alles erzählt hätten, was Sie wissen.«

»Ich weiß gar nichts, das habe ich Ihnen doch vorhin schon gesagt.«

»Das hat sich im Moment anders angehört«, sagte Morgenstern und fügte missbilligend hinzu: »Ts, ts, ts, erst gackern, und dann kein Ei legen.«

Sommerer gab sich sichtlich einen Ruck. »Also gut. Aber das muss irgendwie unter uns bleiben. Es war an diesem Nachmittag. Die Kasse war geschlossen – klar, hier war ja alles fürs Filmteam abgesperrt. Geschlossene Gesellschaft sozusagen. Ich habe mich, wie es sich gehört, nützlich gemacht.«

»Soll heißen, Sie sind im Weg rumgestanden«, sagte Morgenstern.

»Wollen Sie's jetzt hören oder nicht? Also: Ich war unterwegs und habe mich um die Toiletten gekümmert. Klopapier nachlegen. Sie können sich gar nicht vorstellen, wie viel Klopapier die Leute verbrauchen. Da müsste man mal einen Appell machen, dass man ein bisschen sparsamer damit umgeht. Ist bestimmt auch nicht gut für unsere Kläranlage. Ich war ja mal bei den Stadtwerken.«

»Könnten Sie bitte zum Punkt kommen, Herr Sommerer?«, sagte Hecht, der es fast schon aufgegeben hatte, aus diesem zähen Fluss von Banalitäten hilfreiche Informationen zu fischen und zu Protokoll zu nehmen. »Sie waren also auf dem Klo?«

»Nein, ich persönlich nicht. Ich habe Toilettenpapier verteilt, Papierhandtücher, und außerdem habe ich auch noch nachgesehen, ob alles sauber ist. Dafür bin ich mir nicht zu schade. Ich greife da schon auch mal zur Bürste, wenn es nötig ist.«

»Prima«, lobte Morgenstern. »Sie sind ja ein richtiger Kümmerer!«

»Stimmt«, bestätigte Sommerer, ohne den giftigen Hauch der Ironie zu spüren. »Ich war jedenfalls auch bei den Damen. Ich mache das diskret, das ist absolute Ehrensache. Auf leisen Sohlen rein, auf leisen Sohlen wieder raus. Falls eine von den Damen gerade auf dem Topf sitzt, haha, dann soll die sich wegen mir nicht erschrecken.«

»Und dann?«, drängelte Morgenstern.

»Da war eine Kabine besetzt, und ich will gerade wieder gehen, da höre ich, dass sich zwei Leute unterhalten. In einer Kabine! Verstehen Sie mich?«

»Bisher schon«, sagte Morgenstern. »Ist noch nicht so schwierig.«

»Es kommt aber noch besser: Ich habe gleich gehört, dass das eine Frau und ein Mann sind. Also ein Paar sozusagen. In meiner Damentoilette.« Die Empörung des Brieftaubenzüchters und Lederhosenträgers wirkte aufrichtig.

Oh glückliches Eichstätt, dachte Morgenstern. Er erinnerte sich daran, dass früher, wahrscheinlich auch heute noch, auf jedem dritten Wohngemeinschaftsklo ein Poster namens »Toilet Cam« hing. Das zeigte eine heruntergekommene öffentliche Toilette irgendwo in New York, in der verschiedene Menschen in unterschiedlichen Konstellationen sonderbare Dinge taten.

Sommerer erzählte weiter: »Ich höre also ein bisschen genauer hin – weil das will ich schon wissen, was die da treiben. Und dann merke ich: Der Mann, das ist der Regisseur Neumayer. Ich habe seine Stimme schnell erkannt. Der Neumayer im Damenabteil. Ich hab's immer gewusst: Diese ganze Filmbranche, das ist Sodom und Gomera.«

»Gomorrha«, berichtigte Hecht. »Sodom und Gomorrha …«

»Sag ich doch!«

»Mit wem war Neumayer in der Kabine? Falls uns das überhaupt etwas angeht …«, wollte Morgenstern wissen.

»Zuerst habe ich es nicht gewusst, ich kenn die Stimmen

nicht. Aber ich habe dann später vor der Eingangstüre gewartet, wer rauskommt. War ja sonst niemand drin außer den beiden. Und die haben sich da drin äußerst angeregt unterhalten.«

»Unterhalten im Sinne von ... äh ... von, Sie wissen schon ...«, stopselte Morgenstern.

»Im Sinne von Techtelmechtel?«, präzisierte Hecht, was allerdings ein etwaiges erotisches Kurzabenteuer auf dem stillen Örtchen auch nicht perfekt definiert hätte.

»Unterhalten im Sinne von unterhalten«, präzisierte Sommerer, der Hüter der burgeigenen »Befreiungshalle«. »Vielleicht haben sie, bevor ich aufgetaucht bin, irgendwas getrieben. Aber als ich da war, haben sie intensiv miteinander gesprochen. Die Frau war ziemlich aufgebracht, hat den Neumayer beschimpft. Dass er ein Hurenbock ist. Solche Sachen hat die ihm an den Kopf geworfen. Und dass sie sich von ihm nicht für dumm verkaufen lässt. Ich glaube also nicht, dass da vorher was gelaufen ist. Kann ich mir nicht vorstellen. Das war eine richtige Eifersuchtsszene. So eine, wo die Frauen mit Porzellan werfen.«

»Das wäre in diesem Fall schlecht gegangen«, stellte Morgenstern fest. »Das einzige Porzellan auf einer Toilette ist von Villeroy & Boch.«

»Also: Wer war die Frau?«, fragte Hecht schließlich.

Paul Sommerer sah die beiden Kommissare nacheinander an, mit listigen Augen. »Ich hätte die Stimme eigentlich gleich erkennen müssen«, sagte er. »Ich habe mir die ja oft genug anhören dürfen, oben in Preith. Es war Klara Brandl. Ich habe mich schnell weggedreht, als sie rausgekommen ist, damit sie mich nicht sieht. Aber sie war es definitiv. Ich habe nicht gewusst, dass die mit dem Neumayer so speziell ist.«

»Man lernt nicht aus«, sagte Morgenstern und wiederholte genüsslich das Wort »Hurenbock«. »Dafür muss man schon sehr speziell sein.«

Leider konnte sich der Lauscher an der Wand an weitere nennenswerte Details des Streits nicht mehr erinnern, und er konnte sich, wie er behauptete, auch keinen Reim darauf machen, um was es da wohl gegangen sein mochte. Sommerer gehörte zur Rubrik »miserabler Zeuge«, aber er versprach, bevor er ans sonnige Tageslicht zurückkehren durfte, sich umgehend telefonisch zu melden, falls ihm doch noch das eine oder andere Detail einfallen würde.

Erleichtert angesichts seiner Entlassung zog er noch an Ort und Stelle einen silbernen Flachmann aus der Tasche, drehte den Verschluss ab und nahm einen großen Schluck vom guten Hochprozentigen. »Wacholderschnaps«, sagte er. »Aus dem Altmühltal. Brennerei Gustav Mayer aus Eichstätt. Kann ich nur empfehlen.«

»Trinken Sie immer im Dienst?«, fragte Morgenstern, dem nun ein Licht aufging, warum Sommerer seinen Job bei den Stadtwerken verloren hatte.

»Das ist doch nicht Trinken«, stellte der Mann klar. »Das ist nur ein bisschen Nervennahrung. Die Weiber essen Schokolade, die Männer nehmen was Besseres.« Er hielt Morgenstern die Pulle hin. »Falls Sie einen Schluck mögen …«

* * *

Die Karawane war weitergezogen, auf nagelneuen Reifen war die große Filmfamilie mit Kind und Kegel vom Residenzplatz aus nach Franken aufgebrochen. Wie angekündigt wurde an diesem Nachmittag auf der Wülzburg ganz in der Nähe von Weißenburg gedreht. Klara Brandl hatte die ehemalige Renaissance-Festung mit Bedacht vorgeschlagen, denn die riesige Anlage war berühmt für ihre symmetrischen Bastionen. Die sahen teilweise ähnlich aus wie die der Eichstätter Willibaldsburg, und so ließ sich problemlos im Film ein einheitlicher Gesamteindruck schaffen. Hecht und Morgenstern fuhren über die Bundesstraße 13 auf schnellstem Weg Richtung Weißenburg. Kurz vor der altehrwürdigen Freien Reichsstadt bog die Straße Richtung Burg ab. Morgenstern war am Steuer.

»Warum hat uns Regisseur Neumayer nicht erzählt, dass

er sich mit der Brandl gestritten hat?«, rätselte Hecht ein ums andere Mal.

»Ein Streit auf dem Klo!«, sagte Morgenstern kopfschüttelnd.

»Da waren sie unter sich«, analysierte Hecht.

»Die beiden streiten sich wie die Kesselflicker«, resümierte Morgenstern, »und später stürzt die Brandl nicht ganz freiwillig in den Brunnen. Dann wollen wir mal hören, was er dazu zu sagen hat.«

Die Wülzburg war eine fünfeckige Festungsanlage, strategisch clever gebaut auf der höchsten Erhebung weit und breit. Der Markgraf von Brandenburg-Ansbach hatte sie 1588 bauen lassen, anstelle eines alten Klosters. Der Clou an der Renaissance-Festung war, dass sie mit ihren Bastionen geometrisch so perfekt angeordnet war, dass Angreifer niemals den Schutz eines toten Winkels genießen konnten, sondern an jeder Stelle dem Kugelhagel der Verteidiger ausgesetzt waren. Mächtige Mauern und tiefe Gräben sollten den Bau zu einer schier uneinnehmbaren Immobilie machen, an der sich die zahlreichen potenziellen Gegner aus der nächsten Nachbarschaft – zum Beispiel der Eichstätter Fürstbischof – die Zähne ausgebissen hätten. Sie hatten es lieber nicht drauf ankommen lassen.

Jetzt, in der Neuzeit, war die Anlage freilich im besten Fall eine touristische Attraktion, im schlechteren Fall aber ein Millionengrab für ihren Eigentümer – und das war im Wesentlichen die darüber nicht sehr glückliche Stadt Weißenburg. Mühsam stemmte man sich gegen den unablässig drohenden Verfall, den permanent nagenden Zahn der Zeit, finanziell ohne große Begeisterung unterstützt vom Freistaat und der Bezirksregierung in Ansbach. Da konnte es nur von Nutzen sein, wenn der Renaissance-Festung endlich einmal auch vom großen Kino Aufmerksamkeit, Publicity, entgegengebracht wurde. Am Ende ließ sich daraus vielleicht irgendein Geschäftsmodell ableiten?

Morgenstern stellte den Wagen auf den Besucherparkplatz

direkt vor dem einzigen Tor der ganzen Festung. Der Park-platz war ansonsten bereits von den Fahrzeugen des cineasti-schen Wanderzirkus belegt.

»Wo wird denn grade gedreht?«, fragte Morgenstern einen der Techniker, der in einem der weißen Trucks saß und eine Leberkässemmel verzehrte.

»Auf der anderen Seite der Festung«, erklärte der Mann kauend. »Da gibt's heute alles, was die Pyrotechnik hergibt. Massenszene.«

»Kann man da hinfahren?«, fragte Morgenstern faul.

»Nö, da müsst ihr schon laufen. Oder reiten.«

»Haha, sehr witzig.«

»Im Ernst, die haben da einen Haufen Pferde. Der halbe Reitverein Weißenburg ist mit eingespannt.«

Hecht und Morgenstern trotteten missmutig los. Die An-lage der Renaissance-Festung war riesig. Und ringsherum führte, immer am von Kastanien gesäumten Wall entlang, ein Spazierweg. Der Anmarsch verzögerte sich, weil Hecht alle naslang anhielt, um an Informationstafeln das Kleingedruckte zu lesen. »Haben wir's bald?«, murrte Morgenstern ein ums andere Mal.

»Ist doch interessant«, beharrte der Kollege. »Wusstest du zum Beispiel, dass das ganze Gelände hier auch mal ein Kriegs-gefangenenlager war?«

»Muss man das wissen?«, fragte Morgenstern zurück.

»Aber lies doch mal: Hier war 1918 sogar Charles de Gaulle eingesperrt. Der war später französischer Präsident.«

»Hilft uns in unserem Fall leider nicht weiter, Herr Kol-lege.«

»Ich mein ja bloß ...«

Trotz dieser Hakeleien war beiden klar, dass Klara Brandl mit der Wahl dieses Schauplatzes einen Volltreffer gelandet hatte. Hecht stellte fest, solche Anlagen könne man sich je-derzeit in Italien oder auch in Südwestfrankreich vorstellen. Und schon hatte er auf einer der Tafeln entdeckt, dass der Militärbaumeister, von dem der Entwurf für die Wülzburg stammte, tatsächlich ein Italiener gewesen war. »Rochus Graf zu Lynar«, las er vor.

»Da brauchen die jedenfalls nicht in der Toskana zu drehen, wenn es bei uns vor der Haustüre so tolle Sachen gibt«, sagte Hecht in einem Anflug von Regionalpatriotismus. »Ich finde überhaupt, dass es höchste Zeit wird, dass Bayern mal richtig ins internationale Kino kommt. Ich habe neulich gelesen, dass Schauplätze in Berlin in jeder zweiten Netflix-Serie vorkommen. Da darf man sich nicht wundern, wenn dann alle Berlin ganz toll finden.«

»Arm, aber sexy«, sagte Morgenstern. »Ich glaube übrigens, dass in Nürnberg auch nicht viel gefilmt wird. Alle heiligen Zeiten mal ein Franken-Tatort, den keiner sehen will. Aber sonst ist da kaum was. James Bond müsste mal nach Nürnberg kommen.«

»Nun sind wir mal zufrieden, dass Robert Neumayer die Wülzburg wachküsst«, sagte Hecht. »Da vorne sind sie ja!«

Tatsächlich: Auf der Nordseite der Festung herrschte plötzlich Hochbetrieb. Pferde wieherten, Männer in historischen Uniformen standen um zwei Kanonen herum. Im Graben herrschte Getümmel. Endlose hölzerne Leitern wurden an die über zehn Meter hohen Mauern der Bastion gelehnt. Ein grob zusammengezimmerter Belagerungsturm mit hölzernen Scheibenrädern stand herum. Aber wer auch immer sich hier später hochwagte: Er musste von bewundernswerter Unerschrockenheit sein. Denn oben, auf der Bastion, standen schon in dichter Reihe die Verteidiger der Festung.

Morgenstern entdeckte in dem wohl zwanzig Meter breiten Graben zwischen den senkrecht in den Himmel ragenden Festungsmauern Robert Neumayer – leicht erkennbar an seinem schwarzen Cowboyhut und seiner Armyjacke. Hier war er nun endgültig zum Vietnamkriegs-Colonel geworden. Mit durchgedrücktem Rücken marschierte er im Graben entlang, als müsse er persönlich alle Angreifer an genau diesem Verteidigungsabschnitt stoppen. Natürlich trug er auch eine passende Sonnenbrille. Für die Filmkamera war wie gehabt ein Schienenstrang verlegt worden. Beleuchter hatten weiße Reflektortafeln bereitgestellt.

Morgenstern und Hecht hatten von ihrer Position aus keine Chance, in den Graben hinabzukommen, was eingedenk ihres letzten Auftritts bei den Aufnahmen im Spiegelsaal der Eichstätter Residenz vermutlich auch besser war. Also blieb ihnen nichts anderes übrig, als von ihrem Beobachtungsposten aus, umkreist von krächzenden Dohlen, die Lage im Blick zu behalten. Im Moment war Regisseur Neumayer, der Feldherr, definitiv unabkömmlich.

Morgenstern versuchte sich an Max Bleichingers Drehbuch zu erinnern. Eine der von Johanna Sophia Kettner vollbrachten – und allesamt erfundenen – Heldentaten bestand darin, ihr Fähnlein tapferer, furchtloser Soldaten beim Sturm auf eine oberitalienische Zitadelle mit Todesverachtung angeführt zu haben: Die Truppe überwand demnach als einzige die Mauer und nahm die feindliche Festung im Handstreich. Also war klar: Luzie Petterson würde wohl da oben auf dem Belagerungsturm auftauchen, oder eine Stuntfrau. Oder würde sie über eine der wackligen Leitern dem Feind entgegenklettern? Da war sie nicht zu beneiden. Vielleicht ließen sich die kniffligsten Szenen im sicheren Studio drehen und nicht hier unter derart realistischen Bedingungen?

Die Antwort auf Morgensterns Überlegungen kam nach einer knappen halben Stunde. Von irgendwoher tönte ein Hornsignal, ein Halali für Soldaten, und dann stürmte ein ganzer Trupp in wilder Formation von allen Seiten auf die Mauer zu. Weitere Sturmleitern wurden angelehnt. Hecht griff in seine Aktentasche und holte zu Morgensterns maßlosem Erstaunen ein äußerst hilfreiches Accessoire heraus: ein kleines, handliches Fernglas.

»Ich glaub das nicht«, murmelte Hecht, während er durch den Feldstecher spähte.

»Was ist los?«

»Da unten, einer von den Soldaten, der Typ, der da gerade auf die zweite Leiter von links steigt …«

»Was ist mit dem?«

»Das ist der Schneidt!«, platzte es aus Hecht heraus.

»Lass sehen!« Morgenstern riss dem Kollegen das Fernglas aus den Händen.

Jetzt sah auch er es überdeutlich: Adam Schneidt, ihr Vorgesetzter und überzeugter Neumayer-Fan, hatte tatsächlich eine Statistenrolle ergattert. Er trug die Uniformjacke, mit der er sich erst neulich im Büro präsentiert hatte. Auf dem Kopf hatte er eine wunderliche Mütze, in der Hand trug er einen Degen. Vier, fünf, sechs Sprossen der wackligen Leiter kletterte Schneidt hinauf, während von oben die Verteidiger mit einer langen Stange versuchten, die Steighilfe umzuwerfen.

»Das kann doch nicht wahr sein!«, sagte Morgenstern. »Der Schneidt ist doch höchstens als ganz simpler Komparse gebucht, einer, der einmal durch die Kulisse läuft. Spinnt der, dass er jetzt die Leiter hochwill!«

Hecht sah das genauso und hatte nur eine Lösung dafür: »Der Chef will sich spontan wichtigmachen. Der improvisiert.«

So war das wohl, denn der Kriminaldirektor auf der Leiter zögerte: Offenbar wusste er nicht, ob er sich noch weiter nach oben wagen sollte. Er stieg vorsichtig noch eine Sprosse weiter, dann noch eine. Hecht entriss Morgenstern den Feldstecher. »Das ist meiner!«, sagte er.

Doch was nun geschah, konnte man auch mit bloßem Auge gut erkennen: Mit allerhand Gestochere schafften es die Männer oben auf der Bastion, die Leiter von der Mauer wegzustoßen. Wie in Zeitlupe hob sie sich samt Adam Schneidt erst in die Lotrechte, um dann nach hinten zu sinken, erst langsam, dann immer schneller. Mit einem deutlich vernehmbaren Knacksen schlug die Kletterhilfe auf dem tiefgrünen Rasen des Grabens auf und begrub den wild zappelnden Adam Schneidt unter sich. Was immer im Drehbuch gestanden haben mochte: Adam Schneidt war für diese Szene definitiv nicht als Darsteller vorgesehen gewesen. Ein Missverständnis.

»Autsch«, sagte Hecht. »Das hat wehgetan!«

»Der ist deutlich höher geklettert, als gut für ihn war«, analysierte Morgenstern und fing gleich mal wieder einen Ohrwurm der schlimmsten Sorte zu singen an: »Flieg nicht so hoch, mein kleiner Freund ...«

»Nicole«, sagte Hecht mit einem sonderbar seligen Gesichtsausdruck, den er immer dann zeigte, wenn er sich an glückliche Teenagertage zurückerinnerte. Um zu zeigen, dass auch er textsicher war, fügte er an: »... wer so hoch hinauswill, der ist in Gefahr.«

»Um Himmels willen«, stöhnte Morgenstern. »Wir sind vielleicht so ein Duo! Irgendwann treten wir noch gemeinsam in einer Ingolstädter Karaokebar auf.«

Adam Schneidt hatte sich wieder aufgerappelt und trat so unauffällig wie möglich den Rückzug an. Er humpelte leicht, ließ sich aber ansonsten nichts anmerken. Sollten doch die anderen, die Profis, die Festung stürmen. Und das taten sie auch.

Übers Fernglas sahen die Kommissare, wie ein Trupp anderer, offenbar deutlich besser trainierter »Kaiserlicher« die Leitern und den Belagerungsturm erklommen. Angeführt und dirigiert wurden sie dabei von einem Backenbartträger mit einem markanten Kopftuch, der aufgrund bärenhafter Statur und verwegenem Aussehen jederzeit einen Ehrenplatz unter Attilas wilden Hunnenhorden verdient hätte. Trotz seiner beachtlichen Körpergröße war der Hüne flink wie ein Eichhörnchen und durchtrainiert. Irgendwann dämmerte es Peter Hecht, dass es sich wohl um den Betreiber einer Ingolstädter Stuntman-Schule handeln könnte, der mit seiner kompletten Crew von Robert Neumayer verpflichtet worden war.

Auch ein Double von Luzie Petterson – hoffentlich nicht der Star persönlich – erklomm säbelschwingend eine Sturmleiter. Und wie das Drehbuch es wollte, gelang es ihr als Erster, unbeschadet ganz oben anzukommen. Damit war wenig später der Weg frei für alle Nachfolgenden. Triumph, Triumph, Triumph!

»Gloria Victoria!«, sagte Hecht.

Morgenstern vervollständigte: »Widewidewitt juchheirassa!« Das war das Lied vom »Doktor Eisenbart«, das ihm in seiner frühen Kindheit die Oma eingebimst hatte. Solche Erinnerungen blieben unauslöschlich, wie groß der Unfug auch sein mochte.

Die Kommissare mussten noch lange warten, bis an diesem filmischen Großkampftag ein völlig unter Strom stehender Robert Neumayer für sie greifbar war. Unterdessen hatten sie sich in den Innenbereich der gewaltigen Festungsanlage zurückgezogen, wo nicht nur eine riesige Zisternenanlage zu bestaunen war, sondern – viel besser – der »Burgwirt« mit fränkischen Deftigkeiten auf Kundschaft wartete. Sie bestellten sich im umzäunten Biergarten die hausgemachte »Knöchlers Sulzen mit Bratkartoffeln« als regionale Köstlichkeit, nachdem sie zunächst mit dem »Gefangenenbrot« geliebäugelt hatten, das freilich nichts anderes war als eine dick mit Griebenschmalz bestrichene Scheibe Bauernbrot. Alternativ hätte es auch Bratwürste mit Kraut gegeben. »Das ist Franken«, sagte Morgenstern zufrieden.

Sie hatten gerade begonnen, ihre Sülze zu essen, als unvermittelt Robert Neumayer mit einer ganzen Entourage vorbeikam. Er nickte den beiden Kommissaren kurz zu – aber die winkten ihn so unmissverständlich zu sich, dass er an den weißen Lattenzaun trat: »So schön möchte ich's auch einmal haben«, sagte er – eine der typischen Allerweltsbemerkungen, wenn irgendwo in Bayern jemand eine wohlverdiente Pause einlegte und ein viel beschäftigter anderer Mensch meinte, das vermeintlich lustig kommentieren zu müssen.

»Wir haben nur eine kurze Frage an Sie«, sagte Morgenstern. »Nichts Großes.«

»Und dafür sind Sie eigens hier rüber nach Weißenburg gefahren?«

»Was du heute kannst besorgen, das verschiebe nicht auf morgen«, meinte Hecht und stand auf. »Das sollten wir aber vielleicht kurz unter sechs Augen besprechen.« Zu Neumayers

Begleiterpulk sagte er: »Hauptsache, Sie essen uns unsere Sulz nicht weg.«

Die Antwort war ein vielstimmiges »Keine Sorge!«.

Die Kommissare und der Regisseur fanden gleich hinter der Burgschenke einen ruhigen Ort für sich: die Plattform der riesigen Zisternenanlage. Aus vier Ziehbrunnen konnte einst das Wasser mit Eimern geschöpft werden. Die Zisterne war randvoll, die Brunnen mit massiven Gittern solide gesichert – für solche Dinge hatte Morgenstern neuerdings einen Blick.

»Also, was gibt's?«, fragte Neumayer. »Wie Sie sehen, nehme ich mir immer Zeit für Sie.«

Hecht hatte ein altmodisches Diktiergerät hervorgekramt, Morgenstern räusperte sich. »Wir haben heute beiläufig erfahren, dass Sie mit Frau Brandl am Tag ihres Todes eine kleine, aber lautstarke Auseinandersetzung hatten. Oben auf der Burg.«

Neumayer, die Augen hinter der verspiegelten Sonnenbrille geschützt, verzog zunächst keine Miene. »Ach, und wer behauptet so etwas?«

»Ein Zeuge«, sagte Morgenstern. »Er hat Ihren Streit gehört. Ich sage, natürlich nur aus rein dokumentarischen Gründen, ein Wort, das dem Vernehmen nach gefallen sein soll. Kein sehr charmantes Wort, aber ich zitiere nur.« Er zögerte kurz, dann sagte er leise: »Hurenbock? Klingelt da was bei Ihnen, Herr Neumayer? Und im Übrigen wäre es schön, wenn Sie mal kurz die Brille abnehmen könnten. So grell scheint die Sonne grade gar nicht.«

Neumayer machte für einen kurzen Moment den Eindruck, als würde er gleich aufbrausen. Aber dann hatte er sich wieder unter Kontrolle. Er nickte, nahm seine verspiegelten Augengläser von der Nase und steckte sie in die Brusttasche seiner Armyjacke. »Soll ich den Hut auch noch abnehmen?«, fragte er mit einem Lächeln.

In diesem Moment meldete sich Morgensterns Handy mit der altbekannten Melodie: Wagners »Walkürenritt«. Er drückte den Anruf weg, aber die Tonfolge hallte noch bei allen dreien nach. Natürlich war das genau die Musik, zu der Robert Duvall alias Colonel Bill Kilgore in Vietnam mit seinen Kampfhubschraubern psychologische Kriegsführung betrieben hatte, einen Angriff mit voller musikalischer Unterstützung. Das passte nun wie die Faust aufs Auge, und plötzlich war Neumayer doch ein wenig verunsichert.

»Hurenbock?«, wiederholte er. »Hm. Das kann dann eigentlich nur ein sehr privates Gespräch gewesen sein. Ich erinnere mich aber nicht mehr an jedes Wort.«

»Aber den Ort wissen Sie schon noch?«, fragte Morgenstern.

»In Gottes Namen, ja. Das war auf dem blöden Burgklo.« Er schüttelte den Kopf. »Nirgendwo auf dieser Welt hat man heute seinen Frieden. In L.A. lauern dir die Paparazzi auf, und in Eichstätt wird die Toilette abgehört.«

»Da war Kommissar Zufall im Dienst«, sagte Morgenstern. »Also, worum ging's zwischen Ihnen und Frau Brandl? Warum war sie so sauer?«

»Reine Privatangelegenheit, alles wahnsinnig intim«, sagte Neumayer. »Eine alte Beziehungskiste halt.« Er zeigte ein verlegenes Lächeln. »Ich habe das beim letzten Mal Ihnen gegenüber nicht zugegeben. Das war ein Fehler. Aber jetzt bin ich ganz offen zu Ihnen: Ich hatte mal was mit Frau Brandl, und das haben wir in der Vorbereitung auf den Film reaktiviert. Ich hätte es besser wissen müssen. Aber Männer wie ich werden mit dem Alter leider nicht weiser.«

»Also ging's um Sex«, fasste Morgenstern zusammen. Kollege Hecht, der in solchen Dingen ziemlich prüde war, schreckte beim S-Wort förmlich zusammen.

»Natürlich«, sagte Neumayer. »Es geht fast immer um Sex, wenn Frauen etwas von mir wollen. Und hinterher schreien alle ›Me too‹.« Er zuckte mit den Schultern. »Oder sie beschimpfen mich als Hurenbock. Das ist alles ein und dasselbe.«

»Und was war der konkrete Anlass?«

»Eifersucht natürlich.« Neumayer holte seine Brille aus der Tasche und spielte damit herum. »Klara hat sich wohl heimlich erhofft, dass das mit uns beiden noch was richtig Festes würde. Das war großer Quatsch. Frauen sind manchmal so ...«, er zeigte sein Wolfslächeln, »... so naiv.«

Morgenstern war sich da nicht so sicher. Nach allem, was er bisher über Klara Brandl erfahren hatte, war Naivität gerade keine ihrer wesentlichen Charaktereigenschaften gewesen. Sie war vorsichtig gewesen in ihrem Lebensentwurf, bedächtig, realistisch, selbstbewusst. Sie wusste durchaus, wie man mit Männern umging – sonst wäre es ihr nicht gelungen, eine Nervensäge wie den Laienschauspieler, Museumswart und Toilettensachverständigen Paul Sommerer aus dem Preither Theaterverein zu werfen. Eifersucht?

»Auf wen wäre sie denn eifersüchtig gewesen?«, fragte er. »Auf welche Ihrer offenbar zahlreichen Freundinnen? Ich habe mich ein wenig durch die Goldenen Blätter dieser Welt geschmökert: Sie sind in Ihren Partnerschaften nicht gerade ein Musterbeispiel für Treue und Beständigkeit.«

Neumayer blickte treuherzig von Morgenstern zu Hecht, als wolle er sich für seinen liederlichen Lebenswandel entschuldigen. »Ja mei«, sagte er schließlich. »Aber die Klara und ich haben das geklärt, ich habe ihr den Hurenbock verziehen. Sie hat ja irgendwie auch recht. Und damit ist es dann gut.«

»Und sonst war nichts?«, fragte Morgenstern vorsichtig.

»Was soll denn sonst noch gewesen sein? Reicht das vielleicht nicht?«

»Fragen kostet nichts«, stellte Morgenstern fest.

Hecht wiederum sagte: »Wir fassen also zusammen: Sie und Klara treffen sich an diskretem Ort, wo Frau Brandl Ihnen Ihre moralischen Verfehlungen vorhält ...«

»Um die Ohren haut«, ergänzte Morgenstern. »Sie war angeblich richtig hysterisch.«

»... und Sie lassen das an sich abtropfen, man trennt sich, und unglücklicherweise stirbt Frau Brandl wenig später«, vervollständigte Hecht.

»Genau« sagte Neumayer. »Und das war leider ganz schlechtes Timing, das sehe ich ein. Aber ich habe damit nichts zu tun. Und jetzt müssen Sie mich leider entschuldigen. Wie Sie wissen, habe ich zu tun. Ich stehe Ihnen aber jederzeit zur Verfügung. Niemand ist mehr an der Aufklärung dieser Sache interessiert als ich.«

Er setzte die Sonnenbrille auf, rückte seinen Hut zurecht, zog die Jacke glatt, ruckelte seinen Militärgürtel, ein klassisches Koppelschloss, korrekt mittig und ließ die Kommissare allein an der Burgzisterne zurück.

»Was sagt man jetzt dazu?«, fragte Hecht.

Morgenstern zuckte die Achseln. »Unsere Bratkartoffeln sind kalt geworden.«

Letzteres konnte der Sülze produktbedingt nicht passieren – und die Kommissare speisten noch mit großem Vergnügen, wobei sich Peter Hecht in der Vorstellung gefiel, dass sie beide nun gerade ein Ausbund an nachhaltigem Konsumentenverhalten seien: Nirgendwo anders als in einer richtigen altmodischen Sülze werde das neumodische Prinzip »*From nose to tail*« besser beherzigt.

Morgenstern kannte sich als gebürtiger Großstädter damit nicht so aus und musste sich belehren lassen, dass in einer Sülze nach Großmutterart auch mal Rüssel, Ohren und Ringelschwanz des Hausschweins ihre letzte gelatinöse Verwendung fänden. Morgenstern sah seinen fast leeren Teller daraufhin mit neuen Augen und hielt sich ab sofort an die erkalteten Bratkartoffeln.

Erst nachdem sie auch noch einen Kaffee getrunken hatten – aus Gründen der Burgrustikalität handelte es sich nicht um eine Tasse, sondern um einen Humpen –, fiel Morgenstern wieder sein Handy ein, das während des Gesprächs mit dem Regisseur geläutet hatte.

Er sah auf die Nummer, es war die Polizeiinspektion Eichstätt. Er rief zurück, Ludwig Nieberle ging ran. »Wir haben gute Neuigkeiten«, platzte der gemütliche Streifenbeamte stolz heraus. »Wir wissen, wer der Reifenstecher vom Residenzplatz war.«

»Das ging aber schnell. Respekt!«, sagte Morgenstern.

»Wäre ja noch schöner, wenn bei uns mitten in der Stadt, an prominentester Stelle, so was passiert und wir im Dunkeln tappen. Da setzen wir alle Hebel in Bewegung.«

»Wie darf man sich das vorstellen?«, fragte Morgenstern neugierig.

»Wir geben die Meldung ans Lokalradio raus und warten, bis das Telefon klingelt.«

»Habe ich mir fast gedacht.« Morgenstern grinste breit.

»Quatsch. Ich habe ganz einfach bei den wenigen Nachbarn, die es da gibt, an der Türe geklingelt, und einer, der da wohnt, in den sogenannten Kavaliershäusern direkt vor dem Marienbrunnen, ist ein pensionierter Domkapitular mit schlechtem Schlaf. Der hat mir den entscheidenden Tipp gegeben. Der Mann hat eine Katze, und die muss er immer mindestens einmal in der Nacht zur Türe rauslassen. Ich frage mich wirklich, was die Menschen an solchen Haustieren finden.«

»Hast du keines?«

»Doch«, sagte Nieberle. »Fische. Aber die sind im Aquarium. Von denen muss keiner nachts raus. Um es kurz zu machen, unser Hochwürden im Ruhestand macht die Türe auf, lässt seine Mieze für ein kleines Geschäft raus, steht sich dann auf der Türschwelle im Schlafanzug noch ein wenig die Beine in den Bauch, bis die Katze fertig ist. Und während das Tierchen also in den Vorgarten kackt, sieht unser Mann, dass zwischen den Lastwagen und Wohnmobilen jemand herumschleicht. Er hat aber erst einmal nichts weiter unternehmen können – man muss sich mal vorstellen, ein betagter Domkapitular im Schlafanzug.«

»Um Himmels willen, das wäre ein Skandal!«, pflichtete Morgenstern bei. »Jedenfalls in Eichstätt. Stell dir mal vor, ihm würde auch noch die Türe zufallen … Nun sag schon: Wen hat er gesehen?«

Nieberle räusperte sich. »Der Herr Domkapitular ist Mitglied im Diözesangeschichtsverein, das hat er mir erzählt. Ich habe noch gar nicht gewusst, dass es so was bei uns gibt. Jedenfalls kennt er deswegen viele Leute, die sich in der Gegend für regionale Geschichte interessieren.«

»Wie die Leute vom HV, dem Historischen Verein«, sagte Morgenstern, dem das geistesgegenwärtig wieder eingefallen war. Er hatte das Gefühl, dass er sich im Laufe der vergangenen Jahre im Altmühltal schon erheblich akklimatisiert hatte.

»Volltreffer!«, sagte Nieberle. »Es ist tatsächlich so, dass das ein Mitglied des Historischen Vereins war. Sogar ein Vorstandsmitglied. Ein noch relativ junger Mann, der seit Kurzem der Schriftführer ist. Will ja immer keiner machen in diesen Vereinen. Jedenfalls hat Hochwürden ihn erkannt.«

»Wie heißt er, was macht er?«

Nieberle ließ Morgenstern noch einen Moment schmoren. Solch ein Ermittlungserfolg, zumal in einer aufsehenerregenden Sache, wollte gebührend gewürdigt werden. Schließlich sagte er: »Bernhard Hassmann, zweiunddreißig Jahre alt, wohnt in Pfünz und arbeitet im Bayerischen Staatsarchiv.«

»Ein biederer Beamter«, sagte Morgenstern.

»Bist selbst ein biederer Beamter«, gab Nieberle zurück.

»Und er arbeitet in München im Staatsarchiv?«

»Eben nicht.« Nieberle hatte jetzt richtig Spaß.

»Aber das Staatsarchiv ist doch in der Landeshauptstadt, wo soll es denn sonst sein?«

»Ausgelagert, in eine Außenstelle«, schlug Nieberle vor. »Rate mal, wo es eine solche Außenstelle gibt.«

»In Eichstätt«, seufzte Morgenstern.

»Rate noch mal. Wo genau in Eichstätt?«

Morgenstern tippte matt auf eines der barocken Gebäude, die den Residenzplatz säumten. Was war hier im weiten Rund der barocken Pracht nicht alles untergebracht? Forstamt, Vermessungsamt, Finanzamt, Caritas … Warum nicht auch eine Außenstelle des Staatsarchivs?

»Ich verrate es dir: auf der Willibaldsburg. Im Gemmingenbau. Da haben nicht nur unsere beiden Museen Platz, sondern auch das Staatsarchiv.«

Morgenstern musste diese Nachricht erst einmal sacken

lassen. Wenn er das alles richtig verstanden hatte, dann hatte dieser Bernhard Hassmann möglicherweise nicht nur die Fahrzeugreifen eines kompletten Filmteams platt gemacht, sondern auch noch von seinem Arbeitsplatz auf der Willibaldsburg jede Gelegenheit gehabt ... zum Beispiel an Klara Brandl heranzukommen. Ganz eindeutig hatten sich an der Eingangstür zum Tiefen Brunnen Hinz und Kunz die Klinke in die Hand gegeben. Und die Reifenstecherei war so heimtückisch, dass dieser Diplom-Archivar gewiss nicht alle Tassen im Schrank hatte – respektive nicht alle Aktenordner im Regal.

Ludwig Nieberle hatte aber noch eine Überraschung parat, mit der er bis zuletzt gewartet hatte. »Alles, was ich dir jetzt erzählt habe, habe ich mir mühsam zusammengesucht. Arbeitsplatz, Wohnort, Alter – alles von mir persönlich aus dem Internet geholt. Da findest du heute alles, musst nur ein bisschen googeln. Der Herr Domkapitular hat den Namen gewusst und das Ehrenamt beim Historischen Verein – und schon ist Polen offen. Aber das Schönste ist: Der Herr Hassmann selbst, der weiß noch nichts von seinem Unglück.« Man konnte selbst durchs Telefon die tiefe Befriedigung hören, mit der Ludwig Nieberle, der brave Streifenbeamte, den nächsten Satz sagte: »Viel Spaß mit ihm.«

Morgenstern trank seinen »Humpen« Kaffee aus und informierte Hecht über die neuesten Nachrichten aus der Polizeiinspektion. Dann beschlossen sie, in aller Ruhe nach Eichstätt zurückzufahren und sich den Diplom-Archivar vorzunehmen. Idealerweise gleich an seinem aktenträchtigen Arbeitsplatz auf der Willibaldsburg.

Daraus wurde allerdings nichts, denn Hassmann hatte sich anscheinend zur Erholung von seiner strapaziösen nächtlichen Guerilla-Aktion einen freien Tag genommen, wie sie, nach halbstündiger Fahrzeit zurück auf der Eichstätter Burg, an der Gegensprechanlage des Staatsarchivs erfuhren. Immerhin konnten sie sich bei dieser Gelegenheit davon überzeugen, wie nah alle Örtlichkeiten auf der Burg beieinanderlagen.

»Fehlt bloß noch, dass auch der Fossilienpräparator vom Jura-Museum irgendwie seine Finger mit drin hat«, sagte Hecht. Den Herrn vom Kassenhäuschen hatten sie ja bereits kennengelernt.

Von Ludwig Nieberle hatten sie Hassmanns Privatadresse in Pfünz. Der Archivar hatte sich in einer Wohnung am östlichen Ortsende eingemietet, nicht weit entfernt von einem ehemaligen fürstbischöflichen Sommerschlösschen, das schon seit Ewigkeiten ein Jugendhaus der Diözese war und mit zwei von Kuppeln gekrönten Türmchen und einem ummauerten Park aufwarten konnte.

Hoch über Pfünz erhob sich ein Bergsporn, auf dem einst die Römer ein Kastell errichtet hatten. Von unten konnte man mit ein wenig Glück die hohe Befestigungsmauer und das Nordtor sehen, das vor Jahrzehnten als Touristenattraktion wieder aufgemauert worden war. Morgenstern war hier schon oft mit seinen Söhnen gewesen. Auch mit Hecht hatte er das Kastell schon einmal dienstlich aufgesucht. Lange her. Und noch eine markante Örtlichkeit von Pfünz kannte er: die mittelalterliche Brücke über die Altmühl, im Volksmund »Römerbrücke« genannt. Sie überspannte den hier sehr flachen Fluss mit vier großen steinernen Bögen.

Doch nun standen sie vor einem gänzlich modernen Anwesen. Bernhard Hassmanns Name stand am Klingelschild. Hecht läutete in aller Harmlosigkeit im Stil der örtlichen Paketdienste. Hassmann war zu Hause und kam selbst zur Tür.

Er musterte die beiden Besucher, Morgenstern hielt ihm den Dienstausweis unter die Nase, sagte »Kripo Ingolstadt« – und aus Hassmanns Gesicht wich auf einen Schlag alle Farbe. Nicht auszuschließen, dass bis zum nächsten Morgen auch noch sein braunes Haupthaar ergraut wäre.

»Dürfen wir reinkommen?«, frage Hecht der Vollständigkeit halber.

Und dann saßen sie im Esszimmer des Archivars. Hassmann war nach Morgensterns Einschätzung ein typischer Bücherwurm: strähniges Haar, das dringend nach einer ordentlichen

Entfettung verlangte, eine schwarze Brille mit dicken Gläsern, ein Bart, der sich nicht recht entscheiden wollte, ob er nun ein Kinn- oder ein Vollbart sein wollte, ungünstiger Body-Mass-Index. Er trug ein hellblaues Hemd mit angescheuertem Kragen und einen dunkelblauen Pullover, der gleichfalls schon bessere Tage gesehen hatte. Dazu eine dunkelbraune Cordhose. Hassmann schien Junggeselle zu sein, der weder bei seinem Äußeren noch in Sachen Wohnlichkeit besonders anspruchsvoll war. Leere Teetassen standen herum, der Beutel noch um den Löffel gewickelt, Teller, in denen sich die Krümel diverser Nusshörnchen und Quarktaschen fanden. Und überall lagen Bücher, historische Zeitschriften, zerlesene Zeitungen.

»Sie wissen, warum wir hier sind?«, fragte Morgenstern, nachdem er sich ebenso wie sein Kollege auf einem wackligen weißen Ikea-Stuhl platziert hatte, Möbel, die dringend nach einem Inbusschlüssel verlangten.

»Sie können sich vorstellen, warum wir hier sind?«, fragte Hecht desgleichen.

»Ich weiß nicht recht«, druckste Bernhard Hassmann herum. »Ich hatte eigentlich noch nie mit der Polizei zu tun. Noch nie in meinem ganzen Leben.«

»Irgendwann ist immer das erste Mal«, sagte Hecht. »Bei den meisten Menschen ist es allerdings nicht gleich die Kriminalpolizei, sondern nur die Verkehrspolizei bei einer Routinekontrolle. In unserem Fall kann freilich von Routine keine Rede sein.«

Der Archivar rutschte nervös auf seinem Stuhl hin und her. »Können Sie mir bitte sagen, worum es geht?«, fragte er leise.

»Na gut«, sagte Morgenstern. »Unser Filmteam in Eichstätt hatte heute früh ein paar Probleme mit seinem Fuhrpark. Soll ich weiterreden?«

Der Hornbrillenträger nickte.

»Wenn Sie wollen. Heute Nacht hat jemand reihenweise Reifen zerstochen auf dem Residenzplatz. Eine Sabotageaktion. Alles sehr, sehr ärgerlich für das Filmteam. Verzögerungen können die nämlich gar nicht brauchen.«

Die Hornbrille nickte weiterhin.

»Eine Katze«, sagte Morgenstern. »Eine kleine, süße Miezekatze ist schuld dran, dass wir auf Sie gekommen sind, Herr Hassmann. Katzen müssen nämlich nachts raus, es sei denn, sie haben das Pech, dass sie reine Wohnungskatzen sind. Die Katze in unserem Fall ist eine Freigängerin. Ihr Herrchen hat sie mitten in der Nacht rausgelassen. Aber wen sieht er da – und erkennt ihn sogar?« Er deutete auf die Brust des Archivars: »Den Herrn Hassmann. Sie sehen also, das ist nicht nur fürs Filmteam sehr ärgerlich, sondern noch viel mehr für den Herrn Hassmann.« Morgensterns Ansprache war getränkt von Sarkasmus.

Bernhard Hassmann schaute ratlos an Morgenstern vorbei, irgendwo in eine imaginäre Ferne. Er schien mit sich zu ringen – ihm wurde klar, dass seine gesamte berufliche Zukunft in Gefahr war. Sein Chef auf der Willibaldsburg würde ihn vor die Tür setzen: Ein Staatsarchiv verlangte logischerweise nach vertrauenswürdigen Personen, nicht nach psychotischen Reifenschlitzern. Deswegen sagte er nach kurzer Bedenkzeit: »Nein.«

»Was heißt hier ›Nein‹?«, blaffte Morgenstern und kippte dabei fast mit dem wackligen Stuhl um.

»Nein heißt nein. Das muss ein Missverständnis sein. Ich war heute Nacht friedlich in meinem Bett. Zuvor habe ich noch ein wenig gelesen. Ich kann Ihnen gerne das Buch zeigen, es wird Sie aber nicht interessieren.« Er stand auf, ging in einen Nebenraum, der wohl das Schlafzimmer war, und kehrte mit dem Werk zurück: Karl Bosl: »Bayerische Geschichte«.

»Steht da auch was über Eichstätt drin?«, fragte Hecht.

»Wenig«, stellte Hassmann fest. »Ist auch schon ziemlich veraltet.«

Morgenstern stand von seinem Stuhl auf und ging im Esszimmer hin und her wie ein Tiger im Zoogehege. Ludwig Nieberles Kronzeuge, der emeritierte Domkapitular und Katzenfreund, war wahrscheinlich ein unsicherer Kantonist, wenn Aussage gegen Aussage stand. Er dachte nach. Womit würde er, Morgenstern, ein paar Dutzend dicke Lkw-Reifen aufstechen? Zweifellos mit dem massivsten Messer, das im ganzen Haushalt zu finden war.

Er ging zur billigen Küchenzeile, auf der sich Hassmanns Kochutensilien stapelten und ihrer Reinigung harrten. Unter den argwöhnischen Blicken des Hausherrn öffnete er ein paar klemmende Schubladen, ließ Schranktürchen auf- und zugehen. Ging sogar ächzend in die Knie, um zwischen Pfannen und Töpfen zu fahnden. Hecht sah ihm verwundert bei seiner kleinen Kücheninspektion zu. Kein Lebensmittelkontrolleur der Gesundheitsabteilung des Eichstätter Landratsamtes hätte seine unangekündigte Gastronomiekontrolle mit größerem Ernst und Eifer absolviert als Mike Morgenstern.

»Aufräumen wäre auch mal wieder angesagt«, sagte er leichthin, mit Tadel in der Stimme. »Ist wohl nicht Ihre große Stärke, Herr Hassmann?« Er kramte nun schon zwei, drei Minuten herum. Und der unfreiwillige Gastgeber wurde zusehends nervöser.

Es war ein klarer Fall von psychologischer Kriegsführung, die Morgenstern da betrieb. Denn: Er hatte schon im allerersten Moment entdeckt, wonach er gesucht hatte – was bei Hassmanns Schlamperei in Sachen Haushaltsführung auch kein Problem gewesen war. Im Spülbecken, zwischen Tellern und Tassen und einem verkleckerten Tomatensoßentopf, lag in seiner ganzen Schlichtheit ein beeindruckend großes Brotmesser. Nicht gereinigt. Nicht desinfiziert. Nicht neutralisiert. Sondern erkennbar mit schwarzem Abrieb verschmutzt. Das Corpus Delicti. Einundzwanzig Zentimeter Klingenlänge, Wellenschliff, der Stolz der Württembergischen Metallwarenfabrik WMF aus dem schönen Geislingen an der Steige.

»Was haben wir denn da?«, sagte Morgenstern so theatralisch, als würde er sich bei Robert Neumayer um eine Nebenrolle bewerben. »Herr Kollege, wollen Sie sich das mal ansehen?«

Hecht stand auf, kam zum Spülbecken und holte dann aus seiner schwarzen Aktentasche eine Asservatentüte. Das war jetzt schon das zweite Messer, das sie in diesem Fall konfiszierten.

»Man beachte den Gummiabrieb«, sagte Morgenstern unnötigerweise, als Hecht das Ding einsackte. Er wandte sich Bernhard Hassmann zu: »Besonders viel Mühe haben Sie sich nicht gegeben. Da haben wir schon ganz andere Sachen erlebt. Aber in diesem Fall ist das für unser Labor eine der leichtesten Übungen. Ihre Fingerabdrücke, und sonst keine anderen. Die passende Gummimischung von vielen unschuldigen Reifen.«

Hassmann nahm seine dicke Brille ab und wischte sich übers Gesicht. Er schwitzte. »Also gut. Ich gebe es zu. Ich war's«, sagte er schließlich. »Ich weiß gar nicht recht, was in mich gefahren ist. Ich habe mich irgendwie reingesteigert. Und außerdem hatte ich was getrunken.«

»Na also«, sagte Morgenstern. »Warum nicht gleich? Also, machen Sie Ihrem Herzen Luft. Wir hören.«

Und dann erzählte Bernhard Hassmann mit immer wieder stockender Stimme, wie er auf die »Schnapsidee« gekommen sei, sich mit der Filmcrew anzulegen. Er, Hassmann, sei von Jugend auf an geschichtlichen Themen interessiert – »am Gymnasium habe ich da immer einen Einser gehabt« –, und er hätte ganz gewiss auch Geschichte studiert, wenn das nicht eine gar so brotlose Kunst wäre. Das Lehramt allerdings, die einzige sichere Berufsperspektive für Historiker, habe er sich nicht zugetraut. Zum Pädagogen sei er nicht geschaffen. Deswegen habe er sich auf die nächstmögliche Variante besonnen: das Archivwesen, mit Beamtenstatus.

»Sie stammen aus Eichstätt?«, fragte Hecht.

»Aus der Gegend, aus Nassenfels.«

»Typisch«, sagte Morgenstern. »Ganze zwölf Kilometer weg. Einmal Eichstätt, immer Eichstätt.«

Das war ihm in den vergangenen Jahren schon oft aufgefallen, dass in dieser Region ein besonders heimatverbundener Menschenschlag siedelte, dessen größte Sorge darin bestand, eines unglücklichen Tages in fremder Erde Wurzeln schlagen zu müssen, am Ende gar außerhalb des Freistaats Bayern. Robert Neumayer, der es zumindest monateweise bis nach Los Angeles geschafft hatte, war da nur die Ausnahme, die die Regel bestätigte.

Bernhard Hassmann jedenfalls war nur bis an die nordöstliche Grenze Bayerns gekommen, an die Hochschule in Hof, wo der Freistaat seine höhere Beamtenschaft ausbildete. Dann hatte er ziemlich bald die Stelle in Eichstätt erhalten und war damit seit Jahren glücklich und zufrieden. Da konnte er nebenbei nach Herzenslust schmökern, forschen – und das alles, ohne wirklich etwas veröffentlichen zu müssen. Der eine oder andere Aufsatz im jährlich herausgegebenen »Sammelblatt des Historischen Vereins« war das einzige schriftliche Lebenszeichen des Hobbyhistorikers Hassmann. Und genau in diesem »Sammelblatt« hatte er vor zwei Jahren sein Meisterstück, wie er es nun nannte, abgeliefert: eine umfassende, vierzig Seiten starke Arbeit über das Leben der Soldatin Johanna Sophia Kettner. Natürlich habe es da schon allerhand Vorarbeit gegeben, aber sein Werk sei das gründlichste. Er sei dafür eigens nach Wien gefahren, ins dortige »Kriegsarchiv« in der Nottendorfer Gasse. Die Kollegen dort hätten ihm eine Vielzahl bislang unbekannter Dokumente zur Einsicht gegeben. Mit viel Mühe und Herzblut habe er all seine Erkenntnisse in Worte gegossen. »Das ist mein Lebenswerk«, sagte Hassmann pathetisch.

»Ist das nicht ein bisschen früh für ein Lebenswerk?«, fragte Morgenstern. »Sie sind noch nicht mal fünfzig.«

Hassmann hörte gar nicht hin. »Über diesen Aufsatz bin ich dann auch Vorstandsmitglied im HV geworden.«

»Ein Traum wird wahr«, sagte Morgenstern.

»Da müssen Sie sich gar nicht lustig machen, ohne Ehrenamt geht es nicht. Wie heißt es so schön: Die Welt lebt von Menschen …«

Hecht vervollständigte den sattsam bekannten Satz, der bei keiner politischen Sonntagsrede fehlen durfte. »… die mehr tun als ihre Pflicht.«

»Sie sagen es. Kurzum: Johanna Sophia Kettner ist seit dieser Zeit mein Idol. Eine Frau, die ihr Leben so lebt, wie sie sich das immer erträumt hat. Selbst, wenn sie dafür ein Mann werden muss. So habe ich das in dem Aufsatz auch geschrieben. Das war fast schon Literatur. Ich bin oft an ihrem Grab, draußen im alten Pestfriedhof, wie die Leute sagen.«

»Und die Reifen?«, fragte Morgenstern, um die Sache endlich voranzutreiben.

»Verstehen Sie das denn nicht, Herr Kommissar? Da kommt dieser Neumayer aus Hollywood mit all diesen Leuten und macht einen Film über Johanna Sophia Kettner. Am Anfang, als ich davon gehört habe, habe ich mich noch darüber gefreut. Es war mir schon klar, dass das keine Arte-Dokumentation wird. Aber insgeheim habe ich darauf gehofft, dass sie Kontakt mit mir aufnehmen. Ich bin schließlich der maßgebliche Experte für die historische Korrektheit. Ich war in Wien, das muss man sich mal vorstellen. Ich bin auch im Stadtarchiv im Eichstätter Rathaus gewesen. Im Diözesanarchiv an der Luitpoldstraße. Überall. Wenn es um Johanna Sophia Kettner geht, dann bin ich der Goldstandard.«

»Aber es hat sich nie jemand bei Ihnen gemeldet«, sagte Hecht mit einfühlsamer Stimme. »Ihr Telefon blieb still.«

»So war das. Irgendwann haben wir dann auch erfahren, was das für ein Film wird. Ein Märchen wird das, ein Disney-Kitsch! Im ganzen Film ist kein Wort wahr. Alles nur Quatsch!« Hassmann redete sich jetzt in Rage. »Eine Lügengeschichte, von Anfang bis Ende. Alles erfunden von diesem Neumayer, der von Geschichte keine Ahnung hat, und von seinem Drehbuchschreiberling, diesem Schmierfinken.«

»Sie kennen ihn?«, fragte Morgenstern und dachte an sein zufälliges Treffen mit Max Bleichinger im Pub.

»Nein, ich habe nur von ihm gehört. Wie soll ich den kennen? Jedenfalls haben wir uns bei unserer letzten Vorstandssitzung im Verein mit diesem Thema auseinandergesetzt. Wir haben beschlossen, dass wir einen offenen Brief schreiben und uns über diese Geschichtsklitterung beschweren. Mehr war in dieser Sitzung nicht zu erreichen.«

Hecht hob den Finger: »Aber Ihnen war das zu wenig.«

»Genau. Viel zu wenig. Das kann man so nicht stehen lassen – war jedenfalls meine Meinung. Ich habe gleich gemerkt, dass ich damit allein auf weiter Flur stehe, und habe lieber den Mund gehalten. Ich habe mir gedacht: Dann mache ich meinen Protest halt im Alleingang. Auf eigene Rechnung.«

Morgenstern tippte sich an die Stirn. »Was soll denn das für ein Protest sein, wenn keiner weiß, worum es geht? Außerdem war klar, dass Sie die Dreharbeiten nicht ernsthaft aufhalten können, wenn Sie bei einem Reifen die Luft rauslassen.«

Und dabei fiel ihm das beliebte Kinderlied ein, in dem ein gewisser Lucio »ein Loch im Reifen« hat, was für ihn freilich keinerlei Problem darstellt, denn: »... klebt er es zu mit Kaugummi«, sagte Morgenstern und stellte zu spät fest, dass er das jetzt versehentlich laut ausgesprochen hatte. Sowohl Hassmann als auch Hecht blickten ihn irritiert an.

»Ein Zeichen«, sagte Hassmann. »Ich wollte ein Zeichen setzen. Deswegen bin ich gestern Nacht zum Residenzplatz gefahren.«

»Sachbeschädigung«, sagte Morgenstern. »Das ist zwar überhaupt nicht schön. Aber eigentlich ist das für uns, also meinen Kollegen Hecht und mich, nur ein Nebenkriegsschauplatz.«

»Ach so?«, sagte Hassmann überrascht.

»Wir sind Mordermittler.«

»Mord?«

»Mord«, wiederholte Morgenstern. »Wir ermitteln zum Tod von Klara Brandl auf der Willibaldsburg. Übrigens in unmittelbarer Nähe zu Ihrem Arbeitsplatz. Sie ist vor zwei Tagen am späten Nachmittag in den Brunnen gefallen, wie auch immer. Wo waren Sie eigentlich an diesem Spätnachmittag? So gegen siebzehn Uhr?«

Hassmann musste zugeben, dass er während des ganzen Tages in seinem Büro im Gemmingenbau der Burg gewesen sei und selbstverständlich beiläufig auch die Vorbereitungen des Filmteams verfolgt habe. Vom Fenster aus. »Das war hochinteressant. Wirklich erstaunlich, welchen Aufwand die betreiben. Bloß, damit dann am Ende so ein Machwerk rauskommt.«

»Danke, Herr Hassmann. Wir wissen inzwischen, dass Sie den Plot nicht mögen«, sagte Morgenstern. »Aber waren Sie irgendwann auch unten, im Innenhof? Waren Sie zufällig auch im Raum mit dem Brunnen?«

Der Archivar nickte wie in Zeitlupe. »Ja, das können Ihnen bestimmt auch etliche Leute bestätigen. Als ich Feierabend gemacht habe, bin ich sozusagen zwangsweise mitten ins Getümmel geraten. Ich habe gemerkt, dass das niemanden groß stört – da waren so viele Menschen unterwegs, und auch die Leute vom Jura-Museum haben zugeschaut. Dann konnte ich da ruhig auch ein wenig herumstehen.«

»Sie haben nur den ersten Teil meiner Frage beantwortet, Herr Hassmann. Waren Sie auch im Brunnen-Gewölbe?« Morgenstern sah Hassmann in die Augen.

Hecht ließ den Füllfederhalter in Hütchenspielermanier zwischen den Fingern kreisen, eine Marotte, in der er durch jahrelange Übung erhebliches Geschick entwickelt hatte.

»Ich war unten.« Der Archivar nickte. »Ganz kurz war ich unten. Ich habe auch Frau Brandl gesehen. Man kennt sich in unserer Stadt. Das ist hier alles ziemlich übersichtlich. In meinem Heimatort Nassenfels hat die Theatergruppe sogar schon einmal ein Stück von ihr aufgeführt.«

»Wer war alles in diesem Raum? Denken Sie scharf nach!«

»Als ich runtergekommen bin, waren da der Herr Neumayer, der Herr Sommerer von der Burgverwaltung und noch ein paar andere, die kenne ich aber nicht. Ein Typ mit Augenklappe. Und diese Luzie Petterson. Ein paar andere auch noch, die waren wohl vom Filmteam. Dem Herrn Neumayer ist das dann zu viel geworden. Er hat in die Hände geklatscht und alle, die nicht unmittelbar mit dem Dreh zu tun hatten, hinausgescheucht. Ich habe draußen noch ewig gewartet, ob sich eine Chance ergibt, mit ihm über das Drehbuch zu sprechen. Alle möglichen Leute sind rausgekommen. Aber nicht die Klara Brandl. Und nicht der Neumayer. Dann habe ich mich irgendwann getrollt. Das war auch der Augenblick, in dem ich das mit den Reifen beschlossen habe. Wer nicht hören will, muss fühlen.«

»Wir werden das alles gründlich überprüfen. Verlassen Sie sich drauf, Herr Hassmann«, versprach Morgenstern. »Was mich noch interessieren würde: Waren Sie schon einmal im Haus von Klara Brandl in Eichstätt, am Schießstättberg?«

»Wie kommen Sie darauf?«, fragte Hassmann.

»Nun, es gab da anscheinend vor ein paar Tagen einen ungebetenen Besucher. Wir haben uns die Fingerabdrücke besorgt.«

Hassmann schüttelte den Kopf. »Nein, ich war das nicht.«

Morgenstern tippte auf Hechts Aktentasche: »Ihre Abdrücke haben wir auf Ihrem schönen Brotmesser. Sie hören von uns.«

Der Diplom-Archivar versprach – wie jedermann in letzter Zeit – vollinhaltliche Kooperation und wirkte heilfroh, dass er die Besucher loswurde.

Hecht und Morgenstern fuhren in ihr Büro nach Ingolstadt, um sich zu sortieren. Was von diesem Hassmann zu halten war, war unklar. Möglicherweise war er der Mensch, der – unabsichtlich – den besten Überblick darüber hatte, wer am Ende noch im Brunnenraum gewesen war – zusammen mit der unglücklichen Klara Brandl. Oder war er vielleicht selbst dieser letzte Mensch gewesen?

***

Familie Morgenstern war finanziell nicht auf Rosen gebettet. Mochte auch halb Deutschland zur Erbengeneration zählen – Mike und Fiona gehörten zu ihrem Pech zur anderen Hälfte, die leer ausgegangen war. Weder gab es eine reiche Erbtante in der Schweiz noch eine Oma, deren »klein Häuschen« man, wie es im Trinklied heißt, versaufen könnte, erste und zweite Hypothek inklusive. Nein, die Morgensterns mussten sich schon selbst nach der Decke strecken.

Fiona nahm regelmäßig mehr Stadtführungen an, als ihr guttat, und krächzte dann am Abend mit der Heiserkeit einer Wülzburg-Dohle herum. Morgenstern wiederum hoffte bislang ebenso sehnlich wie vergeblich auf seine Beförderung zum Kriminalhauptkommissar: nicht wegen der glänzenden Karriere, sondern wegen des damit verbundenen Gehaltssprungs.

Am Hungertuch musste keiner nagen, aber manchmal wurde es schon knapp auf dem Girokonto. Da hielt das Ehepaar Morgenstern den Atem an, wenn bei dem uralten Land Rover die Hauptuntersuchung anstand und niemand sicher sagen konnte, ob der TÜV-Prüfer Gnade walten lassen würde. Selbst die Anschaffung einer neuen Waschmaschine galt als finanzielle Zumutung. Und Flugreisen zu exotischen Zielen, wie sich das seit einiger Zeit selbst Krethi und Plethi dank Billigfluggesellschaften gönnten, waren für die Morgensterns schon gar nicht drin, ganz zu schweigen von Mittelmeerkreuzfahrten mit der Aida-Flotte, die zu Morgensterns Verdruss in den letzten Jahren zum Allerweltsvergnügen geworden waren. Das, so dozierte er im Familienkreis gern, sei schon aus Gründen des Umweltschutzes gänzlich inakzeptabel. Da fahre er viel lieber zum Campen an den Lago Maggiore.

Unter diesen finanziellen Voraussetzungen waren auch die beiden Söhne aufgerufen, sich mit eigener Hände Arbeit ein Zubrot zu verdienen, wenn sie sich den einen oder anderen kleinen Extrawunsch erfüllen wollten. Die Möglichkeiten waren für Teenager freilich beschränkt. Und so tat zumindest Marius das, womit Heerscharen von Jugendlichen in ganz Deutschland seit jeher ihr erstes Geld selbst verdienten: Er trug Werbeprospekte und kostenlose Anzeigenblätter aus.

Als Morgenstern am frühen Abend nach Hause kam, saß der Fünfzehnjährige missmutig im Hausflur und stapelte die bunten Reklameblätter mit den Sonderangeboten in einen Einkaufstrolley, den die Familie eigens zu diesem Zweck angeschafft hatte. Morgenstern wollte zwar immer wieder mal mit ebendiesem Wägelchen auch die regulären Lebensmittelkäufe tätigen, das hatte ihm Fiona aber untersagt: »Damit machst du dich in der ganzen Stadt zum Gespött!« Solches sei nur Rentnern erlaubt.

»Aber wenn's doch so praktisch ist ...«

Marius stöhnte demonstrativ, als der Vater neben ihm stand und ihm zusah. »Ich habe heute überhaupt keine Lust. Wir hatten Nachmittagsunterricht, und Hausaufgaben muss ich auch noch machen. Hilfst du mir beim Austragen?«

Ganz gegen seine Art fügte er ein »Bitte!« an. Und damit hatte er Morgenstern am Haken. Konnte nichts schaden, mal wieder an der Vater-Sohn-Beziehung zu arbeiten, dachte er bei sich. In letzter Zeit hatte er beruflich so viel um die Ohren, dass er die Familie ein wenig vernachlässigte. Es sprach Bände, dass er von Fionas »MeToo«-Demonstration nichts gewusst hatte. Von aktuellen Schulnoten der Kinder ganz zu schweigen. Das war kein gutes Zeichen für den Bildungsstandort Bayern.

Minuten später zogen die beiden Morgenstern-Männer Seite an Seite durch die Stadt, der Vater hatte den schwer beladenen Einkaufstrolley, weinrote Grundfarbe mit weißen Blüten, im Schlepp. Es war eine Premiere für Mike Morgenstern. Er wusste nur grob, welches Revier der Sohn abzudecken hatte. Und nur vom Hörensagen kannte er die Schwierigkeiten, die sich dabei ergaben. Nun lernte er sie kennen.

Marius war für weite Teile der Eichstätter Ostenvorstadt zuständig. Wie sich rasch zeigte, war es nicht ganz einfach, die Prospekte loszuwerden: An jedem zweiten Briefkasten stand drohend der Hinweis, dass kostenlose Werbung und Anzeigenblätter unerwünscht seien. Gelegentlich wurde sogar mit Rechtsmitteln gedroht, falls ein armer Wicht wie Marius es dennoch wagen sollte, sich diesem Befehl zu widersetzen. Morgenstern, ein Bündel Prospekte auf dem Arm, war bald ziemlich mürbe von dieser Aktion. Und weil er schon den ganzen Tag auf den Beinen war, taten ihm irgendwann auch die Füße weh. Marius hingegen machte gute Miene. Er kannte das alles nicht anders und motivierte sich durch den Gedanken, was er mit dem sauer verdienten Geld alles anstellen könnte.

»Wie lange geht das denn noch?«, stöhnte Morgenstern

nach einer guten Stunde. Im Wägelchen lagen immer noch kiloweise Prospekte. Und sie waren schon weit hinter dem Krankenhaus – in der Hindenburgstraße.

»Wir müssen auf dem Rückweg die gesamte Ostenstraße machen«, erklärte Marius.

Ich Idiot, schimpfte Morgenstern in sich hinein. Wie hatte er nur auf die Idee kommen können, sich diesem Kommando anzuschließen!

Das Distributionsduo war auf dem Rückweg Richtung Innenstadt, auf Höhe der Katholischen Universität, als Mike Morgenstern endgültig die Nase voll hatte. Wieder und wieder war er mit seinen Prospekten an »verbotenen« Briefkästen gescheitert. Ein Blick ins Wägelchen zeigte, dass da immer noch etliche Pakete der Verteilung harrten. Durch einen treuen und zuverlässigen Austräger, wie das Marius Morgenstern ganz gewiss war. Auf den Vater allerdings traf das nun nicht mehr zu.

»Ich nehme das jetzt auf meine Kappe«, sagte er plötzlich zu Marius, als sie in der Ostenstraße am Eingang Richtung Hofgarten standen. Hier lag die ehemalige Orangerie der fürstbischöflichen Sommerresidenz. Wie in allen Gebäuden in der Umgebung war auch hier die Universität untergebracht. Und eine Hochschule hatte grundsätzlich immer viel Altpapier zu entsorgen. So standen in schönster Nachbarschaft zum Gehsteig auf dem Uni-Gelände mehrere große fahrbare Müllbehälter. Schwarzgrau für Restmüll. Und grün für Altpapier.

Morgenstern sah sich vorsichtig um, ob er vielleicht beobachtet wurde. Aber da war anscheinend niemand, und so pfiff er in aller Harmlosigkeit ein Liedchen vor sich hin, als er die Prospekte aus dem Wägelchen wuchtete, die Schiebeklappe der Papiertonne öffnete und in großer Beiläufigkeit die Werbehoffnungen des regionalen Lebensmitteleinzelhandels erlöschen ließ. Mit einem Plumps landeten die bunten Blätter im Altpapier. Morgenstern rieb die Hände aneinander und drückte damit aus, dass er sich soeben einer lästigen Aufgabe ziemlich souverän entledigt habe.

Marius allerdings stand wenig begeistert daneben. »Ein paar hätte ich schon noch gebraucht«, sagte er. »Da gibt es ein paar Haushalte, die warten richtig drauf. Und in dem Gasthof da vorne muss ich sogar mehrere Prospekte reinlegen.«

»Warum sagst du denn das jetzt erst?«, schimpfte Morgenstern.

Aber Marius ließ nicht locker. »So können wir das nicht machen«, beharrte er. »Das gibt riesigen Ärger, wenn die mir draufkommen.«

Der Vater seufzte. »Wie man's macht, man macht's verkehrt!« Er beugte sich in den Müllgroßbehälter aus langlebigem Polyethylen, machte die Arme lang und fischte aus all dem Papier, das sich hier türmte, ein paar Prospekte wieder heraus. Gerade, als er sich aus der bandscheibengefährdenden Position wieder zurückziehen wollte, fiel ihm – aus dem Augenwinkel – etwas auf.

Er reichte Marius die Reklameschriften, dann tauchte er noch einmal in die grüne Tonne ein und wühlte vorsichtig herum. Bei der Rückkehr hielt er drei zerfledderte, zerknüllte, angerissene Poster in der Hand. Alle drei zeigten – in verschiedenen Perspektiven – dasselbe Motiv: die Schauspielerin Luzie Petterson, Hauptdarstellerin bei den aktuellen Eichstätter Filmarbeiten.

Morgenstern musste gar nicht erst nachsehen: Die Poster waren entweder an den Ecken angerissen, oder es klebte noch der Tesafilm dran. Der Tesa, mit dem Marvin Meck aus Rheda-Wiedenbrück die Bilder einst in seinem Wohnmobil aufgehängt hatte, um immer an die Frau seiner irrwitzigen Träume erinnert zu werden.

Marius stand sprachlos neben seinem Vater. »Was ist jetzt das?«, fragte er, als er sich wieder gefangen hatte.

»Das, mein Sohn, ist ein Volltreffer«, erklärte Morgenstern. »Ein Lotto-Sechser mit Zusatzzahl. Die Nadel im Heuhaufen ist ein Dreck dagegen.« Und mit einem extrabreiten Grinsen fügte er hinzu: »Die Nummer hier glaubt mir keiner.« Zufrieden steckte er die ramponierten Poster in den Einkaufstrolley.

Allerdings war das Vater-Sohn-Gespann bei der zweifelhaften Prospekte-Entsorgung beobachtet worden, von einem Haus auf der gegenüberliegenden Straßenseite. Ein Rentner war's, und der schimpfte nun rohrspatzenmäßig auf die Straße herunter. Wieder einmal musste Morgenstern feststellen, dass die Nachbarschaftskontrolle in der Stadt großartig funktionierte. Das Tragische war nur, dass die eifrigen Hilfssheriffs immer genau dann nicht zur Stelle waren, wenn man sie wirklich dringend brauchte – bei echten Verbrechen.

Der Mann am Fenster aber war der Ansicht, dass die Morgensterns durchaus in erheblichem Maße kriminell vorgegangen seien, und sorgte mit seinen Vorwürfen bereits bei einem Passantenpärchen für Interesse. Unter diesen Vorzeichen kündigte Marius an, die letzten Prospekte lieber erst am späten Abend im Schutze der Dunkelheit auszutragen, und so konnten die Morgensterns so rasch wie möglich den Rückzug antreten. Soll heißen, sie bogen in die nächstbeste Gasse ab und verschwanden damit aus Blickfeld und Schusslinie ihres Widersachers.

Es war die Friedhofsgasse, und die führte geradewegs in den städtischen Gottesacker. Der Weg zwischen den Gräbern stellte sich sogar als veritable Abkürzung für den Heimweg heraus. Gleichzeitig tat Eile gerade nicht not. Die beiden mussten erst einmal durchatmen. So schlenderten sie einträchtig nebeneinander an den letzten Ruhestätten der Eichstätter Bürgerschaft entlang.

Der Friedhof, so stellte Morgenstern fest, war ein Ort der Stille, beruhigend, mit etlichen großen Bäumen und vielen auffallend kunstfertig gestalteten Grabsteinen. Es schien so, als ob es in Eichstätt fast schon einen Wettbewerb darum gab, welcher Steinmetz mit dem heimischen Jura-Marmor die höchste Kreativität aufbrachte. Mal waren in die Steine symbolträchtige Treppen eingemeißelt, die Richtung Himmelstor und Ewigkeit führten, mal waren Stein und roher Stahl kombiniert worden. Dazwischen lagen immer wieder historische Familiengräber von Honoratioren-Familien.

Marius entdeckte irgendwann einen Grabstein, in den ein echtes Fossil aus den Eichstätter Steinbrüchen eingelassen worden war, eine Kalkplatte mit einem versteinerten Fisch. Das passte thematisch gut, fand Morgenstern, war doch der Fisch das Erkennungszeichen der ersten Christen gewesen, wie er Marius erklärte. Ihm schien es dabei fast, als würde Peter Hechts Bildungshuberei allmählich auf ihn, Mike Morgenstern, abfärben. Marius wiederum hatte den naheliegenden Vorschlag, der hier bestattete Mensch könnte einst möglicherweise sein Geld in den Steinbrüchen verdient haben.

Dann erst las Morgenstern den Namen. »Fritz Neumayer«. Und daneben auch noch »Annegret Neumayer«. Es war eines der Gräber, bei denen die Angehörigen weit entfernt lebten und sich entschieden hatten, die lästige Frage nach der Grabpflege durch eine einzige große, solide Steinplatte ein für alle Mal zu beantworten. Ein Deckel für die Ewigkeit.

Aktuell allerdings stand auf ebendieser Platte ein ganz frisches und zweifelsfrei sündteures Blumengebinde. Sogar eine kleine Schleife, wie bei einem Trauerkranz, war angebracht, und nun endlich, weil es weiß auf schwarz zu lesen war, fiel bei Mike Morgenstern der Groschen: »In ewiger Liebe, Robert«. Sie standen am Familiengrab des Regisseurs.

Von hinten kam eine Stimme: »Schöne Blumen hat er ihnen bringen lassen, der Robert.« Vater und Sohn drehten sich gleichzeitig um. Hinter ihnen stand eine ältere Dame mit grüner Gießkanne und frisch onduliertem Haar. »Das hat in der Früh der Gärtner gebracht. Ich bin heute schon zum zweiten Mal da, bei der Hitze kommt man mit dem Grabgießen kaum hinterher.«

»Stimmt«, sagte Morgenstern höflich und fügte noch ein paar lobende Worte zum Grabstein hinzu. »Einen schönen Fisch haben sie da, die Neumayers.«

»Freilich«, sagte die Dame. »Der alte Fritz war sein Leben lang im Steinbruch. Da passt das besonders gut. Und der Robert hat ihm einen besonders schönen Stein machen lassen. Da lässt er sich nichts nachsagen. So gehört sich das.«

Morgenstern ließ die Worte ein wenig nachhallen. »Im Steinbruch war er, der Vater?« Und erst jetzt fiel ihm ein, dass er das ja schon beim städtischen Ehrenabend gehört hatte.

»Ja, wenn ich's Ihnen sage. Das hätte keiner geglaubt, dass aus dem Buben einmal so ein berühmter Mann wird. Der alte Neumayer war ein einfacher Mensch. Der hat Sommer wie Winter oben im Steinbruch Platten gebrochen.«

»Wo oben?«, fragte Morgenstern.

»Na ja, in Schernfeld halt. Aber fragen S' mich nicht, wo genau. Ich weiß bloß, dass früher auch der Robert mitgeholfen hat in den Ferien. Das war ganz normal damals, dass die Buben sich da ein Geld verdient haben, fürs Volksfest zum Beispiel. Wir waren damals fast Nachbarn, wissen S'. Aber das Haus von den Neumayers ist schon lange verkauft und abgerissen. Da hat einer ein modernes Mehrfamilienhaus hingestellt.«

Morgenstern sah sich nachdenklich das Blumengebinde an. »Dann kann man also eines Tages nicht einmal eine Gedenktafel am Haus aufhängen? Und ein Museum kann man auch nicht mehr draus machen.«

Marius mischte sich ein und erinnerte daran, dass ein bayerischer Regisseur sogar sein Kinderzimmer für eine Dauerausstellung in den Bavaria Filmstudios zur Verfügung gestellt hatte. »Wir waren mal mit der Schule dort«, erinnerte er sich. »Aber am tollsten war das Boot aus dem U-Boot-Film.«

Morgenstern hatte genug erfahren. Während die Seniorin mit ihrer Gießkanne freundlicherweise auch Robert Neumayers Blumengruß frisches Leben einhauchte, zogen die Männer davon. Der Vater schwer in Gedanken versunken, der Sohn das Wägelchen mit den zerknitterten Plakaten im Schlepptau.

Weit sollten sie allerdings nicht kommen, denn Eichstätt war – entgegen seinem großen touristischen, klerikalen und universitären Ruf – vor allem eine Kleinstadt. Also auch eine Stadt der kurzen Wege. Wer hier ein Fahrrad besaß, galt bereits als »Herr aller Dimensionen« und musste keine Distanz scheuen, immer vorausgesetzt, es handelte sich um ein E-Bike, mit dem die steilen Handflanken des Altmühltals ihren einstigen Schrecken verloren.

In diesem Fall allerdings war der Weg besonders kurz. Kaum dass sie aus einer kleinen steinernen Seitenpforte des Friedhofs getreten waren, standen Mike und Marius Morgenstern vor dem Fachwerkbau eines Wirtshauses mit vorgelagertem Biergarten. Der Wirtsgarten war dicht von Gästen belagert, der Gehweg führte direkt durchs Getümmel aus Touristen, Einheimischen und Kellnern.

»Ganz schön was los«, sagte Morgenstern, als sie sich durchdrängelten. Dann wurde ihm klar, warum es gar so voll war: Beträchtliche Teile der Filmcrew hatten sich an diesem Abend im Wirtshaus zum Gutmann zum gemütlichen Feierabendausklang niedergelassen. Und mitten unter ihnen hielt Robert Neumayer Hof.

Einen Augenblick zögerte Morgenstern, dann zupfte er Marius am Ärmel und bedeutete ihm, unauffällig kehrtzumachen. Außer Sichtweite erklärte er ihm seinen Plan. »Ich brauche die Fingerabdrücke vom Neumayer. Mich kennt er – dann könnte ich ihn genauso gut in die Polizeiinspektion einbestellen, mit allem Pipapo. Das könnte ziemlichen Wirbel geben. Deswegen machen wir das jetzt auf dem kleinen Dienstweg.«

»Wir?«, fragte Marius.

»Du«, konkretisierte der Vater. Und schon kramte er in der Brusttasche seiner Jeansjacke. Er fand, was er gesucht hatte. Einen kleinen Kellnerblock der Eichstätter Hofmühl-Brauerei, auf dem er sich Notizen machte, wenn Kollege Hecht als getreuer Protokollführer gerade nicht zur Verfügung stand. Außerdem war da auch noch ein Kugelschreiber. Morgenstern riss vorsichtig die oberste Seite des Notizblocks ab und instruierte seinen Sohn: »Pass auf, dass du das oberste Blatt so wenig wie möglich antappst. Du gehst jetzt zum Neumayer und holst dir von ihm ein Autogramm, wie ein ganz normaler Fan.«

Marius verdrehte die Augen. »Papa, das ist so peinlich!« Er schüttelte den Kopf. »Du bist heute schon die ganze Zeit peinlich. Du hättest dich sehen sollen, wie du in der Papiertonne gesteckt bist. Nächstes Mal trage ich meine Prospekte lieber wieder allein aus, oder ich lass mir von Bastian helfen.«

»Ich brauch die Fingerabdrücke«, beharrte der Vater. »Also geh schon. Und immer schön höflich sein. Wenn das klappt, hast du was bei mir gut, verspreche ich dir.«

»Ein Rennrad?«

»Das ist Erpressung!«

Marius zog mit Block und Stift los, aus sicherem Abstand beobachtet von Morgenstern. War der Sohn eben noch teenagergemäß mürrisch gewesen, so legte er auf halbem Weg zum Tisch des Regisseurs den Hebel um, wie das nur Jugendlichen in der Pubertät möglich ist. Er präsentierte sein freundlichstes Lächeln, drängte sich selbstbewusst, aber ohne Aufdringlichkeit zwischen Neumayer und dessen Sitznachbarn, in dem Morgenstern den Drehbuchautor Max Bleichinger erkannte, und redete kurz auf den Regisseur ein. Der nickte, Marius reichte ihm Block und Stift, was allerhand Heiterkeit auslöste.

»Ein Hofmühl-Block, ausgerechnet hier im Wirtshaus zum Gutmann«, sagte Neumayer. Gutmann – das war die Weißbierbrauerei aus dem fünfzehn Kilometer entfernten Titting, der gehörte das Wirtshaus, in dem Neumayer nun tafelte, und stand in freundlicher Konkurrenz zur Eichstätter Brauerei.

Mit Befriedigung sah Morgenstern, dass der Regisseur den Block vergnügt in den Händen hielt, von allen Seiten begutachtete und schließlich schwungvoll seinen Namen aufs oberste Blatt setzte, verbunden mit dem Hinweis »Für Marius!«

Marius bedankte sich mit einer umwerfenden Freundlichkeit, die Morgenstern in seiner Eigenschaft als Familienvorstand und Erziehungsberechtigter eher selten erlebte, aber das war wohl auch wieder so ein Pubertätsding. Er nahm den Block entgegen, dann streckte er die offene Hand aus, um auch noch den Kugelschreiber einzufordern. Den hatte der Regisseur gewohnheitsmäßig selbst eingesteckt. Bei seinen Begleiterinnen und Begleitern sorgte das für liebesdienerisches Gelächter.

Allesamt Speichellecker, dachte Morgenstern von seinem Beobachtungsposten aus. Insbesondere Drehbuchautor Bleichinger wollte sich vor Lachen gar nicht mehr einkriegen. Dann allerdings wurde dem Vater heiß: Denn Neumayer sah sich das billige Schreibgerät plötzlich genauer an, um vielleicht noch den einen oder anderen Witz aus der Situation zu generieren. Morgenstern glaubte zu hören, so wie Neumayer Eichstätt aus seiner eigenen Jugend kenne, müsse es sich gewiss um ein Werbegeschenk der CSU, des Kolping-Verbands oder der Sparkasse handeln. Nichts von dem traf auf den Morgenstern-Kugelschreiber zu. In schönster Selbstverständlichkeit war dieses Billigding aus chinesischer Massenproduktion eine Gabe der Gewerkschaft der Polizei.

»Ein Polizei-Kugelschreiber!«, rief Neumayer auch schon und drehte den Stift zwischen den Fingern. Morgenstern war sich sicher, dass die inoffizielle Fingerabdrucksbeschaffungsaktion jetzt auffliegen würde.

Aber dann fiel Neumayer ein, dass in Eichstätt die Bereitschaftspolizei im großen Stil den bayerischen Polizeinachwuchs ausbildete. Etliche seiner Schulkameraden hätten sich seinerzeit dorthin beworben. Es gebe in der Stadt ganze Polizeidynastien. »Bist du auch aus einer Polizistenfamilie?«, fragte er Marius.

»Ja«, sagte der Sohn kleinlaut.

»Dann grüß mir mal deinen Papa, unbekanntermaßen«, sagte Neumayer launig. Marius machte, dass er samt Block und Kugelschreiber davonkam. Fingerabdrücke hatten sie jetzt jedenfalls mehr als genug.

Noch am selben Abend telefonierte Morgenstern mit dem Besitzer des Steinbruchs, in den Marvin Meck mit seinem Wohnmobil gestürzt war. Er hatte den Mann bereits bei der Bergung des Verunglückten getroffen, man hatte ihn sofort alarmiert. Morgenstern hatte den Namen zwar umgehend wieder vergessen, aber Streifenpolizist Ludwig Nieberle konnte seinem Kripokollegen problemlos aushelfen. »Dem gehören da oben reihenweise Steinbrüche«, hatte Nieberle erklärt. »Das ist ein richtiger Marmor-Baron.«

»So vornehm?«, fragte Morgenstern.

»Nein, das ist nur ein Scherz. Der Branche geht's gar nicht gut. Die Leute kaufen keine teuren Solnhofer Platten mehr, sondern billige Imitate aus Keramik. Schade drum. Da oben in den Brüchen arbeiten immer weniger Leute.«

Diese Information reichte immerhin aus, dass Morgenstern mit dem Natursteinunternehmer ein bisschen Small Talk machen konnte, als er ihn am Telefon erreichte. »Ja, der Neumayer-Fritz hat bei uns im Bruch gearbeitet, als selbstständiger Hackstockmeister.«

»Hackstockmeister?«, fragte Morgenstern.

»Genau, einer, der die Platten auf eigene Verantwortung aus dem Bruch holt, wir machen dann die Vermarktung.«

»Dieser Fritz Neumayer war genau in dem Bruch, in den das Wohnmobil gestürzt ist?«

»Der war in verschiedenen Brüchen, die liegen aber alle ganz nah beieinander. Darf man fragen, warum Sie das so interessiert?«

»Natürlich dürfen Sie fragen. Aber ich kann Ihnen leider momentan keine Antwort darauf geben.«

»Es geht um den Robert Neumayer?«, tippte der Marmor-Baron. »Kann ja gar nicht anders sein. Aber keine Sorge, ich plaudere nichts aus. Ich bin Geschäftsmann, wir verkaufen international, und die Konkurrenz ist groß. Da ist Diskretion oberstes Gebot.«

»Sehen Sie, für uns von der Polizei gilt dasselbe.« Morgenstern legte auf. Sein Verdacht hatte sich bestätigt. Regisseur Robert Neumayer gehörte zu den gar nicht so vielen Menschen, die die Mondlandschaft der Steinbrüche von Kindheitstagen an kannten wie ihre Westentasche.

Er setzte sich zu Fiona auf den Balkon und schenkte sich ein Glas Rotwein ein. Die Sonne schickte sich an, hinter der Willibaldsburg abzutauchen, der Tag verabschiedete sich mit einem purpurnen Abendrot, das sämtliche Hobbyfotografen der Stadt auf den Plan rufen würde, da war sich Morgenstern sicher. In den sozialen Medien wimmelte es dann von diesen Bildern. Er nahm einen großen Schluck Wein, dann erzählte er Fiona von seinen neuesten Erkenntnissen. Er holte sogar die zerknüllten Petterson-Poster und präsentierte das Autogramm, das Marius ergattert hatte.

»Was willst du mir damit sagen?«, fragte Fiona.

»Ich bin mir sicher, dass Robert Neumayer seine Finger im Spiel hat. Dieser Marvin Meck ist nicht einfach unglücklich abgestürzt – den hat zuvor jemand aus dem Verkehr gezogen. Und dann hat er ihn an einer Stelle abgelegt, die weit genug weg war von allem, was nach Film und Luzie Petterson riecht.« Er dachte nach. »Erinnerst du dich an diesen ersten Film, den Neumayer als Schüler gedreht hat?«

Fiona nickte. »Dieser avantgardistische Nonsens?«

»Mit dem Text aus ›Zarathustra‹«, bestätigte Morgenstern. »Den hat Neumayer in einem Steinbruch aufgenommen. Ich bin mir im Nachhinein ziemlich sicher, dass das genau der Bruch ist, in dem das Wohnmobil gelandet ist.«

Fiona schwieg, trank, sah in die Ferne. »Dann müssten sich Neumayers Fingerabdrücke im Wohnmobil finden lassen. Am Lenkrad, an der Handbremse. So wie du mir diesen Stalker geschildert hast, hat der keinen anderen jemals ans Steuer gelassen. Ein typischer Einzelgänger. Da gibt es keine anderen Fingerabdrücke.«

»Es sei denn, er hätte Handschuhe getragen«, gab Morgenstern zu bedenken.

Morgenstern begann – seine alte Marotte – leise zu singen: die Moritat von Mackie Messer. »Und es sind des Haifischs Flossen rot, wenn dieser Blut vergießt, Mackie Messer trägt 'nen Handschuh, drauf man keine Untat liest.«

»Wo hast du das denn her?«, fragte Fiona. »Ich hab noch gar nicht gewusst, dass du Brecht-Lieder kennst. Du verblüffst mich immer wieder.«

Morgenstern lächelte: »Hab ich von Hecht, von wem sonst? Der hat eine CD, die er manchmal im Dienstwagen einlegt.

Wenn man sich erst mal dran gewöhnt hat, ist das echt ohrwurmverdächtig.«

Die Sache mit dem Zarathustra-Film im Steinbruch ließ Morgenstern keine Ruhe, und deswegen rief er noch kurz beim Eichstätter Kino an. Der Betreiber wartete erwartungsgemäß hinterm Tresen seines kleinen Kino-Cafés das Ende der Spätvorstellungen ab.

Natürlich erinnere er sich an Robert Neumayers allerersten Film, diesen wackligen cineastischen Gehversuch. Er habe den Streifen aber leider nicht mehr zur Verfügung, den habe er wieder zurückgeben müssen: an einen längst pensionierten Deutschlehrer des Willibald-Gymnasiums. »Der sammelt schon seit Jahrzehnten alles, was er über seine ehemaligen Schüler finden kann, zumindest von denen, die es in irgendeiner Form zu etwas gebracht haben.«

»Der hat also ein Privatarchiv?«

»Ja, aber das ist in der Schule gelagert. Irgendwo im Keller.«

Morgenstern kritzelte Namen und Telefonnummer des Lehrers, Oberstudienrat a. D. Georg Müller, auf einen Zettel und legte auf.

3. Juli

Am nächsten Morgen rief Morgenstern den Oberstudienrat noch während des Frühstücks von daheim aus an. Müller entpuppte sich – wie viele Ruheständler – als Frühaufsteher, der bereits eine morgendliche Wanderung hinter sich hatte, in deren Verlauf er gleich die Markierungen eines örtlichen Rundwanderwegs kontrolliert hatte. Müller war nämlich ehrenamtlicher Wanderwart der Stadt Eichstätt. Und außerdem war er ziemlich begeistert von dem Interesse, das neuerdings seiner kleinen Schülersammlung entgegenschlug.

»Wenn Sie wollen, treffen wir uns sofort an der Schule«, schlug er mit ungebrochenem Tatendrang vor. »Das Kreuzworträtsel in der Zeitung kann ich auch später noch machen. Ist sowieso eine Zumutung, wie einfach das ist. Für wie doof halten die einen überhaupt?«

Morgenstern beschloss, diesen fidelen Pensionisten zu mögen.

Zwanzig Minuten später standen sie gemeinsam vor der Schule. Es handelte sich um ein typisches Bauwerk aus den 1970er Jahren. Oberstudienrat a. D. Müller erklärte, dass der Landkreis damals entschieden habe, am östlichen Rand der Altstadt ein komplettes Schulzentrum zu errichten, mit Gymnasium, Mittelschule und Förderzentrum, inklusive Dreifachturnhalle und Hallenbad. »Was man halt so braucht. Alles sehr zweckmäßig, mit viel Beton, Sie sehen's ja selbst. Zum Glück ist alles schön mit Bäumen eingewachsen.«

»Beton – es kommt drauf an, was man draus macht«, zitierte Morgenstern einen alten Werbespruch der bundesdeutschen Betonbranche.

Müller erfreute sich an der Schule offensichtlich immer noch großer Popularität, denn von allen Seiten wurde er gegrüßt, als er mit Morgenstern in das große Foyer des Gymnasiums trat. Nicht nur ehemalige Lehrerkollegen, sondern auch ältere

Schülerinnen und Schüler kannten ihn noch. Er holte kurz im Sekretariat im ersten Stock den Schlüssel für die Archivräume, dann führte er Morgenstern in einen endlosen Kellergang, in dem sich Tür an Tür reihte. Er sperrte eine der brandschutzsicheren Metalltüren auf und schaltete eine Neonleuchte an, die den kleinen Raum in blendendes Licht hüllte.

An allen Wänden standen Regale mit Leitz-Ordnern. Morgenstern fühlte sich sofort an Klara Brandl erinnert, die ihren Bürokram ähnlich systematisch geordnet hatte. Ein beneidenswerter Charakterzug, fand er – im Hause Morgenstern herrschte, zumindest was die Aufbewahrung der persönlichen Unterlagen des Familienvorstands betraf, eine gewisse Nachlässigkeit. Morgenstern glorifizierte diesen Verhau von Zeit zu Zeit als kreatives Chaos.

Georg Müllers Schülerarchiv war alphabetisch sortiert. »Über viele gibt's natürlich gar nichts«, sagte der Lehrer. »Die bleiben ihr ganzes Leben lang unauffällig. Das sind die meisten. Über andere hab ich einen, vielleicht zwei Zeitungsausschnitte. Manche kommen von sich aus auf mich zu und geben mir Dinge, die sie der Nachwelt hinterlassen wollen. Ich habe hier auch ziemlich viele Doktorarbeiten. Mit der Zeit wird das zwar alles ein bisschen viel, ich denke nicht, dass das nach mir noch jemand genauso sorgfältig pflegt. Aber ich sage immer: Das hier ist die kleine Schatzkammer unserer Schule.«

Über Robert Neumayer gab es sogar zwei gut gefüllte, chronologisch geführte Ordner und zusätzlich noch einen Karton: In dem befand sich auch eine CD mit Neumayers Jungfilmerwerk. »Ich habe mir das schon lange kopieren lassen. Das Original in Super 8 hat Neumayer selbst. Aber mit Super 8 kann heute sowieso keiner mehr was anfangen.« Müller gab die CD mit spitzen Fingern an Morgenstern: »Zu treuen Händen. Da steht ›Auf Wiedersehen‹ drauf.«

»Sie haben mein Ehrenwort. Ich bringe Ihnen die CD heil zurück. Kann sein, dass ich mir eine Kopie ziehe.« Er blätterte sich noch kurz durch die gesammelte Neumayer-

Berichterstattung, aber da war auf die Schnelle nichts, was ihn interessiert oder gar überrascht hätte. Der große Sohn der Stadt, der berühmteste Absolvent in der Geschichte des Gymnasiums, hatte aus kleinsten Anfängen eine glorreiche Karriere hingelegt, die wahrscheinlich ihren Zenit noch nicht einmal erreicht hatte.

Georg Müller wandte sich zum Gehen. An der Tür, er wollte gerade das Neonlicht ausknipsen, sagte er beiläufig: »Mir persönlich war ja damals die Klara Brandl immer ein bisschen lieber. Ich bin mir sicher, wenn sie ein Mann gewesen wäre, hätte sie es nach ganz oben geschafft. Tragisch.« Müller schüttelte den Kopf. »Und jetzt muss ich für den nächsten Jahresbericht einen Nachruf auf sie schreiben.«

Er deutete aufs erste Regal, gleich neben dem Lichtschalter. »Sehen Sie, Herr Morgenstern, da steht der Ordner, in dem sie drin ist.«

»Sie hat einen ganzen Ordner?«

»Nein, den muss sie sich mit ein paar anderen Absolventen teilen, deren Name auch mit ›B‹ anfängt.«

Morgenstern griff sich den Leitz-Ordner. »Darf ich mal reinsehen?«

»Aber natürlich. Dafür sind wir doch hier.« Anscheinend hielt sich, bei aller Sympathie, die Müller immer noch an der Schule genoss, das Interesse an seinem Personenarchiv in überschaubaren Grenzen, und er war froh, wenn nun endlich jemand genauer nachfragte.

Morgenstern entdeckte auch bei Klara Brandl zwei Dutzend Zeitungsausschnitte. In der Regel ging es um ihre neuesten Theaterstücke. Alles, was es da zu wissen gab, hatte Morgenstern allerdings schon in Brandls Wohnung gesehen. Doch dann fiel ihm ein zusammengetackertes Geheft aus kopierten Blättern auf, das in einer Klarsichthülle steckte und den Auftakt zum Brandl-Kompendium bildete. Ein schriftstellerisches Frühwerk? Er las den Titel, erst leise und dann noch einmal laut, sodass auch Oberstudienrat Müller ihn hören konnte: »›Kettner-Grab. Drehbuch von Klara Brandl‹.«

Morgenstern öffnete den Verschluss des Ordners, holte die Klarsichthülle samt Inhalt heraus und hielt sie Müller vor die Nase. »Was ist das?«

Müller wiegte bedächtig den Kopf. Er dachte nach. Schließlich hob er den Zeigefinger nach oben, er erinnerte sich. »Das hatte ich fast schon vergessen. Wie gesagt, meiner Meinung nach war Frau Brandl als Schülerin im Filmteam Brandl-Neumayer die Talentiertere. Jedenfalls nach meinem gänzlich unmaßgeblichen Dafürhalten.«

Er lächelte verschmitzt – wahrscheinlich freute er sich jedes Mal, wenn ihm eine besonders gedrechselte Formulierung gelungen war. Unter seinen Schülern dürfte er sich damit einst einen gewissen Ruf erarbeitet haben. Er griff sich das Geheft, zog es aus der Hülle, blätterte darin herum. Es waren etwa vierzig Seiten. Mit kleinem Abstand getippt.

»Kettner-Grab«, wiederholte nun auch Lehrer Müller. »Sie müssen dazu wissen, dass ich auch Geschichte unterrichtet habe. Frau Brandl hatte Leistungskurs bei mir, war meine beste Schülerin. Und sie war immer heimatgeschichtlich stark interessiert. So etwas mag ich. Deswegen hat sie damals auch ihre Facharbeit zu einem lokalhistorischen Thema geschrieben: über die Soldatin Johanna Sophia Kettner. Damals, vor über dreißig Jahren, hat man noch nicht sehr viel über sie gewusst. Erst später hat dann ein breiteres Interesse eingesetzt. Ich habe die Arbeit betreut, habe Klara Brandl ins Stadtarchiv geschickt. Auf die Facharbeit gab's die volle Punktzahl. Fünfzehn Punkte. Eins mit Stern.«

Morgenstern tippte auf die Blätter. »Aber das hier ist doch nicht die Facharbeit.«

»Nein, natürlich nicht. Das hat sie unmittelbar danach angefertigt. Sie hat sich von ihrer kleinen Forschung inspirieren lassen und daraus ein Drehbuch für einen Film geschrieben.« Er wedelte damit herum. »Wenn Sie mich fragen, ist das Ergebnis aus Historikersicht eine ziemliche Enttäuschung. Das ist alles großer, großer Quatsch, wenn auch spannend zu lesen. Sie hat mir damals eine Kopie gegeben, damit ich meinen

Kommentar dazu abgebe. Ich habe mich dann wohl ein wenig im Ton vergriffen.«

»Wie hat sie darauf reagiert?«

»Sie hat mich ein paar Tage später auf dem Pausenhof angesprochen und mir erklärt, ich soll die Kopie vernichten. Sie hat wohl eingesehen, dass das nichts war. Und sie hat mir mitgeteilt, dass sie auch ihre eigene Version schon vernichtet hat. Sie hatte sie am Vorabend daheim im Kachelofen verbrannt. Und die Datei hat sie vom Computer gelöscht.«

»Gab's damals überhaupt schon Computer?«, fragte Morgenstern.

»Natürlich, mit seltsamen Disketten zum Speichern. Die Diskette hat sie vor meinen Augen zerbrochen. Im Pausenhof.«

»Sehr beeindruckend«, sagte Morgenstern.

»So etwas gibt es hie und da in der Literaturgeschichte«, sagte der Oberstudienrat. »Wir kennen berühmte Schriftsteller, die versucht haben, ihr Werk zu vernichten. Das Mittel der Wahl war meistens der heimische Küchenherd. Glücklicherweise gab es aber auch immer wieder Menschen, die genau das verhindern konnten.«

»So wie Sie jetzt?«

»Den Fall würde ich tiefer hängen, Herr Morgenstern. Ich hatte ja nicht einmal mehr dran gedacht.«

Morgenstern blätterte sich durch den Text. »Wie geht die Geschichte denn aus?«, fragte er.

»Mit großem Happy End. Das hat sie sich von Eichendorff geklaut, den hatten wir zuvor im Deutschunterricht gelesen: ›Aus dem Leben eines Taugenichts‹.«

»Aha«, sagte Morgenstern höflich, um nicht zugeben zu müssen, dass er keine Ahnung hatte, wovon die Rede war. Aber Müller hatte schon erkannt, dass er da ein wenig nachhelfen musste.

»Am Ende des berühmtesten Werks der deutschen Romantik bekommt der titelgebende ›Taugenichts‹ ein winziges Schlösschen und darf dort mit seiner Liebsten wohnen. Und wenn sie nicht gestorben sind, dann idyllisieren sie da noch heute.«

»Und wie sieht das Happy End bei Frau Brandl aus?«

»Sie bekommt von der Kaiserin ihre monatliche Rente, so weit korrekt, aber zugleich darf sie hier in Eichstätt in das Cobenzl-Schlösschen einziehen. Mit ihrem Geliebten, einem Hauptmann aus der kaiserlichen Armee.«

»Das Cobenzl-Schlösschen gleich neben der Bundesstraße?«

»Genau, da gibt es oberhalb ein hübsches kleines Gartenhaus. Da lässt Frau Brandl die Geschichte glücklich enden. Ich sage nur: alles Quatsch!«

Morgenstern spürte, wie er eine Gänsehaut bekam. Das mochte daran liegen, dass es im Archivkeller ziemlich kalt war. Eher aber daran, dass er dieses Finale kannte. Und damit auch den Rest der vierzig Seiten, die er in den Händen hielt. Es war ziemlich genau das Drehbuch, das er im Irish Pub gesehen hatte. Erfunden und entwickelt angeblich ganz allein von Robert Neumayer, ausgefeilt anschließend von einem angeheuerten Lohnschreiber. Und nie, nicht einmal ansatzweise, war dabei die Rede von Klara Brandl gewesen.

»Ich habe noch eine Frage, Herr Müller. Kann es sein, dass irgendwann jemand hier dieses Skript aus Ihrem Archiv zu sehen bekommen und kopiert hat?«

Müller dachte einen Moment nach. »Nein, das halte ich für ausgeschlossen. Da würde ich mich dran erinnern. Nein, das hier ist mein Reich. Da hat keiner was zu suchen, wenn ich nicht persönlich dabei bin. Sie machen sich keine Vorstellung, wie schnell Dinge, die man mal eben so verliehen hat, abhandenkommen.« Er lächelte. »Aber bei Ihnen mache ich natürlich eine Ausnahme. Sie sind schließlich von der Polizei und damit schon von Berufs wegen ein Ordnungshüter.«

Morgenstern war sich da nicht so sicher, wollte das Vertrauen des Pensionisten aber auf keinen Fall erschüttern. »Dann habe ich noch eine allerletzte Frage. Als Frau Brandl damals ihr Drehbuch verbrannt hat, im Ofen: War sie da allein?«

Müller sah ihn erstaunt an. »Sie verlangen ganz schön viel Erinnerungsleistung von einem alten Mann. Bis gerade eben hatte ich die ganze Sache komplett verdrängt. Meine eigene Rolle war schließlich dabei nicht besonders glücklich. Ich hätte wohl ein wenig nachsichtiger sein sollen.«

»Wer wusste davon, dass sie das Drehbuch vernichtet hat?«, wiederholte Morgenstern.

»Sie war damals mit Robert Neumayer liiert, das ist allseits bekannt. Und Neumayer hatte sich meiner Meinung über dieses Manuskript angeschlossen. So hat sie mir das auf dem Pausenhof damals gesagt. Ich glaube sogar, die Idee mit dem Kachelofen kam von ihm. So nach der Devise: aus den Augen, aus dem Sinn. Ich kann mir vorstellen, dass er bei dieser destruktiven Aktion mit dabei war.«

Georg Müller, pensionierter Lehrer für Deutsch und Geschichte, sah Morgenstern plötzlich mit großen Augen an. »Diese Dreharbeiten von Herrn Neumayer: Sie wollen mir doch nicht etwa weismachen, dass die auf diesem Drehbuch hier beruhen?«

»Scheint so«, sagte Morgenstern knapp. »Das verbrannte Drehbuch von Klara Brandl kommt zu späten Ehren, kriegt ein zweites Leben. Irgendjemand hat sich doch noch eine Kopie gemacht.«

Müller knipste das Neonlicht aus und sperrte die Tür hinter ihnen zu. »Herr Morgenstern: Dieses verbrannte Drehbuch – es steigt wie Phönix aus der Asche.«

Morgenstern fuhr direkt von der Schule nach Ingolstadt. In der Tasche hatte er die CD mit dem Steinbruch-Avantgarde-Filmchen und die Kopie des Ur-Drehbuchs. Außerdem den Hofmühl-Kellnerblock. Den brachte er, sauber in Küchenfolie eingewickelt, als Erstes ins Labor, und um Irrtümern vorzubeugen, hatte er auch die Fingerabdrücke von Marius mit dabei, morgens zum Frühstück hinterlegt auf einem frisch gespülten Saftglas.

Gespannt harrten er und Hecht anschließend in ihrem Büro

der Dinge – aus dem Labor hatte man sie wegen permanenter nervtötender Drängelei verbannt. »Wir sagen es euch schon, wenn wir so weit sind.«

Endlich, nach einer halben Stunde, kam der Anruf.

»Die Fingerabdrücke vom Block sind dieselben wie die auf den Postern. Und du bist dir sicher, dass dein Sohn die Poster nicht in der Hand gehabt hat?

»Niemals, da habe ich sauber aufgepasst«, sagte Morgenstern triumphierend. »Jetzt kommt Schritt Nummer zwei: Jemand muss das Wohnmobil überprüfen. Das Wrack steht auf dem Gelände der Bereitschaftspolizei drüben in Eichstätt.«

Die Laborantin seufzte. »Wann soll das sein?«

»Sofort«, sagte Morgenstern. »Es geht um Mord.«

»Von wem sind eigentlich die Fingerabdrücke?«

»Ist noch geheim«, antwortete Morgenstern lapidar. »Kann sein, dass da bald eine Bombe hochgeht. Das ist dann aber Chefsache.«

Deswegen gingen die beiden Kommissare, während sich ein Spurensicherungsteam auf den Weg zum Wohnmobil machte, zu Kriminaldirektor Adam Schneidt, um ihn auf den neuesten Stand zu bringen.

Schneidt lag auf seinem kurzen Sofa, die Beine hochgelegt. Auf seinem Bauch lag eine Wärmflasche aus hellblauem Gummi.

»Ich leide wie ein Hund«, setzte er zu einer Erklärung an. »Ich war gestern bei den Dreharbeiten auf der Wülzburg und habe mich dabei verletzt. Ein paar böse Prellungen. Aber was tut man nicht alles für ein paar Sekunden Ruhm?« Er rang sich zu einem Lächeln durch.

»Dann beten Sie mal, dass Robert Neumayer Ihre paar Sekunden Weltruhm nicht rausschneidet«, sagte Morgenstern.

Hecht fügte hinzu: »Wo gehobelt wird, da fallen Späne.«

»Wäre das denkbar?«, fragte Schneidt besorgt. »Ich bin bei meinen Kollegen von den Freunden des Armeemuseums im Wort. Die haben dafür ihre Freizeit geopfert.«

»Sonst wären sie bloß auf dem Golfplatz bei Gerolfing rumgestanden«, stellte Morgenstern klar.

»Was belästigen Sie mich hier eigentlich? Gibt es Neuigkeiten im Fall dieser Frau ... Brandl?«

Morgenstern räusperte sich und empfahl dem Chef, sich erst einmal in die Lotrechte zu bringen, idealerweise auf einem soliden Stuhl Platz zu nehmen. Als sich Schneidt unter viel Geächze vom Sofa erhoben hatte und auf seinem schwarzen Ledersessel saß, rückte Morgenstern mit der Nachricht über Marvin Meck, die Poster und den Steinbruch heraus.

Schneidt hörte mit offenem Mund zu. »Um Himmels willen«, sagte er schließlich. »Was soll denn das werden? Wollen Sie uns in Teufels Küche bringen mit Ihren seltsamen Ideen!«

Hecht und Morgenstern sahen den Chef erstaunt an. »Seltsame Ideen?«, fragte Hecht vorsichtig.

»Natürlich. Was soll denn das? Wir haben einen Mann, einen Sonderling, der vielleicht der Stalker von Frau Petterson ist. Der Mann verunglückt tödlich, was nicht schön ist, vor allem nicht für ihn, aber die Welt kann's verkraften. Wir sollten die Toten ruhen lassen. Aber nein, was macht der Herr Morgenstern: Er krabbelt in fremder Leute Papiertonnen herum, steckt seine Nase in Dinge, die niemanden interessieren, nimmt heimlich Fingerabdrücke von ahnungslosen Menschen. Das ist doch alles nicht seriös, was Sie hier tun, Morgenstern, das sind Hirngespinste!«

»Ähm«, machte Hecht. »Wir wollen auf keinen Fall die Dreharbeiten aufhalten, falls das Ihre Sorge ist. Aber wir können das doch nicht einfach im Sande verlaufen lassen. Wenn das aufkommt, dann sind wir erledigt.« Und er sagte das »Wir« so deutlich, dass Schneidt eindeutig mit an Bord dieses sinkenden Schiffes wäre, und zwar in seiner Eigenschaft als Kapitän.

»Womit habe ich das verdient?«, stöhnte Schneidt. »Also gut, ermitteln Sie weiter. Aber möglichst ohne Aufsehen. Halten Sie mich immer auf dem Laufenden. Und stören Sie um Himmels willen nicht noch einmal die Dreharbeiten.«

»Wir tun unser Bestes«, versprach Morgenstern. »Aber da gibt es noch eine seltsame Geschichte: Es sieht momentan so aus, als ob das Drehbuch für den Film von Frau Brandl stammt. Eine uralte Geschichte. Und jetzt verkauft Robert Neumayer die Sache als seinen eigenen Stoff. Hochexplosiver Zündstoff, wenn Sie mich fragen. Aber wir wissen noch nichts Näheres. Dann mal gute Besserung!« Und damit schloss er die Tür hinter sich.

✳✳✳

Eine gute Stunde später saßen die beiden Oberkommissare erneut in Schneidts Büro auf dessen Sofa.

»Sie schon wieder?«, fragte der säuerlich.

»Wir schon wieder«, bestätigte Morgenstern. »Wir haben Nachrichten von der Spurensicherung. Neumayer ist definitiv mit diesem Wohnmobil gefahren. Er ist höchstpersönlich am Steuer gesessen. Unvorsichtigerweise ohne Handschuhe. Seine Fingerabdrücke sind überall. Auch an den Wänden, wo die Poster weggerissen worden sind. Das war er, definitiv.«

Allerdings: Die Fingerabdrücke aus Klara Brandls Wohnung, von den Leitz-Ordnern und dem Toilettenfenster, waren definitiv nicht vom Regisseur.

Schneidt barg den Kopf in den Händen. »Das hat uns gerade noch gefehlt. Aber gut.« Er richtete sich auf. »Dann nehmen Sie sich Robert Neumayer vor. Und ich rufe sicherheitshalber in München an.«

»In München?«, fragte Morgenstern. »Warum denn in München?«

»In der Staatskanzlei.« Schneidt legte den Finger vor den Mund und machte »Psssscht!«. Der Ministerpräsident, habe er das nicht schon erwähnt, wolle sich höchstpersönlich einen Eindruck von den Dreharbeiten im schönen Bayernland machen. »Filmförderung hat Prio eins!«, ergänzte er mit weltgewandtem Unterton.

Wegen der aktuellen Entwicklung tue der Landesvater aber gut daran, diesen Besuch abzublasen. Das müsse nun ausgerechnet er, Kriminaldirektor Adam Schneidt, diskret an höchster Stelle vortragen. »Dafür müsste ich eigentlich Schmerzensgeld bekommen«, sagte er. »Denn in München gilt immer noch das alte Prinzip: Der Überbringer der schlechten Nachricht wird gehängt.«

»So schlimm wird's schon nicht kommen«, tröstete Hecht den Vorgesetzten mitleidig. »Vielleicht stellt sich ja auch heraus, dass Robert Neumayer mehr oder weniger nichts mit der Sache zu tun hat.«

»Träumen Sie weiter, Hecht. Ich weiß, was ich zu tun habe. Und jetzt raus mit Ihnen.« Schneidt öffnete seinen beiden Ermittlern die Tür und ließ sie hinter ihnen ins Schloss knallen.

»Ich glaube ja nicht, dass unser Chef in dieser Filmszene drinbleibt«, sagte Morgenstern, als sie auf dem Flur standen.

Sein Handy klingelte. Bastian war dran.

»Was gibt's denn Dringendes, dass du mich an der Arbeit anrufst?«, fragte der Vater unwirsch.

»Ich habe ein Fahrrad gefunden, das in einem Altwasser neben der Altmühl gelegen ist. Gleich hinter der Willibaldsbrücke an der B 13. Ich habe es rausgezogen. Die Mama hat gesagt, ich soll es zum Fundbüro im Rathaus bringen – wenn ich Glück habe und der Typ, dem es gehört, meldet sich nicht, dann bekomme ich es nach einem halben Jahr geschenkt.«

»Und was fragst du dann mich?«

»Ich wollte es dir nur erzählen. Ist doch super!«

»Oh Mann«, seufzte Morgenstern, inzwischen zurück im Büro, ließ sich dann aber doch zu ein wenig väterlicher Anteilnahme bewegen. »Welche Marke ist es denn?«

»Das ist ein schwarzes Mountainbike. Die Firma habe ich noch nie gehört. Prophete. Und es ist ein Aufkleber drauf, dass es aus dem Fabrikverkauf von dieser Firma ist. Sonst nichts.«

»Prophete?«, fragte Morgenstern. »So wie die Propheten aus der Bibel?«

»Genau, bloß mit einem ›e‹ hinten. Und es hat vierundzwanzig Gang.«

Morgenstern tippte in seinen Computer, und kaum hatte er den Begriff »Prophete« in die Suchmaschine eingegeben, schlug ihm der Algorithmus die wahrscheinlichsten Kombinationen dazu vor: »prophete e bike aldi«, »Propheten im Alten Testament«, »Propheten im Islam« und ... Morgenstern stutzte. Er fragte Bastian: »Auf diesem Aufkleber steht wirklich was von Fabrikverkauf?«

»Ja, Prophete Bike Werksverkauf. Ist das wichtig?«

Morgenstern holte Hecht an seinen Computer, auf dem immer noch die Google-Suche für »Prophete« stand. Und dazu in aller Unschuld und Unwahrscheinlichkeit der Doppelname »Rheda-Wiedenbrück«.

»Rheda-Wiedenbrück«, sagte Hecht. Morgenstern drückte die Entertaste und landete automatisch auf der Homepage des westfälischen Zweiradherstellers. »Ihre Marke für Freizeit, Familie und Fun«, las Morgenstern laut vor. »Und das Ding steht jetzt im städtischen Fundbüro am Marktplatz?«

»Genau. Ich habe einen Zettel unterschreiben müssen. In einem halben Jahr kann ich wieder nachfragen. Glaubst du, ich kann das Rad irgendwann kriegen?«

»Ich befürchte, das willst du gar nicht haben.«

Die Puzzleteile fanden sich also nach und nach zusammen. Marvin Meck, der Stalker aus Rheda-Wiedenbrück, hatte im Wohnmobil sein Fahrrad transportiert. Das hatten auch schon seine Nachbarn vom Wohnmobilstellplatz erzählt. Im Steinbruch jedoch, und das hatte Morgenstern schon gewundert, hatte das Rad gefehlt.

Morgenstern und Hecht steckten die Köpfe zusammen. »Mal angenommen, Regisseur Neumayer stößt auf diesen Marvin Meck, erkennt, wer das ist, bringt ihn um, fährt den Mann dann in dessen eigenem Wohnmobil in die Steinbrüche ...«

»... weil das der erste Platz ist, der ihm in seiner Not einfällt ...«, sagte Hecht.

»... und Neumayer hat im Wohnmobil auch schon das Fahrrad entdeckt, weiß also, wie er ruckzuck wieder zurück in Eichstätt ist. Das dauert mit dem Rad von da oben höchstens zwanzig Minuten.«

Hecht sah sich die Strecke auf dem Computer an. Ein Radweg führte von den Steinbrüchen aus durch das sogenannte Tiefe Tal auf direktem Weg hinab zur Altmühl und dann entlang an einer Kette von Altwasserteichen, dem »Freiwasser«, bis in die Altstadt. Kurz davor war das Rad unauffällig entsorgt worden. Robert Neumayer, wenn er es denn gewesen war, hatte in größter Harmlosigkeit einen kleinen Spaziergang an der Altmühl vortäuschen und sich dann wieder seinen Filmleuten widmen können.

Morgenstern rief bei der Polizeiinspektion an, um zu erfahren, wo Robert Neumayer gerade mit seinem Team sei. Es war ein altbekannter Ort: die Pfünzer Römerbrücke. Da waren sie erst tags zuvor vorbeigekommen, auf der Fahrt zum geschichtsbewussten Reifenschlitzer.

Als die beiden Kommissare eine gute halbe Stunde später an der Brücke ankamen, war alles weitum abgesperrt. Die kleine Straße, die die Dörfer und Weiler links der Altmühl miteinander verband, war auf Höhe Pfünz gesperrt worden, selbst für Radfahrer. In gebührendem Abstand befand sich der inzwischen hinlänglich bekannte Fuhrpark des Filmteams, zur Wagenburg aufgebaut. Eine geschlossene Kutsche mit zwei schwarzen Pferden, die Morgenstern schon vom Eichstätter Residenzplatz her kannte, stand bereit. Es ging anscheinend um eine Verfolgungsjagd über die historische Steinbrücke. Die wurde von allerhand Soldatenvolk bewacht, rings um das Bauwerk war eine Art Feldlager aufgebaut.

Morgenstern und Hecht sahen beim Näherkommen, dass das ganz nach dem Geschmack von Robert Neumayer war. Er stand mitten auf der Brücke, gestikulierte wild, gab Anweisungen und ging ganz und gar in seiner Rolle als Oberbefehlshaber auf. In der Szene sollten Wachtposten die Kutsche mit ihren Insassen aufhalten, aber sie hatten nicht mit der Entschlossenheit der wackeren Soldatin Johanna Sophia Kettner gerechnet, sodass den Angreifern nur noch der rettende Sprung in die Altmühl blieb. Auch dafür waren wieder Stuntleute engagiert worden, denn der Fluss war rund um die mittelalterlichen Brückenbögen der angeblichen »Römerbrücke« so flach, dass hier oft sogar die Kanus der touristischen Bootsfahrer aufsetzten.

Die Kommissare ließen Neumayer gewähren und sahen sich aus sicherer Distanz das Spektakel an. Zumindest dessen ersten Durchgang. Die Kutsche ratterte über die schmale Brücke, die sämtlicher neumodischer Verkehrsschilder entkleidet worden war, den Asphalt des Straßenbelags hatten die Filmleute mit zwei großen Fuhren Sand und Schotter kaschieren lassen. Eine Drohne war im Einsatz, um die Situation von oben zu filmen. Dragoner oder Husaren, oder was auch immer das für Kavalleristen waren, galoppierten vor und hinter der Kutsche, etliche ritten auch mit großem Hurra quer durch die flache Altmühl.

Dann kam auch schon die große Pause – bis alles wieder für einen erneuten Durchlauf vorbereitet war. Das war der richtige Zeitpunkt für die Kommissare – falls es in einer solchen Situation überhaupt einen richtigen Termin geben konnte. Was Hecht und Morgenstern nun zu besprechen hatten, kam immer ungelegen.

Die beiden drängten sich, ausdrücklich mit Hilfe ihrer Dienstausweise, zu Robert Neumayer durch, der schon wieder mitten auf der Brücke stand und wohl recht zufrieden war. Jedenfalls blickte er auf das Getümmel wie Napoleon nach der gewonnenen Schlacht bei Austerlitz.

Als er die beiden Neuankömmlinge entdeckte, zeigte er sein Wolfslächeln. »Was führt Sie beide denn schon wieder zu mir? Haben Sie sich für meine Filmaufnahmen freigenommen? Spannend, nicht wahr?«

Hecht hüstelte. »Von Freizeit kann leider keine Rede sein, Herr Neumayer, wir sind ausdrücklich dienstlich hier. Sie haben ja gesagt, dass wir jederzeit kommen können.«

»Sie sehen aber auch, dass es momentan schwierig ist. Wenn es dringend ist, dann machen wir's kurz und schmerzlos.«

Morgenstern gelang es überraschend schnell, die Umstehenden mit ein paar Gesten auf Abstand zu bringen, sodass sie die Brücke fast ganz für sich hatten. Unter ihnen hörte man das leise Rauschen der Altmühl, die sich zwischen den Rundbögen hindurchquetschte.

»Schmerzlos wird das auf keinen Fall«, sagte Morgenstern, während Hecht ein Diktiergerät aus seiner Tasche zog. »Und es geht nicht um Klara Brandl.«

»Um wen denn dann?«, fragte Neumayer. »Kommen Sie mir jetzt bloß nicht mit diesem blöden Reifenstecher. Für die Sache habe ich jetzt definitiv weder Zeit noch Nerven.« Der Regisseur deutete auf das Soldatenlager, für das er gerade Verantwortung trug.

»Nein, wobei wir den Verantwortlichen schon überführt haben. Der wohnt hier gleich in der Nähe. Das geht fix bei uns.« Morgenstern legte beim letzten Satz beträchtliche Überheblichkeit in seine Stimme.

»Was haben Sie denn dann noch auf dem Herzen, Herr Morgenstern?«, fragte Neumayer ungeduldig.

»Es geht um ein Wohnmobil. Ein ganz normales, kleines Wohnmobil. Ein Unfall in den Steinbrüchen. Ein tödlicher Unfall. Sagt Ihnen das was, Herr Neumayer?«

Neumayer, der bisher seine verspiegelte Sonnenbrille getragen hatte, nahm sie nun – endlich – ab, klappte sie umständlich zusammen, steckte sie in ein silbern glänzendes Hartschalenetui und schob sie in die Brusttasche seiner Armyjacke. Seine Mundwinkel zuckten. »Ein Wohnmobil?«, fragte er. »Und der Fahrer, war das so ein Dicker? Um die fünfunddreißig Jahre alt?«

Hecht und Morgenstern nickten. »Es gibt sogar einen Namen: Marvin Meck aus dem schönen Rheda-Wiedenbrück«, sagte Morgenstern.

Hecht fügte hinzu: »Wir haben Anlass zu glauben, dass Sie den Mann kennen.«

Neumayer brummelte. »Das lässt sich leicht erklären. Und deswegen sind Sie extra hierhergefahren? Na ja, jeder hat eben seinen Beruf.«

Morgenstern atmete tief durch. »Dann legen Sie mal los, Herr Neumayer.«

»Das war eine ganz komische Geschichte.« Neumayer lächelte. »Wie das Leben so spielt. Ich war neulich – wann war das noch mal? Ich glaube vor drei Tagen – abends unterwegs in der Stadt und habe mir noch ein wenig die Beine vertreten. Von meinem Hotel aus. Ich war alleine unterwegs, es muss so gegen zwanzig Uhr gewesen sein. Ich war hinterm Hofgarten, am Seminarweg, so heißt der wohl, da ist auch die alte Uni-Bibliothek, die Hofgarten-Bibliothek, so ein riesiger Betonklotz. Genau, da war ich und will gerade in den Hofgarten einbiegen, als da dieses Wohnmobil steht. Der Fahrer hat die Türe offen, erkennt mich auf Anhieb. Na ja, das passiert mir oft.« Er lächelte eitel.

Morgenstern deutete auf Neumayers Garderobe. »Waren Sie in diesem Aufzug unterwegs? Wie viele solche Ausstattungen haben Sie denn im Schrank?«

»Mehrere«, sagte Neumayer, ohne mit der Wimper zu zucken. »Das ist mein Markenzeichen. So etwas muss man pflegen.«

»Da wundert's mich nicht, wenn die Leute Sie von allen Weiten erkennen.«

»Berühmtheit hat aber auch ihren Preis«, gab Neumayer weise zu bedenken. »Wo war ich stehen geblieben? Richtig, am Eingang zum Hofgarten.«

Der Mann redete wie ein Wasserfall, stellte Morgenstern fest. Gut, dass Hecht nicht mitstenografieren musste, da wäre er in Not gekommen.

»Also, dieser Mann sieht mich, springt aus seinem Wohnmobil und quatscht mich voll. Er ist ein großer Fan von mir, ist extra deswegen nach Eichstätt gefahren. Und jetzt sieht er mich hier einfach so beim Spaziergang, quasi hautnah.«

Er seufzte theatralisch. »Ich kenne Kollegen, denen geht das über die Hutschnur, aber ich ticke da anders. Soll er doch sein Autogramm bekommen, da breche ich mir keinen Zacken aus der Krone. Natürlich hatte ich nichts dabei, keine Autogrammkarten oder überhaupt etwas zum Schreiben. Also bin ich mit ihm zu seinem Wohnmobil, da hatte er einen Tisch und alles, und er hat mir auch gleich eine Flasche Bier angeboten. Ich muss schon sagen: ein guter Gastgeber.«

»Haben Sie angenommen?«, fragte Morgenstern.

»Ehrensache. Aber ich habe nur ein paar Schlucke genommen. Der Mann war stolz wie Bolle, das dürfen Sie mir glauben. Wissen Sie, wie ich mir vorgekommen bin?«

Die Kommissare verneinten. »Kennen Sie diesen Film mit Julia Roberts, wo sie bei dem einfachen Buchhändler Hugh Grant auftaucht?«

»›Notting Hill‹«, sagte Hecht. »Ein Lieblingsfilm meiner Ex-Frau.«

»Dann wissen Sie, Herr Hecht, was ich meine. Ich habe diesem Mann eine Freude fürs ganze Leben gemacht. Ich habe mich ihm zuliebe sogar noch ans Steuer gesetzt, können Sie sich das vorstellen? Er hat ein Foto davon gemacht, hat gesagt: ›Das glaubt mir kein Mensch!‹ Davon kann er noch seinen Enkeln erzählen, hat er gesagt. ›Ich und Regisseur Neumayer!‹«

»Hat er gesagt?«, wiederholte Morgenstern.

»Hat er gesagt«, bestätigte Neumayer nachdrücklich.

Inzwischen waren die Vorbereitungen für den nächsten Dreh rund um die Brücke schon ziemlich weit gediehen. Die Kutsche schepperte heran, um sich wieder in die richtige Ausgangsposition zu bringen. Die Ermittler und der Regisseur mussten die schmale Brücke räumen und stellten sich in sicherem Abstand zum Trubel an einen Feldweg.

»Sie waren also allen Ernstes in diesem Wohnmobil und sogar am Steuer?«

»Genau. Jetzt fällt mir sogar der Vorname wieder ein. Für Marvin! So habe ich ihm eine Zeitschrift signiert, die er da herumliegen hatte. Eines von diesen Revolverblättern, bei denen ich auf dem Titel war. Schon verrückt, nicht wahr?«

»Doch, doch«, murmelte Morgenstern. »Und dann?«

»Dann habe ich mich höflich verabschiedet und bin allein durch den Hofgarten spaziert. Da bin ich aber vorne beim Ausgang an der Ostenstraße raus. Weil: Zweimal musste ich den Mann nun auch wieder nicht treffen. Wir wollen die Vertraulichkeiten schließlich nicht übertreiben, nicht wahr? Am Ende hätte man so einen dann an der Backe, und er folgt einem auf Schritt und Tritt. Da muss man schon aufpassen.«

Neumayer lächelte und zeigte dabei seine makellosen Zähne, die, wie Morgenstern vermutete, für sündteures Geld beim Dentisten in L.A. in strahlend weiß glänzende Form gebracht worden waren.

Er schien sich zu erinnern, dass da noch mehr gewesen war. »Sie sagen also, der Mann ist verunglückt?«

»Ja, und zwar noch in derselben Nacht, nachdem Sie sich mit ihm getroffen hatten. Er ist mit seinem Wohnmobil in einen Steinbruch gestürzt.«

»Das tut mir von Herzen leid«, sagte der Regisseur, nahm, um sein Mitgefühl auch in aller Form zu dokumentieren, für einen Augenblick seinen schwarzen Cowboyhut ab und drückte ihn sich auf die Brust. Großes Kino, dachte Morgenstern. Dann fiel ihm Marius ein, Marius und das Fahrrad aus den Untiefen des Freiwassers. »Eine kleine Frage hätte ich da noch: Dieser Herr Meck, hatte der auch ein Fahrrad in seinem Wohnmobil?«

Neumayer dachte einen kurzen Augenblick nach, dann fiel es ihm ein. »Nicht in seinem Wohnmobil, sondern das stand davor. Ein Mountainbike, er wollte, dass ich mich draufsetze. Sogar das habe ich gemacht, für ein Foto. Manchmal bin ich einfach zu gutmütig.«

»Was tut man nicht alles für den guten Zweck«, sagte Morgenstern. Er konnte es einfach nicht glauben. Dieser Neumayer hatte schlicht und ergreifend für alles eine spontane Erklärung, und mochte sie noch so hanebüchen sein. Der Mann war ein harter Knochen – und mit erheblicher Phantasie ausgestattet. Das gehörte dann wohl zum Berufsprofil eines Regisseurs.

»Haben Sie eigentlich auch schon mal Krimis gedreht?«, fragte er geradewegs. »Mit eigenem Drehbuch und so?«

Neumayer drückte sich seinen Hut wieder auf den Kopf, fummelte die Sonnenbrille aus dem silbernen Etui und setzte sie sich auf die Nase. Das sollte bedeuten: Diese Audienz ging zu Ende. »Sie meinen, einen ›Tatort‹?«, fragte er. »Nein, das ist definitiv nicht meine Liga. Aus dem Alter bin ich raus. Wobei: Einen ›Columbo‹ hätte ich immer gerne gemacht ... Den mögen Sie auch, Herr Morgenstern?«

»Wie kommen Sie drauf?«

»Sie haben den Inspektor gerade zitiert: Eine Frage hätte ich da noch ...«

Morgenstern wandte sich zum Gehen, dann, ganz Columbo, wandte er sich noch einmal kurz um und sagte ernst: »Tatsächlich gibt es da noch eine allerletzte Frage.«

»Um was geht's denn?«

»Um Poster von Luzie Petterson. Zerknüllte Poster. Es sind Ihre Fingerabdrücke drauf, Herr Neumayer.«

Der Regisseur sah Morgenstern fassungslos an: »Poster? Mit meinen Abdrücken drauf? Echt jetzt?«

Hecht nickte, und Morgenstern freute sich diebisch, dass Neumayer nun offensichtlich mit seinem Latein am Ende war. Doch weit gefehlt. Nach einem kurzen Augenblick des Nachdenkens fuhr sich ihr Gegenüber demonstrativ über die Augen, und dann hatte er seine Version der Dinge auch schon gefunden.

»Die Poster, natürlich«, sagte er mit einem Lächeln. »Hätte ich fast vergessen. Dieser Herr Meck hatte in seinem Fahrzeug auch ein paar Bilder von Luzie Petterson hängen. An den Wänden. Die hat er mir ganz spontan mitgegeben, damit ich sie von Frau Petterson für ihn signieren lasse. Ich sollte sie ihm dann wieder irgendwie zukommen lassen. Also, das war dann doch ein bisschen zu viel verlangt.«

»Und dann?«, fragte Morgenstern.

»Ich habe sie mitgenommen und bei nächster Gelegenheit unauffällig weggeworfen. Die Leute haben vielleicht Nerven. Gibst du einem den kleinen Finger, dann will er gleich die ganze Hand.«

Er sah Morgenstern mit einem Blick an, der Respekt bekunden sollte: »Sie haben tatsächlich diese Poster gefunden? Mann, vor unserer Polizei kann man nur den Hut ziehen. Vor

Ihnen ist ja keine Mülltonne sicher.« Er lächelte. »So, jetzt muss ich aber weitermachen. Wie gesagt, ich stehe immer zu Ihrer Verfügung. Und grüßen Sie mir Inspektor Columbo, wenn Sie ihn zufällig treffen sollten.«

Hinterher, als sie im geparkten Auto saßen, war Morgenstern richtig geladen: »Der hat sich über mich lustig gemacht, hast du das gehört?«

Spargel versuchte, den Kollegen zu beschwichtigen, aber es wollte nicht gelingen. Auch er musste einräumen, dass Regisseur Neumayer sich eine plausible Geschichte ausgedacht hatte, um seine Fingerabdrücke in Mecks Wohnmobil erklären zu können. Der Clou daran war: Das passte sogar recht gut zu Mecks Leben als Hardcorefan, wenn auch nicht von Robert Neumayer, sondern von Luzie Petterson.

Andererseits war Neumayers Version möglicherweise ziemlich dicht an der Wahrheit angesiedelt – was bei Lügengebäuden generell die Stabilität erhöhte. Das wusste Morgenstern aus Hunderten von Vernehmungen, die er in den vergangenen Jahrzehnten durchgeführt hatte. Ein Täter, der das Blaue vom Himmel herabphantasierte, verstrickte sich dagegen in kürzester Zeit in seine Unwahrheiten und war für jeden Kommissar eine leichte Beute. Viel cleverer waren die Verdächtigen, die sich immer schön an den Tatsachen entlanghangelten, aber sie so zurechtbogen, dass ihnen selbst kein Strick gedreht werden konnte.

Hecht und Morgenstern folgerten daraus, dass Marvin Meck mit seinem Wohnmobil tatsächlich genau an dem Ort gestanden war, den Robert Neumayer ihnen beschrieben hatte: am kleinen Angestelltenparkplatz der Hofgarten-Bibliothek. Morgenstern kannte die Stelle, er hatte dort ganz in der Nähe vor Jahren mit seinen Söhnen manchmal Fußball gespielt.

Jemand klopfte an die Autoscheibe: Antonia Grabsky, die Kollegin und Gelegenheitsleibwächterin. »Servus, Kollegen!«, rief sie aufgekratzt, als Hecht die Scheibe heruntergelassen hatte. »Was macht ihr denn hier?«

»Wir warten auf bessere Zeiten«, sagte Morgenstern, immer noch etwas mürrisch. »Na kommen Sie, Grabsky, setzen Sie sich zu uns in den Wagen. Höchste Zeit, dass wir Sie vernünftig mit ins Boot holen.«

Grabsky warf einen Blick in Richtung Brücke. »Ich denke, Luzie kommt ohne mich klar.« Dann kletterte sie auf den Rücksitz.

»Luzie?«, fragte Hecht erstaunt. »Sie duzen sich?«

Grabsky strahlte übers ganze Gesicht. »Ja, das muss man sich mal vorstellen. Gestern hat mir Luzie Petterson das Du angeboten. Ich habe jetzt auch ihre private Handynummer und alles.«

»Eine richtige Frauenfreundschaft?«, bohrte Hecht nach.

»Kann man so sagen. Wir verstehen uns prima. Sie geht ja jeden Tag zum Joggen, und gestern Abend waren wir zum ersten Mal zusammen beim Joggen, da hat sie mich einfach mitgenommen. Ich bin ganz schön ins Schwitzen gekommen. Und stellt euch vor: Ich habe danach mit ihr sogar ihren Text geprobt, im Hotelzimmer. Ich hatte das Drehbuch und habe sie abgefragt. Wie eine Lehrerin in der Schule. Ich weiche ihr nicht von der Seite.« Antonia Grabsky war auf Wolke sieben. »Irgendwann werde ich sie bestimmt mal in London besuchen.«

Die beiden Kollegen gratulierten höflich.

»Und ihr beide? Welche Laus ist euch denn über die Leber gelaufen?«

Morgenstern wollte der Kollegin gerade alles erklären, was sie in den vergangenen beiden Tagen erfahren hatten, bis hin zu Neumayers Fingerabdrücken im havarierten Wohnmobil und den zerknüllten Postern. Doch plötzlich machte irgendetwas in seinem Kopf klick. Etwas in Grabskys euphorischem Redefluss war in seinem siebartigen Gedächtnis hängen geblieben. Das Drehbuch? Stimmt, darum mussten sie sich dringend kümmern, aber das war's nicht gewesen.

»Was haben Sie zusammen gemacht?«

»Wir waren joggen«, sagte Grabsky. Ich habe mir sogar

extra neue Laufschuhe, eine Hose und ein Shirt gekauft, in einem Laden hier in Eichstätt. Das war mir vielleicht so ein Shoppingerlebnis! Die Verkäuferin fand jedes einzelne Stück, das ich probiert habe, immer ›totaal super‹, egal, ob mir das gepasst hat oder nicht. Aber ich komme momentan ja nicht nach Hause. Bin rund um die Uhr im Einsatz. *Twentyfour/seven*, wenn ihr versteht.«

Morgenstern verstand erst mit Verzögerung, dass das die modische Formulierung für einen Service war, der an sieben Tagen in der Woche je vierundzwanzig Stunden geleistet wurde. Wobei diese sehr spezielle Filmwoche zum Glück nur sieben Tage hatte – was gleichzeitig aber auch bedeutete, dass ihm und Hecht die Zeit davonlief.

»Sie waren joggen? Zum ersten Mal gemeinsam?«, fragte er nach.

Grabsky nickte eifrig.

»Und die Tage zuvor?«

»Da hatte ich ja meine Schuhe noch nicht«, verteidigte sich Grabsky. »Da ist die Luzie, also die Frau Petterson, alleine losgezogen. Eine Stunde, immer dieselbe Strecke. Den Altmühltal-Radweg runter bis Landershofen und wieder zurück. Macht zusammen ziemlich genau zehn Kilometer, das ist ihr Standard.«

Morgenstern wusste Bescheid. Die simple Runde am Altmühl-Radweg war auch die Strecke des jährlichen »Hofmühl-Laufs« im Rahmen des Eichstätter Volksfestes. Lief man sie einmal, hatte man grundsolide zehn Kilometer absolviert – und Morgenstern hatte sich dieser Herausforderung tatsächlich schon zweimal gestellt, zum großen Staunen seiner Familie. Lief man sie zweimal, hatte man einen Halbmarathon geschafft – das war für Morgenstern in seinen Nürnberger Kripozeiten noch machbar gewesen, wenn auch mit Müh und Not. Längst vergangene, glückliche Tage.

Grabsky erklärte: »Die Strecke hat man ihr im Hotel empfohlen, und ich muss sagen, die Runde ist wirklich schön. Man ist schnell aus der Stadt raus …«

»... kommt am Hofgarten vorbei ...«, sagte Morgenstern.

»Genau. Und an der Uni-Bibliothek.«

»... und am städtischen Wohnmobilstellplatz«, fügte Morgenstern an und warf Peter Hecht einen bedeutungsschwangeren Blick zu.

»Ja, am Wohnmobilstellplatz auch, aber so toll ist der gar nicht«, warf Grabsky ein. Die kleine Streckenanalyse ging ihr bei aller Begeisterung für die Sache doch etwas zu sehr ins Detail.

Doch bei Hecht und Morgenstern hatte es längst geklingelt. Bis zum gestrigen Tag hatte der angebliche 24/7-Personenschutz für die Schauspielerin täglich eine Lücke von exakt einer Stunde gehabt. Jeden Abend zwischen neunzehn Uhr dreißig und zwanzig Uhr dreißig war sie mutterseelenallein die immer gleiche Strecke an der Altmühl entlanggetrabt, hin und zurück. Und war dabei immer zwei Mal an Marvin Mecks Standplatz in der Flussaue vorbeigekommen, mit der Präzision einer Schweizer Uhr – oder im Falle Petterson vielleicht des Schlagwerks von Big Ben in London. Was für ein unglücklicher Zufall.

»Die Luzie legt ein ganz schönes Tempo vor«, sagte ihre glückliche Personenschützerin und neu gewonnene Freundin. »Zum Glück bin ich ziemlich fit. Für euch beide wäre das jedenfalls nichts gewesen.«

»Na, na, na!«, sagte Morgenstern tadelnd. »Unterschätzen Sie uns nicht.« Dabei war ihm durchaus klar, dass seine Fitness dringenden Verbesserungsbedarf hatte. Wenn er sich gelegentlich zum Joggen aufraffte, spannte der alte dunkelgrüne Polizei-Trainingsanzug unangenehm über dem Bauchansatz. Er hätte sich von dem Ding längst trennen sollen, schaffte es aber aus sonderbar nostalgischen Gründen bisher nicht.

»Wohnmobilstellplatz ...«, wiederholte er penetrant und wandte sich wirbelsäulenunfreundlich zu Grabsky auf dem Rücksitz um.

»Wohnmobil ...«, wiederholte Grabsky und sagte, diesmal leicht stotternd, gleich noch mal: »WoWoWohnmobil.« Ihre Augen wurden groß. »Sie meinen also ...«

»Genau das meinen wir, liebe Kollegin. Das letzte Mal, als hier von einem Wohnmobil die Rede war, ging es um einen möglichen Stalker, der nun tot ist. Um ein Haar wären Sie deswegen von Ihrem schönen Security-Job abgezogen worden, falls Sie sich erinnern.«

Und dann erzählte er im Wechsel mit Hecht, was sie in den vergangenen Tagen ermittelt hatten und welche Geschichte ihnen eben erst Regisseur Neumayer aufgetischt hatte.

»Neumayers Fingerabdrücke sind überall im Wohnmobil«, erklärte Hecht. »Aber mir stellt sich gerade eben die Frage, ob wir da auch Spuren von Luzie Petterson finden würden.«

»Hmmm«, machte Grabsky und zupfte sich am Ohr, eine Gewohnheit, die Morgenstern schon lange an ihr aufgefallen war.

Er präzisierte seine Idee: »Mal angenommen, dieser Marvin Meck, ein echter Spinner, ein Psychopath, lauert Frau Petterson auf. Was immer dann passiert: Petterson kommt heil vom Joggen nach Hause.«

»Und dann nimmt sich Herr Neumayer der Sache an. Am Ende ist Meck jedenfalls tot«, vervollständigte Hecht.

»Ist Ihnen an diesem Abend irgendetwas aufgefallen?«, fragte Morgenstern. »Wenn Petterson wirklich auf Meck getroffen ist, dann kann das nicht spurlos an ihr vorübergegangen sein. Es heißt, dass sie nach diesem Überfall in Hamburg völlig in Panik war. Wenn da jetzt wieder was gewesen sein sollte, muss man ihr das angemerkt haben.«

Grabsky zupfte sich wieder am Ohr. »Falls da überhaupt etwas war: Sie ist eine Schauspielerin, und zwar eine verdammt gute. Das sollten wir nicht vergessen. Die weiß, wie man sich unter Druck bewegt, wenn tausend Augen auf einen schauen. Ich war an diesem Abend bei ihr im Zimmer, wir haben gemeinsam einen Film angesehen. Eine alte Serie: ›Friends‹. Was haben wir gelacht.« Grabsky stockte. »Und dann ist sie früh zu Bett gegangen, und ich bin in mein eigenes Zimmer, direkt gegenüber. Das war's.«

Sie überlegte, zupfte sich am Ohr, und plötzlich fiel ihr doch noch ein Detail ein. »Sie hatte an diesem Abend ein kleines Pflaster am Ohr. Am linken Ohrläppchen. Man hat's fast nicht gesehen, sie hatte die Haare drüber. Aber Frauen haben für so etwas einen Blick.«

»Ein Pflaster?«, fragte Hecht.

»Eine Verletzung am Ohrläppchen?«, fragte Morgenstern. »Tragen Sie eigentlich Ohrringe, Frau Grabsky?«

»Ich, nö, bei der Polizei habe ich das immer für unpraktisch gehalten. Jedes Mal beim Sport müsste man sie rausnehmen, damit nichts passiert.«

»Ach ja, Sie machen ja diese seltsame Gymnastik mit Bändern«, erinnerte sich Morgenstern und grinste albern.

»Meine Angelika, äh, also meine Ex, die hatte immer Ohrringe dran.« Hecht lächelte wehmütig.

»Meine Frau Fiona auch«, sagte Morgenstern. »Als die Kinder noch klein waren, musste sie da immer höllisch aufpassen, dass ihr keiner von den Buben aus reinem Übermut dran rumreißt. Einmal ist es trotzdem passiert. Das muss höllisch wehgetan haben, bis endlich der Verschluss nachgegeben hat.«

Grabsky musste nicht lange nachdenken, bis sie sicher war, dass Luzie Petterson selbstverständlich die meiste Zeit Ohrringe getragen hatte – in den letzten beiden Tagen allerdings nicht mehr. Das Pflaster war ebenfalls verschwunden.

»Der linke Ohrring ist abgerissen«, folgerte Morgenstern. »Das muss jetzt erst mal abheilen. Haben Sie eine Idee, welche Art von Ohrring das war?«

Grabsky verneinte, war sich aber sicher, dass Petterson beim Joggen kein glitzernd-klimperndes »Bling-Bling« getragen hätte, sondern allenfalls etwas Dezentes. Nach kurzem Nachdenken glaubte sie sich an ein Paar Perlenstecker zu erinnern, war sich aber nicht sicher. »Was machen wir jetzt bloß?«, fragte sie schließlich.

»Marvin Meck ist schon längst obduziert worden. Da gab es keine Auffälligkeiten«, erläuterte Hecht. »Die Version vom Unfall und von Robert Neumayers kleiner privater Autogrammstunde ist erst mal nach außen hin hieb- und stichfest.

Wir sollten das Wohnmobil noch einmal filzen«, schlug er vor. »Vielleicht finden wir einen Ohrring.«

»Wir sollten uns erst den Parkplatz am Hofgarten vornehmen. Ich will mir das alles mal mit eigenen Augen ansehen«, meinte Morgenstern. »Außerdem müssen wir noch zum Fundbüro. Wegen dieses Mountainbikes. Und Sie, Grabsky, machen ganz normal weiter Ihren Job und halten die Augen offen. Lassen Sie sich ja nichts anmerken. Und verplappern Sie sich bloß nicht.«

Grabsky stieg empört aus dem Wagen, ohne Morgenstern eines Blickes zu würdigen. Wütend knallte sie die Tür hinter sich zu, um sich wieder ganz ihren Aufsichtspflichten für Luzie Petterson zu widmen.

***

Hecht und Morgenstern machten sich auf den Weg in die Eichstätter Stadtmitte, zum Rathaus am Marktplatz. Mit seinem rosa Farbanstrich, dem geschwungenen Giebel, dem hohen Turm und den üppigen Blumenkästen an allen Fensterbänken an der Frontseite sowie einem kleinen, dekorativen schmiedeeisernen Balkon im ersten Stock war das Gebäude ein viel fotografiertes Schmuckstück. Morgenstern wusste, dass an Samstagvormittagen in den Sommermonaten oft vom Turm herab Blasmusik erklang, meist getragene Stücke, gern aus dem Fundus der Kirchenmusik. »Nun danket alle Gott«. So war Eichstätt: Jazz oder gar beschwingter Dixieland vom Rathausturm hätte Puristen als Sakrileg gegolten. Lieber klang es selbst im heißesten Hochsommer ein wenig adventlich.

Das städtische Fundbüro lag im Erdgeschoss in einer dunklen Kammer. Ein Angestellter hütete und verwaltete dort all jene herrenlosen Wertgegenstände, die von der Bürgerschaft auf Feld und Flur, auf Straßen und Plätzen gefunden und – ehrlich währt am längsten – ins Rathaus gebracht wurden. Dazu zählte nun auch das Mountainbike, das Bastian aus dem Altmühl-Altwasser gefischt hatte.

Morgenstern präsentierte dem Mann seinen Dienstausweis. »Wir brauchen das Fahrrad, das mein Sohn heute abgegeben hat. Bastian Morgenstern.«

»Sie sind also der Vater?«, sagte der Mann gedehnt. »Schon ein bisschen komisch, oder?«

»Was soll daran komisch sein?«, fragte Morgenstern irritiert.

»Für mich hört sich das an, als würden Sie dieses Mountainbike für Ihren Sohn so schnell wie möglich auslösen wollen. Reine Privatsache. Und da kommen Sie mir mit Ihrem Dienstausweis.«

Morgenstern musste zugeben, dass diese Idee aus nüchterner Betrachtung heraus nicht völlig abwegig war. Aber sie so unverblümt zu äußern, das war nichts anderes als eine Beleidigung. Deswegen konterte er mit einem scharfen: »Geht's Ihnen noch gut? Dienstlicher geht's überhaupt nicht, und wenn Sie das nicht glauben, dann können Sie mir gleich den Oberbürgermeister holen. Wenn er will, kann er auch mit Amtskette kommen.«

»Was soll an diesem Mountainbike bitte dienstlich sein?«

Morgenstern holte tief Luft, aber da schaltete sich auch schon sein Kollege Hecht ein. Er bescheinigte dem Mann vom Fundbüro die zweifelnde Skrupelhaftigkeit eines heiligen Thomas, der die Auferstehung des Herrn Jesus Christus erst dann akzeptierte, als er mit eigenen Augen die Wundmale gesehen habe. Damit könnten sie in diesem Fall leider nicht dienen, aber er, der Herr Beamte, dürfe gerne die beiden Dienstausweise kopieren, sich entsprechende Aktennotizen anfertigen und alles in dreifacher Kopie abheften und archivieren, ganz so, wie das zweifellos in den entsprechenden Dienstvorschriften für den bayernweiten Umgang mit Fundsachen geregelt sei.

»Aber ein bisschen dalli«, fügte Morgenstern ungeduldig hinzu. Was leider nur dazu führte, dass der Mann eine besonders große Sorgfalt an den Tag legte, sich die beiden Dienstausweise anzusehen und die Namen der Besucher schriftlich festzuhalten. Erst dann klappte er ein großes schwarzes Buch auf, in dem penibel festgehalten war, was wann von wem unter welchen Umständen gefunden und in ebendieser Amtsstube abgeliefert worden war. Mit spitzem Zeigefinger ging er die Auflistung durch, von Morgenstern dränglerisch beobachtet.

»Nun schnaufen Sie mir doch nicht ständig ins Genick«, beschwerte sich der Mann. »Aha, da haben wir's. Mountainbike, Marke Prophete. Bastian Morgenstern. Wir haben die aktuellen Fundräder draußen im Flur stehen. Wenn Sie Ihre Ermittlungen beendet haben, bringen Sie es wieder zurück und melden sich bei mir.«

Morgenstern stöhnte leise.

»Das muss alles seine Ordnung haben«, erklärte der Fundbüroleiter. »Hier geht es schließlich um eines der zentralen Bürgerrechte.«

»Das Recht auf körperliche Unversehrtheit?«, fragte Morgenstern eingedenk seiner Ermittlungen.

»Nein, das Recht auf Eigentum. Für viele Menschen ist das sogar noch um einiges wichtiger.«

Während der Mann noch an einer altmodischen Schreibmaschine in eine Karteikarte Morgensterns und Hechts Daten eintippte, sah sich Hecht beiläufig das nach wie vor weit aufgeschlagene Fundsachenbuch an und amüsierte sich darüber, was da alles aufgelistet war. Sonnenbrillen mit und ohne Etui, Handys aller Hersteller, ein Schlüsselbund, Regenschirme. »Schau mal, jemand hat sogar sein Gebiss verloren und das bis jetzt noch nicht gemerkt«, lachte er. »Gefunden in der Maria-Hilf-Kapelle in der Westenstraße.«

»He, datenschutzrechtlich geht das aber nicht, dass Sie hier das Fundsachenbuch studieren«, empörte sich der Herr der Karteikarten.

»Die Kripo im Dienst darf alles«, behauptete Morgenstern, der zunehmend die Nase voll hatte von bürokratischen Spitzfindigkeiten, zumal es im Raum so muffig roch, dass ihm allmählich der Atem stockte.

»Ein Gebiss«, wiederholte Hecht. Dann stutzte er. »Moment!«, sagte er. »Was haben wir denn da?«

»Noch was Lustiges?«, fragte Morgenstern.

»Nein. Schau doch selbst.« Er deutete auf eine ziemlich aktuelle Zeile im Buch. »Silberner Herzanhänger mit Gravur ›Gerda‹«, las Morgenstern.

»Nein, die Zeile drüber. Sieh doch: Ohrring mit Perle. Gefunden Seminarweg/Hofgarten.«

»Jetzt reicht's hier aber«, beschied der Chef des Fundbüros und wollte das Fundbuch zuklappen.

Morgenstern griff sich energisch die Kladde. »Nein, jetzt geht's erst richtig los«, entschied er. »Wir brauchen nicht nur das Fahrrad, wir brauchen auch noch diesen Ohrring.«

»Ebenfalls dienstlich?«, fragte der Mann mit deutlicher Ironie.

»Ebenfalls dienstlich.«

»Falls Sie das ganze Büro ausräumen wollen …«

»Danke, wir brauchen nur das Fahrrad und den Schmuck. Und dann sind Sie uns auch schon los.«

Während Hecht sich die kargen Informationen aus dem Fundbuch notierte, fertigte der Bürochef kopfschüttelnd eine weitere Karteikarte an, öffnete dann einen kleinen Tresor und fischte eine winzige Plastiktüte mit dem Ohrring heraus. »Das ist er. Ich überlasse ihn Ihnen zu treuen Händen.«

»Wir bringen ihn seiner rechtmäßigen Besitzerin«, versprach Hecht.

»Ach, Sie wissen, wem er gehört?«

»Ja«, sagte Hecht knapp.

»Die wird sich aber freuen«, meinte der Fundsachenverwalter.

Morgenstern sah das Tütchen mit dem Ohrring lange an. »Da wäre ich mir nicht so sicher.«

Unmittelbar neben dem Rathaus, Richtung Dom, lag das Café im Paradeis mit seiner großen Freifläche. Ein steinerner Brunnen, der »Prunn vor der Pfarr«, stand davor – und erinnerte die Kommissare fast zwangsweise an das Schicksal von Klara Brandl. Die Touristen und Einheimischen, die den Platz bevölkerten, hatten freilich keinerlei trübsinnige Gedanken, sondern erfreuten sich des Sonnenplatzes mit Blick über den ganzen Marktplatz. Es war ein Ort zum Sehen und Gesehen-Werden.

Die Kommissare beschlossen spontan, dort eine kleine Pause einzulegen und die nächsten Schritte vorzubereiten – aber wieder einmal führte der Zufall Regie. Denn gerade, als sie sich setzten, entdeckte Morgenstern fünf Tische weiter einen einzelnen Mann, der sich bei einer Tasse Kaffee mit einem Stift in der Hand in Unterlagen vertieft hatte. Dank seiner runden Nickelbrille wusste selbst Morgenstern, der im Wiedererkennen von Gesichtern schwach war, mit wem er es hier zu tun hatte: mit dem schreibenden John-Lennon-Double.

Er stieß Hecht unauffällig in die Seite. »Der Typ da drüben, das ist der Drehbuchautor vom Neumayer.« Er kramte seinen Geldbeutel heraus und suchte. Aber erst nachdem er sämtliche Bank-, Krankenkassen- und Freibad-Eintrittskarten auf dem Tisch ausgebreitet hatte, stieß er endlich auf die Visitenkarte, die ihm der Autor neulich im Pub zugesteckt hatte. »Max Bleichinger«, las er halblaut vor. »Mit dem bin ich im Pub versumpft.«

»Schön für dich«, sagte Hecht, »aber was soll ich damit jetzt anfangen?«

»Denk mal nach. Wir haben doch dieses seltsame Drehbuch von Klara Brandl aus dem Archiv im Gymnasium.«

»Ich hab's sogar in meiner Tasche«, sagte Hecht und klopfte auf seine Aktentasche.

»Und wir haben einen Unbekannten, der irgendwann in den letzten Tagen in Klara Brandls Wohnung eingedrungen ist – über ein schlecht schließendes Klofenster.«

»Wo man aber bloß durchkommt, wenn man die Figur und die Beweglichkeit eines Schlangenmenschen aus dem Großen Chinesischen Staatszirkus hat«, erinnerte sich Hecht.

»Genau dieser Schlangenmensch hat sich an den Ordnern mit Brandls gesammelten Werken zu schaffen gemacht.«

»Als Mitglied der Neigungsgruppe ›Klara Brandls Frühwerk‹«, bestätigte Hecht.

»Aber hat dieser Schlangenmensch etwas gefunden?«, fragte Morgenstern. »Nach allem, was wir bisher wissen, nicht.«

Ein Kellner kam, ein junger Mann in Lederhose und Trachtenhemd. Die Kommissare bestellten sich Kaffee und Kamillentee und dazu zwei Stück Himbeertorte.

Hecht stand auf. »Ich habe da gerade eine Idee. Ich komme gleich wieder.« Er griff sich seine Tasche und verschwand ins Café.

Fünf lange Minuten später war er wieder da und stellte seine Aktentasche mit einem zufriedenen Lächeln neben sich auf den Boden.

»Was war das jetzt? Ein Toilettenbesuch mit Ansage?«

»So ungefähr.« Hecht zog sein Handy heraus, wischte darauf herum und zeigte Morgenstern schließlich ein Foto.

»Was soll das sein?« Wieder einmal zeigte sich, dass Morgensterns Sehschwäche zunehmend zum Problem wurde. Er nahm das Handy, hielt sich ein Auge zu, während er das Handy vor sich in die passende Distanz brachte, bis sein Sehapparat einigermaßen scharf gestellt hatte.

»Ach, du hast gerade die erste Seite von Brandls sogenanntem Drehbuch abfotografiert. Wofür denn?«

Hecht deutete unauffällig zu John Lennon, der allerdings ohnehin kaum Notiz von seiner Umgebung nahm, sondern hoch konzentriert sein Manuskript überarbeitete.

»Dein neuer Freund da drüben, der so eifrig im Drehbuch rumschmiert. Was meinst du wohl, würde der sagen, wenn jemand auftaucht und ihm klarmacht, dass diese ganze Geschichte das geistige Eigentum eines anderen ist? Dass es gestohlen worden ist.«

Morgenstern zuckte mit den Schultern. »Glaubst du denn, dass das so war?«

»Das liegt doch auf der Hand. Und wir wissen auch, wer es gestohlen hat. Unser sauberer Herr Neumayer, anno dazumal in der guten alten Kachelofenzeit.«

»Hast du einen Plan?«

»Nö! Bloß ein bisschen fragen …«

»Na dann mal los!«

Sie standen beide auf, marschierten auf den Tisch des Drehbuchautors zu, und Morgenstern hob lässig die Hand. »Servus, Max! So sieht man sich wieder.«

»Ach, der, äh, äh …«

»… Mike, Mike Morgenstern«, half Morgenstern der Erinnerung des Autors auf die Sprünge. »Und das ist mein Kollege, Peter Hecht. Kriminaloberkommissar. Was macht die Kunst?«

Noch ehe Bleichinger auf diese plattitüdenhafte Frage antworten konnte, schob Morgenstern nach: »Darf man sich dazusetzen?« Und schon saß er, und Hecht desgleichen.

»Wir haben da etwas, das Sie interessieren dürfte«, rückte Hecht heraus und fummelte an seinem Handy herum.

»Wir brauchen deinen Rat«, sagte Morgenstern.

»Wirklich?«, fragte Bleichinger und schaute besorgt in die Gesichter der ungebetenen Tischgenossen. Morgenstern stand kurz auf, um ihre Getränke zu holen und damit der Bedienung offiziell den Platzwechsel zu signalisieren.

Inzwischen hatte Hecht das Foto auf seinem Handy bereitgestellt. »Wenn Sie sich das bitte mal ansehen wollen, Herr Bleichinger.« Er schob dem Drehbuchschreiber das Handy am Tisch zu.

Der warf einen Blick drauf, dann griff er sich das Gerät und zoomte mit zwei Fingern das Bild auf. Morgenstern hatte den Eindruck, dass seine Hand dabei etwas zittrig war.

»Interessant«, sagte er schließlich und legte das Handy wieder auf den Tisch.

»Interessant? Ist das alles, was Ihnen dazu einfällt?«, bohrte Hecht nach.

»Ich weiß nicht recht, was ich damit anfangen soll. Das ist ein Blatt Papier, angeblich von Klara Brandl. Anscheinend hat sie unsere Idee fürs Drehbuch irgendwie für sich selbst … mmh … aufgegriffen.« Er tippte sich an die Nase.

»Sie hat Bühnenstücke geschrieben. Anscheinend wollte sie unser Drehbuch für die Bühne adaptieren. Das geht natürlich gar nicht. Die Rechte liegen bei uns. Aber was immer da war, es hat sich sowieso erledigt, jetzt, wo sie tot ist.« Er schaute die beiden Kommissare traurig an. »War das jetzt von mir zu hart formuliert? Das wollte ich nicht.«

»Schon gut«, sagte Morgenstern. »Wir wollten nur wissen, ob Sie vielleicht davon wussten.« Ganz beiläufig stellte er den Beziehungsstatus vom Du aufs Sie zurück.

Bleichinger schüttelte den Kopf. »Nein, das ist mir völlig neu. Wo haben Sie das eigentlich her?«

Morgenstern sah zu Hecht hinüber. Sollte sich doch der Kollege etwas einfallen lassen.

»Wir haben das von einer Freundin von Frau Brandl erhalten. Die hat mir das gestern weitergeleitet. Frau Brandl hat die Sache mit dem Drehbuch offenbar anders gesehen als Sie. Vom zeitlichen Ablauf her.« Er schaute Bleichinger in die Augen. »Frau Brandl hat ihrer Freundin gegenüber behauptet, das Drehbuch zur ›Kettnerin‹ stamme von ihr. Sie hat es angeblich schon vor ›über dreißig Jahren geschrieben. Und als Beweis hat sie ihr das Titelblatt geschickt. Ein Foto.«

»Also das ist ja wohl die Höhe!« Bleichinger wirkte rechtschaffen empört. »Da könnte ja jeder kommen und behaupten, eine Idee wäre von ihm. Dann könnte man gleich ganz Hollywood zusperren. Und die Bavaria Filmstudios mit dazu.«

»Solche Fälle hat's schon gegeben«, meinte Morgenstern, der sich am Vorabend ein wenig im Internet umgesehen hatte. »Das waren meistens ziemlich hässliche Streitereien. Mit viel Zeit- und Geldaufwand verbunden. Sogar Angelina Jolie hat's schon erwischt.«

»Wie auch immer, ich weiß davon nichts.« Bleichinger schob das Handy demonstrativ von sich in Richtung Hecht. Er winkte der Bedienung, um sich noch eine Tasse Kaffee zu bestellen.

»Diese Freundin, von der Sie gesprochen haben … hat die das ganze sogenannte Drehbuch?«, fragte er nach einer längeren Zeit der bleiernen Stille.

Morgenstern blickte wieder auf Hecht. Der zog den Mund kraus, um sich eine Version zu überlegen. »Nein. Sie hat nur das Deckblatt, das ich Ihnen gezeigt habe. Das ist alles, was wir haben. Keine Ahnung, wo der Rest liegt. Den hat Frau Brandl aber bestimmt gut aufbewahrt.«

»Ich würde so etwas ja beim Notar hinterlegen«, erklärte Morgenstern vollmundig. Eine dreiste Lüge. Selbstverständlich würde er nichts dergleichen tun. Er hatte in seiner Familie schließlich einen Ruf als Schlamper zu verteidigen.

»Das ganze Drehbuch liegt bestimmt bei ihr zu Hause im Büro«, entschied Hecht. »Man müsste da einfach mal gründlich nachsehen. Vielleicht machen wir das ja bei Gelegenheit.«

Der Kellner kam und brachte den Kaffee. Morgenstern und Hecht bezahlten ihre Zeche. Morgenstern klopfte anschließend mit den Fingerknöcheln auf den Tisch. »Also, wir müssen dann mal … Man sieht sich bestimmt bei Gelegenheit. Vielleicht wieder im Pub?«

Der Drehbuchautor zuckte mit den Schultern. Er machte nicht den Eindruck, als ob er erhöhtes Interesse an einem baldigen Wiedersehen hätte.

Die beiden Ermittler verkrümelten sich mit gespielter Beiläufigkeit in Richtung Domplatz, noch lange spürten sie Bleichingers Blick im Rücken. Als Morgenstern sich schließlich doch noch einmal kurz umdrehte, sah er, dass Bleichinger telefonierte. Die Falle war gestellt.

***

Am Spätabend machten sich Hecht und Morgenstern auf den Weg zu Klara Brandls Wohnung. Den Schlüssel hatten sie sich kurz zuvor bei Dagmar Kunze besorgt. Morgenstern trug einen Schlafsack unterm Arm, den er ansonsten nur beim Campingurlaub verwendete. Für Hecht hatte Fiona eine dicke und, wie sich später herausstellte, ziemlich kratzige Kamelhaarwolldecke hervorgekramt.

»Ich komme mir vor wie meine Jungs früher bei der ersten Kindergartenübernachtung«, sagte Morgenstern vergnügt.

»Mit dem Unterschied, dass die Kinder keine Flasche Rotwein als Einschlafhilfe mitnehmen durften«, gab Hecht zu bedenken. »Ich würde dringend empfehlen, dass du die nicht im Alleingang leer trinkst. Wir sind schließlich im Dienst.«

»Wo wollen wir uns eigentlich einquartieren?«, fragte Morgenstern und gab selbst die Antwort. »Eigentlich geht's nur in Klara Brandls Schlafzimmer.«

»Ist das nicht ziemlich pietätlos?«, fragte Hecht.

»Der Zweck heiligt die Mittel.«

Beide waren sich sicher, je länger, je mehr, dass in dieser Nacht Brandls Wohnung ein zweites Mal durchsucht werden würde, nur dieses Mal noch gründlicher.

»Die Leimrute ist gelegt«, sagte Peter Hecht ein ums andere Mal, bis Morgenstern schließlich freundlicherweise nachfragte, was das für ein seltsamer Begriff sei. Hecht nahm die Frage dankbar an und erläuterte umfassend die Vogeljagd im Mittelalter: Da habe man die gefiederten Freunde mit klebrig gemachten Ästen eingefangen. »In Italien ist das, glaube ich, immer noch erlaubt«, sagte er mit Empörung in der Stimme.

Morgenstern war am Nachmittag noch bei der Polizeiinspektion Eichstätt gewesen, um dort den Kopierer zu benutzen. Er hatte Klara Brandls »Kettnerin«-Manuskript fotokopiert und neu geheftet. Das kopierte Exemplar drapierte er nun, sobald sie in die Wohnung gekommen waren, im Billy-Regal zwischen Brandls gesammelten Werken. Er schob es zwischen die zwei aktuellsten Ordner, und zwar so, dass es ein wenig herauslugte. Das Ganze wirkte nun so, als habe Brandl dieses Manuskript, bei aller peniblen chronologischen Ordnung, zur Wiedervorlage in die Jetzt-Zeit befördert. Was nur logisch gewesen wäre.

Die beiden Kommissare holten sich Gläser aus der Küche, entkorkten die Weinflasche, räumten im Schlafzimmer das Federbett zur Seite und machten es sich mit Decke und Schlafsack bequem, soweit das in einem ein Meter zwanzig schmalen Bett möglich war. Hecht entschied schließlich, lieber wie ein Hund neben dem Bett zu schlafen, als sich im ständigen Körperkontakt mit dem Kollegen Morgenstern nervlich zu überfordern.

Morgenstern wiederum ernannte Hecht zum prüdesten Menschen, der ihm seit Langem untergekommen sei. Immerhin hätten sie beide hochseriös nach wie vor ihre Kleidung an. Die Tür zum Wohn-/Arbeitszimmer ließen sie geschlossen. Nach einer halben Stunde löschten sie das Licht, Morgenstern drehte sich zur Seite und schlief binnen drei Minuten ein, während Hecht maulend Wache schob, dann allerdings ebenfalls in einen unruhigen Schlaf taumelte, aus dem ihn von Zeit zu Zeit das Schnarchen des Kollegen riss.

Morgenstern wiederum – Schnarchen hin oder her – wurde nach Mitternacht von einem Alptraum heimgesucht: Darin fand er sich auf der Willibaldsburg wieder, umgeben von gleißenden Scheinwerfern und bekleidet als Musketier D'Artagnan in einem albernen blauen Umhang mit aufgedruckten goldenen Lilien und einem Hut mit langen Federn auf dem Kopf. Im Traum lieferte er sich mit dem schurkenhaften einäugigen Baron de Pompadour ein hitziges Duell rund um den Brunnen. Und weil Morgenstern noch nie in seinem Leben einen Degen geführt hatte, zog er gegen den Baron den Kürzeren, wurde von ihm über die Brunnenmauer gedrängt und kippte schließlich hintüber – hinab in schaurige, finstere Tiefen. Mit einem gellenden Schrei wollte er sich bemerkbar machen, aber eine eiserne Klammer legte sich um seinen Mund und verdammte ihn zum Schweigen – zu ewiger, tödlicher Stille. Er hörte noch ein gezischtes »Pschschscht!«, dann wachte er schweißgebadet auf.

Peter Hecht hatte die rechte Hand auf Morgensterns Mund gepresst. »Ruhe jetzt«, flüsterte er. »Ich glaube, wir kriegen Besuch.«

Morgenstern war mit einem Schlag hellwach, richtete sich im Bett auf und schälte sich vorsichtig aus dem Schlafsack. »Was hast du gehört?«, fragte er und tastete im Dunkeln auf dem Nachtkästchen nach seiner bereitgelegten Dienstpistole.

»Da ist wieder wer durchs Toilettenfenster. Wer immer es war, er hat versehentlich die Klospülung gedrückt. Glück für uns.«

Beide lauschten angestrengt in die Finsternis. Jetzt hörten sie es ganz deutlich: Schritte im Flur, die Tür zum Wohnzimmer wurde geöffnet und dann wieder geschlossen. Für einen sekundenkurzen Moment war ein Lichtstrahl durchs Schlüsselloch zu erkennen. Eine Taschenlampe wohl. Dann hörten sie ein zweimaliges kurzes Ratschgeräusch: Der nächtliche Besucher hatte die Vorhänge zugezogen. Und wer immer da war, fasste Mut und schaltete schließlich das reguläre Licht an.

Knapp fünf Minuten lang dauerte es, bis der Eindringling fand, wonach er gesucht hatte. Erkennbar war das an einem Grunzen und dem gemurmelten Satz: »Na also!« Hecht und Morgenstern sahen sich an und entschieden, den Gast noch kurz in Sicherheit zu wiegen.

Das Licht wurde wieder ausgeknipst, die Vorhänge aufgezogen. Ein Stuhl fiel um. Schließlich war quietschend die Tür der Toilette zu hören. Morgenstern ging mit gezückter Waffe auf den Flur, Hecht hinterher. Dann hörten sie ein kleines, unerwartetes Geräusch: Die Toilettentür wurde von innen versperrt. Der Besucher setzte sich in aller Ruhe auf den porzellanenen Königsthron, um sich vor seinem endgültigen Verschwinden erst einmal zu erleichtern.

Morgenstern drückte den Kopf an die Tür: Er hörte die unvermeidbaren Körpergeräusche des Gastes, außerdem ein leises Blättern. Wer immer da saß, er war nun entspannt, mit sich zufrieden und vertiefte sich in die Lektüre, die er gerade eben im Regal gefunden hatte: das Drehbuch von anno dazumal.

Endlich ging die Spülung. Die Sitzung war beendet. Morgenstern klopfte energisch an die Türe: »Aufmachen, Polizei!« Wer aber auch immer hinter der Tür war, hatte den Vorteil auf seiner Seite: den Türriegel. Und ein kleines Fenster als bewährten Notausgang. Und deswegen dachte er gar nicht daran, sich zu stellen. Morgenstern hörte, wie drinnen Papier zerrissen wurde, dann ging erneut die Toilettenspülung. Jetzt erst ergriff der Mensch die Flucht, soweit sich das aus den Geräuschen schließen ließ.

Hecht hatte als Erster reagiert, war zur Wohnungstür gerannt, um das Haus zu umrunden und rechtzeitig ans Fluchtfenster zu kommen. Morgenstern trommelte währenddessen mit beiden Fäusten gegen die Tür. Endlich nahm er sich ein Herz und rammte mit der rechten Schulter gegen das Türblatt. Das erwies sich allerdings als grundsolide Schreinerarbeit in Vollholz und hielt erst einmal stand. Immerhin geriet der Flüchtige nun wohl in Panik. Der Toilettendeckel ging nach allem, was zu hören war, endgültig zu Bruch.

Morgenstern rammte erneut die Tür, ein drittes, ein viertes Mal. Doch erst beim fünften Mal gab das Holz nach, das Türblatt knallte mit voller Wucht nach innen und traf die zappelnden Beine eines Menschen, der im Fenster steckte. Es war fast dieselbe Notlage, in der sich Tage vorher Peter Hecht befunden hatte – nur ging es dieses Mal in die andere Richtung, und »Spargel« war nun in einer weitaus komfortableren Lage: Er stand in schönster Warteposition auf der Außenseite des Notausstiegs – der Fluchtversuch war gescheitert.

»Was für eine Ehre, der Herr Regisseur höchstpersönlich«, sagte Hecht sarkastisch.

»Helfen Sie mir raus«, jammerte Neumayer.

»Nein, ich hole Sie rein«, entschied Morgenstern, der Toilettentür-Terminator. Er hob das Türblatt zur Seite, umklammerte Robert Neumayers Beine und holte ihn mit einem beherzten Ruck ins Haus, auf den Boden der Tatsachen zurück. »So, da wären wir, und jetzt machen Sie besser keine Dummheiten.«

Neumayer fasste sich an die Nieren, anscheinend hatte er sich beim Fluchtversuch durchs Fenster wehgetan. »Das hat jetzt wohl richtig peinlich ausgeschaut«, sagte er schließlich, um irgendeine Form von Konversation anzuzetteln.

»Das können Sie laut sagen«, bestätigte Morgenstern.

»Wie bei ›Fargo‹, kennen Sie die Szene, Herr Morgenstern? Als der Autoverkäufer am Ende durchs Toilettenfenster flüchtet.«

»Das ist im Film auch schon schiefgegangen«, erinnerte sich Morgenstern. »Hätte man eleganter regeln können.«

Hecht kam wieder ins Haus zurück. Sie hörten, wie er die knarzende Treppe hochkam. »Wollen wir uns nicht ins Wohnzimmer setzen«, schlug Morgenstern vor. »Da waren Sie doch vorhin auch schon.«

»Hm«, machte Neumayer.

»Alternativ könnte ich Ihnen das Vernehmungszimmer bei der Polizeiinspektion Eichstätt anbieten.«

»Dann nehme ich das Wohnzimmer«, sagte Neumayer rasch.

Sie setzten sich in die Sessel. »Das schöne Drehbuch«, begann Morgenstern. »Sie haben's gefunden.«

»Ich weiß nicht, wovon Sie reden.«

Morgenstern lächelte nachsichtig. »Natürlich wissen Sie das. Wir sprechen vom Originaldrehbuch, das Klara Brand damals, in Ihrer gemeinsamen Schulzeit, geschrieben hat. Das Drehbuch, auf dem jetzt Ihr schöner Blockbuster beruht.«

»Sie haben nichts in der Hand«, sagte Neumayer. »Es gibt kein altes Drehbuch. Es hat nie eines gegeben. Das sind Fake News.«

»Von wegen Fake News. Sie haben es in der Toilette runtergespült«, sagte Morgenstern und versuchte, traurig zu wirken.

»Wie auch immer, die Sache hat sich erledigt. Sie müssen die Klotür bezahlen, außer Spesen nichts gewesen. Klara Brandl hat vielleicht irgendwann mal über das Thema mit der ›Kettnerin‹ nachgedacht. Das will ich gar nicht bezweifeln. Aber eine echte kreative Leistung ist nie draus geworden. Das weiß ich definitiv.«

»Falsch«, zischte Morgenstern. »Mir ist inzwischen klar geworden, was damals passiert ist.«

»Ach wirklich?«

Hecht hatte Block und Füllfederhalter hervorgeholt und machte sich Notizen, während Morgenstern seine Überlegungen präsentierte.

»Sie beide waren damals ein Paar. Ziemlich beste Freunde. Aber Sie waren immer viel ehrgeiziger als Klara Brandl. Sie haben gesehen, dass Frau Brandl besser ist als Sie. Kreativer. Intelligenter. Geschickter. Und damit hatten Sie ein Problem.«

Neumayer rutschte auf seinem Sessel nach vorn. »Das ist lächerliche Küchenpsychologie, was Sie hier betreiben, Herr Morgenstern. Das kann ich nicht ernst nehmen.«

»Oh doch, Sie nehmen solche Dinge sehr ernst, ist mein Eindruck. Sie halten sich ans alte Highlander-Prinzip.«

»Wie bitte?«, fragte Neumayer.

»Das Konzept vom Film ›Highlander‹. Das heißt: ›Es kann nur einen geben!‹ Schöner Film. Habe ich mir schon mindestens dreimal angesehen.«

Neumayer grinste schief. »Und dieser eine, der überlebt und die Zeiten überdauert und alle Macht auf sich vereint, das wäre demnach ich.«

»Exakt, während Klara Brandl nicht von der Stelle kommt. Man muss sich bloß mal Ihren allerersten Film ansehen: Alles, auf das es ankommt, ist von Brandl. Aber wer posiert als großer Schauspieler im Steinbruch vor der Kamera? Sie natürlich.«

»Na und?«

»Und dann kommt Ihnen Klara Brandl auch noch mit einem kompletten Drehbuch an. Ein Drehbuch über die ›Kettnerin‹. Ein erstklassiger Stoff, aber natürlich historisch Nonsens. Ein Hollywood-Märchen.«

»Wenn hier jemand Märchen erzählt, dann sind Sie das«, konterte Neumayer.

»Nein, denn im Märchen gibt es ein Happy End. Das war Frau Brandl leider nicht vergönnt. Und da kommen Sie ins Spiel.«

»Ich bin ganz Ohr.«

»Nehmen wir mal an, Frau Brandl, die sonst immer so selbstsicher ist, hat dieses Mal ausnahmsweise Zweifel. Ist das Drehbuch gut? Sie weiß es nicht. Sie sucht Zuspruch. Sie will sicher sein. Wer weiß, vielleicht will sie sich damit an der Filmhochschule in München bewerben. Unzählige sind da schon gescheitert. Der erste Schuss muss sitzen. Also weiht sie den Menschen ein, dem sie am meisten vertraut.«

Neumayer verzog ironisch den Mund. »Ihre Mutter?«

»Quatsch. Sie holt sich Rat bei niemand anderem als bei

Ihnen. Ihrem besten Freund. Sie gibt Ihnen das Drehbuch zu lesen.«

»Jetzt reicht's mir aber langsam.« Neumayer stand auf, als wollte er gehen. Aber Hecht drückte ihn mit Gewalt wieder in den Sessel zurück.

»Das ist Freiheitsberaubung, was Sie hier tun. Das wird ein Nachspiel haben«, drohte Neumayer.

»Machen Sie sich nicht lächerlich.« Hecht klopfte mit seinem Füller aufs Papier. »Wenn mich nicht alles täuscht, sind Sie vorhin hier eingebrochen, stilecht durchs Klofenster. Das hat auf jeden Fall ein Nachspiel.«

Morgenstern räusperte sich. »Ich würde gerne ein wenig weitererzählen. Wo waren wir stehen geblieben? Ach ja: Sie werden der erste Testleser. Von Ihrem Urteil wird es maßgeblich abhängen, wie es mit der Karriere von Klara Brandl weitergeht. Ob mit Siebenmeilenstiefeln nach München, Babelsberg und am Ende nach Hollywood, oder mit Trippelschritten immer schön im kleinen Kreis durchs Altmühltal. Wie hieß eines ihrer Theaterstücke, ›Endstation Altmühltal‹?«

»Nie gehört«, sagte Neumayer. »Wie Sie wissen, hatten wir kaum noch Kontakt.«

»Der erste Testleser«, wiederholte Morgenstern. »Und wie fällt sein Urteil aus, ganz im Vertrauen, mit viel tröstendem Schulterklopfen? Das Urteil ist vernichtend. Ein Totalverriss.«

»Was reimen Sie sich denn da zusammen? Ich muss mir das nicht anhören.«

»Ach, gönnen Sie uns den Spaß. Ist doch ganz unterhaltsam«, beharrte Morgenstern. »Die arme Klara Brandl ist am Boden zerstört. Und der treue Freund an ihrer Seite weiß, wie man mit solchen krachenden Niederlagen umgeht: nämlich möglichst offensiv. Komm, sagt er, wir machen ein Fest daraus. Nur wir beide, du und ich.«

»Woher wollen Sie das denn wissen?«, forschte Neumayer nach.

»Ein Märchenerzähler gibt nie seine Quelle preis«, sagte Morgenstern.

»Und weil Sie damals so schön zusammenleben, kauft man sich eine Flasche Wein, vielleicht war's auch Sangria. Es gibt da einen Kachelofen in der Wohnung, typischer Eichstätter Altbau, dringend sanierungsbedürftig. Aber für Abiturienten, Studenten oder Zivildienstleistende ist das genau das Richtige. Bloß schwer zu heizen. Ein Kachelofen. Man betrinkt sich, leckt die Wunden, sagt hundert Mal ›Schwamm drüber‹ – und im feierlichen Finale wird das schlechte, miserable Manuskript, das Original, im Ofen verbrannt. Ein Raub der Flammen.«

Morgenstern untermalte die Vorstellung von der kleinen, intimen Bücherverbrennung mit lebhaften Handbewegungen, die das ganze kleine Inferno darstellen sollten. Dazu imitierte er Peter Ustinov in seiner Starrolle als Kaiser Nero in »Quo vadis?« angesichts des brennenden Roms, indem er mit absichtsvoll krächzender Stimme sang: »Oh lodernd Feuer, oh göttliche Macht …« Dazu machte er eine Geste, als würde er die Leier schlagen.

»Und ist es auch nicht wahr, so ist's doch schön erfunden«, sagte der Regisseur in seinem Sessel.

Morgenstern nickte. »Nach diesem Flop hat Klara Brandl die Nase voll vom Thema Film. Es ist, als wäre ihr der Boden unter den Füßen weggezogen worden. Sie verbucht die Sache als Episode, als Sackgasse. Aber Sie, Herr Neumayer, gehen jetzt umso unbeirrter Ihren Weg. Ganz alleine. Der ›Highlander‹ vom Altmühltal.«

»Das klingt witzig, das muss ich mir merken, Herr Morgenstern. Hat Ihnen schon mal jemand gesagt, dass Sie eine blühende Phantasie haben? Viel zu schade für diesen Polizeijob. Herr Morgenstern, unter uns gesagt – Sie werfen Ihre Perlen vor die Säue.«

»Ach, meinen Sie, ich sollte auch mal ein Drehbuch schreiben? So wie Sie? Ihr Drehbuch von der ›Kettnerin‹ ist Ihr erstes Drehbuch überhaupt, nicht wahr? Tolle Sache, man darf nie aufhören, sich neue Ziele zu stecken. Wenn man schon alles erreicht hat in seinem Metier, dann kann man mal etwas Neues wagen. Also gibt es plötzlich und unerwartet ein Drehbuch von Regisseur und Produzent Robert Neumayer. Aus heiterem Himmel, um nicht zu sagen: aus der Tiefe des Raums.«

»Aus der Tiefe der Zeit«, korrigierte Peter Hecht. »Der Stoff ist gut abgehangen. Aber ein guter Stoff altert nicht.«

Neumayer verzog das Gesicht. »Ich habe einfach ein gutes Gedächtnis. Ich habe mich erinnert, dass Klara Brandl damals dieses Ding da geschrieben hatte, und im Nachhinein, mit all meiner bisherigen Erfahrung, dachte ich mir: So schlecht war das vielleicht gar nicht. Ich habe mich hingesetzt und die Geschichte rekapituliert. Das ist eine ganz neue Geschichte geworden, in meiner eigenen Handschrift. Okay, man hätte eventuell dazuschreiben können ›Nach einer Idee von Klara Brandl‹.« Er hob entschuldigend die Hände. »Mein Fehler.«

»Wie hat Frau Brandl reagiert, als sie von diesem tollen Stoff erfahren hat? Das muss für sie eine ziemliche Überraschung gewesen sein«, sagte Morgenstern.

»In der Tat. Sie hat mir eine Mail geschrieben, über meine Agentur. Mich kann man natürlich nicht so einfach mit einem Blick ins ›Örtliche‹ anrufen. Sie wollte wissen, was ich da vorhabe. Ich habe es ihr erklärt. Und in alter Freundschaft und Verbundenheit habe ich ihr das Angebot gemacht, dass sie mir bei der Vorbereitung der Dreharbeiten helfen kann. Eine schöne Aufgabe. Ich habe sie gut bezahlt. Überdurchschnittlich, das dürfen Sie mir glauben. Aber das habe ich Ihnen bei unserem ersten Treffen auf der Willibaldsburg schon alles erzählt.«

Morgenstern schüttelte den Kopf. »Was wir glauben oder nicht, das überlassen Sie uns selbst. Ich glaube zum Beispiel etwas ganz anderes: Diese demonstrative Kachelofenaktion war eine Finte. Sie haben damals unmittelbar zuvor eine Kopie von dem Drehbuch gemacht. Die Kopie haben Sie über all die Jahre aufbewahrt. Man kann ja nie wissen, wofür man's mal braucht. Denn Ihnen war immer klar, dass die Geschichte gut war. Die war Gold wert. Aber Sie haben Frau Brandl weisgemacht, dass es Mist ist, was sie sich da erfunden hat. Sie haben Ihre Partnerin damals aufs Kreuz gelegt.«

Hecht wackelte mit dem Zeigefinger vor Neumayers Nase hin und her. »Moralisch höchst bedenklich.«

Neumayer seufzte. »Das saugen Sie sich alles aus den Fingern. Ich hatte nie eine Kopie.«

»Sondern ein phänomenales Gedächtnis für Texte? So etwas heißt neuerdings ›Inselbegabung‹. Noch einmal: Was hat Frau Brandl Ihnen gesagt, als sie von Ihrem Großprojekt erfahren hat? Eine Millionenproduktion. Und sie sollte dabei leer ausgehen. Hat sie Ihnen gedroht?«

»Sie war sauer, na klar. Aber was wollte sie machen? Habe ich eine Kopie? Sie kann es nicht beweisen. Hat sie eine Kopie? Nein, das weiß ich. Sie hat das Original verbrannt. Vor meinen Augen. Seite für Seite.«

Hecht nickte zufrieden. »Ich sehe mit Freude, dass wir uns langsam der Wahrheit annähern. Gerade eben noch haben Sie die Sache mit dem Kachelofen rundweg abgestritten. Übrigens: Soll ich uns einen Kaffee machen?«

Ohne auf eine Antwort zu warten, stand er auf und ging in die Küche, wo er lange herumwerkelte. Zwischendurch klapperte auch noch die Toilettentür. Hecht bemühte anscheinend seine Handwerkerqualitäten, um das ramponierte stille Örtchen wieder einigermaßen in Ordnung zu bringen. Morgenstern und Neumayer saßen währenddessen in ihren Sesseln und blickten hinaus in die Nacht.

Unter ihnen, nicht weit entfernt, lag der Ostenfriedhof. Vereinzelt waren die Flämmchen von Grablichtern zu erkennen. Eichstätt, die Stadt der vielen Kirchen, ließ außerdem keinen Zweifel, was die Stunde geschlagen hatte: Synchron war von mindestens vier Türmen der Glockenschlag zu hören: zwei Uhr.

»Ich war unten am Grab Ihrer Eltern«, sagte Morgenstern. »Frische Blumen. Ein sehr schöner Grabstein. Mit einem versteinerten Fisch. Sehr passend für einen Menschen, der im Steinbruch sein Geld im Schweiße seines Angesichts verdient hat.« Dann schwiegen sie lange.

Endlich kam Hecht, und die dröhnende Stille hatte ein

Ende. Hecht hatte drei Tassen Kaffee dabei, dazu Zucker. »Die Milch im Kühlschrank war nicht mehr gut.«

Er hatte sein Sakko abgelegt, darunter trug er, wie meistens, einen Rautenpullunder, braun-weiß-schwarz gemustert. Die Ärmel seines weißen Hemdes hatte er so weit wie möglich nach oben gekrempelt.

»Was hast du denn gemacht?«, fragte Morgenstern irritiert. »Ist es dir hier drin zu heiß geworden?«

»Ich komm gleich noch mal«, sagte Hecht mit breitem Grinsen. Er ging in die Küche zurück und kehrte mit einem gelben Plastikeimer in der rechten Hand zurück. Von Reinhard Mey gebe es da ein hübsches Lied, erklärte er, mit dem Titel »Ich bin Klempner von Beruf«. Er wolle das jetzt hier nicht zum Vortrag bringen, aber er habe soeben unter erheblichem persönlichem Einsatz die verstopfte Toilette im Hause Brandl repariert. »Es soll ja alles seine Ordnung haben, wenn wir dann alle drei wieder gehen. Wir sind schließlich keine Vandalen.«

Zum Beweis seines Erfolgs ließ er erst Morgenstern und dann den Regisseur einen Blick in den gelben Eimer werfen. Darin lagen, völlig aufgeweicht, aber immer noch gut erkennbar, zerrissene Blätter im Format DIN-A4. Mit engem Zeilenabstand, die Schrift verwischt, aber teils noch einigermaßen leserlich.

»Keine Sorge, ich habe eine Mülltüte als provisorischen Handschuh verwendet«, stellte Hecht klar. »Aber direkt angenehm war das nicht, diese kleine Tauchaktion. Zum Glück hat Frau Brandl noch eine dieser altmodischen Toiletten. Die verstopfen sehr schnell, und wenn man entsprechend bewegliche Gelenke hat, kommt man ganz gut an die Wurzel des Problems.«

Er hob noch einmal den Eimer. »Hier haben wir Klara Brandls Drehbuch, Herr Neumayer«, verkündete Hecht. »Eine Kopie, genau wie Ihre eigene.«

Neumayer stöhnte. »Klara hat eine Kopie gemacht. Ich verstehe das alles nicht. Das passt hinten und vorne nicht zusammen.«

»Noch nicht«, sagte Morgenstern tröstend. »Trinken Sie erst einmal einen Kaffee.«

Neumayer tat, wie ihm geheißen. Wieder und wieder schüttelte er den Kopf. »Das ergibt alles keinen Sinn. Klara hat ihr Drehbuch verbrannt. Und als sie jetzt auf mich zugekommen ist, hat sie mir zwar eine schlimme Szene gemacht. Aber es war nie die Rede davon, dass sie eine Kopie hat. Warum hat sie mir das nicht gesagt? Sie hätte mich unter Druck setzen können.« Er rührte ratlos in seiner Tasse.

»Vielleicht war sie nicht der Typ, der andere unter Druck setzt«, gab Morgenstern zu bedenken. Dann fiel ihm allerdings wieder der Laienschauspieler Paul Sommerer ein, den sie hochkant aus dem Ensemble der »Theaterleit vo Preith« katapultiert hatte. Sie war also durchaus eine Frau, die sich zu wehren wusste.

Aber Morgenstern wusste auch: Klara Brandl hatte nichts gegen Robert Neumayer in der Hand gehabt. Sie hatte das gewusst und sich deswegen mit Neumayers Brosamen, mit Almosen abfinden müssen. Mit Peanuts. Und dennoch hatte Neumayer der Sache nicht getraut. Er hatte jemanden in Klara Brandls Haus geschickt. Und jetzt war er selbst gekommen.

Neumayer gab sich erkennbar einen Ruck: Das aufgeweichte, zerfetzte Drehbuch sprach – im wahrsten Sinne des Wortes – Bände. »Also gut«, sagte er, »ich mache reinen Tisch. Dieses Mal wirklich.«

Hecht kontrollierte, ob sein Aufnahmegerät funktionierte, dann erklärte Neumayer seine Version der Dinge, eine gründlich überarbeitete Version der bisherigen Saga. Ja, er habe Brandl damals ausgetrickst (»und ich bin nicht stolz darauf«). Und ja, er habe sich lange schon mit dem Gedanken getragen, dieses Drehbuch zu verfilmen. Der Riesenerfolg von »Mulan« habe ihm den letzten Anstoß gegeben. »Da ist es mir dann wie Schuppen von den Augen gefallen, was ich da in der Hand habe.«

»Und Max Bleichinger, unser John-Lennon-Verschnitt?«, fragte Morgenstern.

»Den habe ich die Feinheiten machen lassen. Ich selbst habe von diesen Sachen wirklich keine Ahnung. Ich bin schließlich kein Autorenfilmer oder so etwas. Diese Zeiten sind auch in Deutschland längst vorbei. Wir müssen ans große Publikum denken, müssen uns breit aufstellen.«

»Warum haben Sie Frau Brandl nicht einfach richtig mit ins Boot geholt? Sie hätten sie beteiligen können«, wollte Hecht wissen.

»Haben Sie eine Vorstellung, was mich das gekostet hätte! Der Bleichinger hat seine Arbeit für einen Appel und ein Ei gemacht. Die Rechte an dem Stoff liegen bei mir, da kann er also keine Reichtümer für kreative Leistung einfordern.«

»Aber Frau Brandl hätte das tun können, wenn Sie zugegeben hätten, dass das alles von ihr stammt.«

Neumayer nickte. »Ja, das hätte die Sache schwierig gemacht. Schwierig bis unmöglich. Sie hat mir gedroht, dass sie den Stoff nicht freigeben würde. Dass die Sache vor Gericht geht. Und Sie wissen selbst: Vor Gericht und auf hoher See ist man in Gottes Hand.«

»Aber Sie wussten, dass sie nicht beweisen kann, dass sie die Urheberin ist.«

»Genau. Ich war mir sicher, dass sie nichts in der Hand hat.«

»Und trotzdem sind Sie vor wenigen Tagen schon einmal hier ins Haus eingestiegen. Wenn Sie's nicht waren, wer war es dann?«

Neumayer hob, offenbar ein Tick, schon wieder beschwörend die Hände. »Ich gebe es zu. Ich habe den Bleichinger losgeschickt. Klara hat neulich völlig überraschend angedeutet, dass es vielleicht doch eine Kopie geben könnte. Ich war mir sicher, dass sie mich anlügt, aber ich musste das einfach überprüfen. Und ich habe gewusst, wie man ins Haus kommt. Das habe ich dem Bleichinger erklärt. Wir sind vor dreißig Jahren als Jugendliche schon immer mal übers Klofenster eingestiegen, es war ja ihr Elternhaus. Siehe da: Das war noch so wie damals, als wir Teenager waren. Nie in all den Jahren hat jemand das Fenster erneuert.«

Morgenstern sah hinaus in die Nacht. »Er hat dann das Regal mit ihren Ordnern durchsucht – und nichts gefunden.«

»Richtig. Aber jetzt hat sich herausgestellt, dass er nur nicht gründlich genug gesucht hat. Als jetzt das Foto von der ersten Seite aufgetaucht ist, war mir klar, dass wir noch mal suchen müssen. Und jetzt war ich an der Reihe. Ich wollte Ihnen beiden zuvorkommen. Hat nicht geklappt.« Mit bitterem Blick schaute der Regisseur auf den unansehnlichen Inhalt des gelben Plastikeimers.

Morgenstern hielt den Zeitpunkt reif für die entscheidende Frage. »Herr Neumayer: Sie hatten ein ernsthaftes Problem mit Frau Brandl. Sie hat versucht, Sie unter Druck zu setzen. Sie wollte wahrscheinlich Geld, viel Geld. Und als die Gelegenheit günstig war, oben auf der Willibaldsburg, als Sie beide für einen Moment alleine waren und es dennoch überall von Menschen wimmelte, da haben Sie Klara Brandl in den Tiefen Brunnen geschubst. Sie haben das Problem auf die schlimmstmögliche Art gelöst: heimtückisch, berechnend, aus Egoismus. Und deswegen war das Mord.«

Neumayer wollte vom Sessel aufstehen, aber Hecht drückte ihn wie schon einmal in dieser Nacht zurück. »Ganz ruhig, Herr Neumayer«, sagte er.

»Was wollen Sie mir da in die Schuhe schieben?« Die Augen des Regisseurs flackerten. »Ich habe alles zugegeben, was ich zugeben konnte. Aber ich habe Klara nichts angetan. Ich habe sie nicht auf dem Gewissen. Das war ich nicht!«

»Wer war's dann?«

»Woher soll ich das wissen? An diesem Tag war da oben auf der Burg so viel los. Ständig sind irgendwelche Leute rumgestanden. Sie haben ja keine Ahnung, wie's da zugeht.«

»Waren Sie mit ihr allein? Hatten Sie dort Streit mit ihr?«, fragte Morgenstern.

»Ich hatte Streit mit ihr an diesem Spätnachmittag, das wissen Sie bereits. Erst auf dieser doofen Toilette, und später noch einmal. Da waren wir leider nicht allein. Das war da unten, beim Tiefen Brunnen. Luzie Petterson war dabei. Max Bleichinger auch. Ich bin ein bisschen laut geworden, das kann Ihnen Bleichinger bestimmt bestätigen. Fragen Sie ihn ruhig. Und die Petterson hat's auch gehört.«

»Bleichinger hat also dann Bescheid gewusst über dieses Drehbuch.«

»Zuvor nicht. Warum hätte ich ihm das sagen sollen? Er hat einen guten Vertrag von mir bekommen … Für die Suche hier in der Wohnung habe ich ihm dann fünfhundert Euro in bar gegeben.«

Neumayer legte den Kopf in die Hände. »Max Bleichinger … ich habe noch nicht oft mit ihm zusammengearbeitet. Er ist mir empfohlen worden. Er ist ein Münchner. Ein kreativer Kopf, schnell von Begriff. Der ist nicht empfindlich, wenn er Sachen zehn Mal umschreiben muss, so etwas ist wichtig. Dafür braucht man Demut.«

»Demut?«, wiederholte Morgenstern. »Das ist eine ziemlich altmodische Eigenschaft.«

Peter Hecht schaltete sich ein: »Und Frau Petterson hat den ganzen Streit zwischen Ihnen und Klara Brandl auch mit angehört?«

»Leider ja. Ich wollte eigentlich nicht, dass sie das mitbekommt. Aber das ging alles ziemlich schnell. Sehr spontan. Klara hat da unten am Brunnen festgestellt, dass sie Bleichinger und mich sozusagen exklusiv hat. Und sie hat mir Vorhaltungen gemacht, dass ich sie um ihr Lebenswerk bringe, und der Bleichinger wäre mein williger Handlanger. Einer, der sich für Geld verkauft. Dass sie da aber auf jeden Fall klagen wird. Wir beide, Bleichinger und ich, sollten zahlen.«

»Autsch«, sagte Morgenstern. »So viel Demut hat keiner, dass er das an sich abtropfen lässt.«

»Sie war richtig in Fahrt, und weil sie schon mal dabei war, hat sie auch noch Luzie Petterson angepflaumt.«

»Wie das?«

»Das sage ich lieber nicht.«

»Tun Sie's einfach.«

»Dass sie ein Flittchen ist, so etwas in der Art. Sie wusste, dass wir gerade eine kleine Affäre haben. So etwas ist in unserer Position nicht geheim zu halten. Und sie hat ihr erklärt, dass sie, Klara, die Allererste war, die mit mir zusammen war. Als ob das heute jemanden interessieren würde.«

»Und dann?«, fragte Hecht.

»Dann bin ich gegangen. Das war mir einfach zu blöd.«

»Wenn das alles stimmt, dann haben Sie ein Pulverfass mit brennender Lunte da unten zurückgelassen«, sagte Morgenstern. »War das das letzte Mal, dass Sie Klara Brandl lebend gesehen haben?«

Der Regisseur nickte. »Und jetzt muss ich gehen. Ob Ihnen das passt oder nicht. Morgen ist der vorletzte Drehtag hier. Großkampftag.«

»Wo drehen Sie?«, fragte Morgenstern.

»Hier in Eichstätt. Oben auf der Hochfläche südlich der Frauenbergkapelle. Ungefähr beim Segelflugplatz. Eine Schlachtszene mit mehreren hundert Statisten. Die halbe Stadt ist mit dabei.«

»Wissen wir«, sagte Hecht. »Wir kommen auch. Falls wir noch etwas von Ihnen wissen müssen. Für den Moment lassen wir das alles hier so stehen.«

Neumayer seufzte. »Wenn ich das alles geahnt hätte, wäre ich nie und nimmer nach Eichstätt zurückgekommen.«

Morgenstern grinste. »Sie haben's ja früher immer selbst gesagt: Das Beste an Eichstätt ist der Zug nach München.«

Hecht verzog den Mund. »Sie klauen wohl einfach alles. Nicht einmal dieses Zitat ist original von Ihnen. Das ist vom jungen Bertolt Brecht. Aber der war aus Augsburg.«

4. Juli

Peter Hecht durfte den Rest der Nacht auf der Wohnzimmer-couch im Hause Morgenstern verbringen, denn es war abge-machte Sache, dass die beiden Kommissare gleich am nächsten Vormittag die spektakulären Filmarbeiten aus nächster Nähe verfolgen würden. Außerdem mussten sie sich dringend beraten.

Am nächsten Morgen machte Fiona den beiden Frühstück, und zwar mit allem, was die Küche hergab: Rührei mit Schin-ken, gestiftelte Karotten, frisch gepresster Orangensaft, Sem-meln ganz frisch vom Bäcker. Fiona gab die begnadete Gast-geberin mit verdächtig großem hausfraulichem Engagement, und Morgenstern, der sie lange genug kannte, ahnte rasch, dass da etwas im Busch war.

Schließlich räusperte sich Fiona. »Ich befürchte, ich habe diesem Regisseur Neumayer neulich im Stadttheater ein biss-chen unrecht getan.«

»Aha«, sagt ihr Gatte mit vollem Mund. »Sprechen wir von dieser ›MeToo‹-Demonstration?«

Fiona nickte bekümmert. »Ich habe gestern mit meiner alten Freundin telefoniert, du weißt schon, die Doris, die damals in Eichstätt Sozialpädagogik studiert hat und die mir die Stadt empfohlen hat.«

Morgenstern legte sich noch eine Portion Rührei auf den Teller. »Die Doris, logisch. Wegen der wohnen wir jetzt schon sechs Jahre hier …«

»Genau. Die Doris kennt den Neumayer von damals, über dreißig Jahre her. Das hat sie mir vor Jahren schon erzählt. Angeblich war er ein ganz übler Typ, ein Aufreißer. Der hat sie nach einem miesen One-Night-Stand abblitzen lassen.«

»Aber damals war er doch noch gar nicht bekannt«, stellte Morgenstern klar. »Ich dachte, dass es bei ›MeToo‹ um ein Machtgefälle geht, nicht darum, ob irgendwer irgendwen sit-zen lässt.«

Fiona nickte. »Gestern am Telefon habe ich mir das noch mal alles erklären lassen. Auch wie das zeitlich war. Keine Ahnung, was der Neumayer später alles getrieben hat. Aber auf die Doris hätte ich mich nicht berufen dürfen. Die war eine ziemlich trübe Quelle – und leider meine einzige. Da bin ich bei unserem Aktivistinnentreffen wohl übers Ziel hinausgeschossen. Und die anderen haben einfach das nachgebetet, was überall in den Zeitungen stand. Denen ging's mehr ums Grundsätzliche.« Sie wirkte zerknirscht.

»Der Neumayer hat's bisher gut verkraftet«, sagte Morgenstern. »Aber wenn es sich ergibt, bestelle ich ihm schöne Grüße von dir und stelle das klar.« Dann schaufelte er den Rest des Rühreis in sich hinein – als solide Basis für einen anstrengenden Tag.

Die beiden Kommissare machten sich als Erstes auf den Weg zum Alten Stadttheater. Das riesige, mit Jura-Marmor geflieste Foyer war zum zentralen Anlaufpunkt für die Statisten erklärt worden. Die Eichstätter, in diesem Fall allesamt Männer zwischen achtzehn und fünfzig Jahren, standen in Reih und Glied, um ihre Uniformen in Empfang zu nehmen. Rekrutiert hatte man sie schon in den Tagen zuvor, und die Morgenstern-Söhne waren kreuzunglücklich, dass sie beide wegen der Altersbegrenzung nicht zum Zug gekommen waren.

Hecht und Morgenstern hatten sich zwar nicht angemeldet, aber von Regisseur Neumayer eine Art »Wildcard« bekommen – den schriftlichen Bescheid von ganz oben, dass diese beiden Herren eine Uniform der kaiserlichen Armee erhalten sollten. Neumayers Devise war: »Falls Sie wieder im Weg rumstehen, ist mir dann wenigstens nicht die ganze Aufnahme versaut.« Er bitte die Herren aber flehentlich, sich diskret im Hintergrund zu halten. Sie hätten keine Ahnung, um welche Summen es an einem solchen Drehtag gehe.

So wurden die beiden Kommissare zu Söldnern, gemeinsam mit all den anderen, die für einen Tag lang Hollywood-Luft atmen wollten – oder zumindest den Pulverdampf einer Entscheidungsschlacht zwischen irgendwelchen Armeen.

Die ganze Stadt half mit: Die Firma Jägle kutschierte die Statisten mit Schulbussen auf die Anhöhe. Morgenstern ließ sich von ein paar Männern, die sich mit ihm in die Schlange gestellt hatten, erklären, dass die prärieartige Fläche seit eh und je »Waschette« heiße, ein Schlauberger wusste, dass das möglicherweise auf den alten französischen Begriff für »Kuhweide« zurückgehe. Und es hatte sich auch schon herumgesprochen, dass eine zentrale Szene um ein einzeln stehendes Sühnekreuz mitten auf diesem windumwehten, baumlosen Gelände spielen werde.

»Das ist das Fauserkreuz«, erklärte der Mann. Es erinnere an die letzte öffentliche Hinrichtung in Eichstätt. Da sei ums Jahr 1840 ein Missetäter namens Anton Fauser geköpft worden. »Der hat seine Frau mit Arsen vergiftet. Das ist jetzt alles wieder in der Zeitung gestanden.«

»Ein Mörder also«, stellte Morgenstern fest. »Das passt.«

Dann waren sie auch schon an der Reihe, erhielten jeweils ein Bündel Kleidung, die sie noch an Ort und Stelle anzuziehen hatten, außerdem auch noch jeder einen Degen. Ihre Zivilistenkleider ließen sie an der Garderobe des Alten Stadttheaters zurück, in der Hoffnung, dass am Ende noch alles an seinem Ort sein würde. Nur ihre Dienstwaffen nahmen Hecht und Morgenstern – unauffällig – mit. Und im Unterschied zu allen anderen fuhren sie auch nicht per Bus, sondern in Morgensterns rotem Land Rover. Den stellten sie allerdings in sicherer Entfernung zu den Dreharbeiten ab. Die einzige Zufahrtsstraße war ohnehin schon seit Stunden abgesperrt.

»So geht's hier oben bloß zu, wenn Fliegerfest ist«, erklärte ein Feuerwehrmann, der den Verkehr regelte. Im rückwärtigen Bereich der Hochfläche hatte der Fliegerclub seine Heimat – mit Hangars für Segelflugzeuge und Motorsegler, Vereinsheim und Rasenstartbahn. Aber an diesem Tag blieben die Maschinen natürlich am Boden. Nichts durfte die Aufnahmen stören.

Robert Neumayer war komplett in seinem Element. Schon

von Weitem sahen sie ihn: Er hatte auf einer fahrbaren Hebebühne, wie sie Fensterputzer verwenden, Stellung bezogen. In der Hand hielt er ein Megafon, auf dem Kopf trug er wie immer seinen Cowboyhut. Neumayer war nun definitiv ein Feldherr, der seine Truppen in die Schlacht schickte.

»Das war bestimmt schon immer sein feuchter Traum«, sagte Morgenstern despektierlich, als er und Hecht sich dem Podest näherten. Erst als sie direkt neben dem Fensterputzerpodium standen, erkannte der Regisseur die Kommissare in ihrer Kostümierung. Er winkte zu ihnen hinunter und rief, ergriffen von seiner eigenen Bedeutung, durchs Megafon: »Ich liebe den Geruch von Napalm am Morgen!«

Morgenstern tippte sich an die Stirn. »Jetzt dreht er völlig durch.«

Eine Stimme neben ihnen sagte: »Ach, Sie schon wieder. Ich hätte Sie beinahe nicht erkannt in Ihren albernen Uniformen.« Es war Max Bleichinger. Er hielt, wie immer, die aktuellste Version des Drehbuchs in der Hand, bereit, auch in letzter Sekunde noch in unmittelbarer Abstimmung mit Neumayer Texte zu ändern.

»Ja, wir schon wieder«, bestätigte Morgenstern. »Wissen Sie zufällig, wo Frau Petterson ist?«

»Irgendwo da drüben, bei dem kleinen Kreuz. Das Kreuz ist der Dreh- und Angelpunkt der Aufnahmen. Hier treffen dann gleich die feindlichen Einheiten aufeinander. Das wird ein Fest. Megaspektakulär!«

»Mal gucken«, sagte Morgenstern. »So viele Leute haben Sie nun auch wieder nicht zur Verfügung.«

»Das ist heutzutage doch alles kein Problem«, erklärte Bleichinger. »Wenn Sie hundert Leute in einer oder zwei Reihen haben, dann können Sie am Computer aus denen eine ganze Streitmacht machen. Als würde Napoleon mit seiner großen Armee nach Moskau ziehen.«

»Echt jetzt?« Morgenstern wirkte enttäuscht.

»Null problemo«, versicherte Bleichinger. »Die Technik wird immer besser. Die machen in der Postproduktion aus einer Mücke einen Elefanten. Hauptsache, das Rohmaterial ist gut.«

»Und natürlich die Geschichte«, sagte Morgenstern. »Ohne ordentliche Story kannst du dir den ganzen technischen Klimbim abschminken. Womit wir wieder beim Thema wären. Herr Bleichinger, wir haben spannende Neuigkeiten in Sachen Drehbuch.«

»Und vor allem im Fall Klara Brandl«, fügte Hecht hinzu. »Wir wissen inzwischen, wer als Letzter mit ihr im Brunnenraum auf der Willibaldsburg war.«

John Lennon kniff die Augen zusammen. »Das können viele Leute gewesen sein.«

»Nein«, sagte Morgenstern. »Kennen Sie den Abzählreim von den zehn kleinen Negerlein?«

»Den darf man heute aber nicht mehr verwenden«, erklärte Hecht. »Politisch total inkorrekt.«

»Mir persönlich sind ja die ›Zehn kleinen Jägermeister‹ von den Toten Hosen immer schon viel lieber gewesen«, sagte Morgenstern, während Bleichinger die beiden ansah, als hätten sie nicht alle Tassen im Schrank. Morgenstern kam endlich zur Sache: »Einer nach dem anderen hat an diesem Spätnachmittag in diesem überfüllten Raum das Feld geräumt, und der Letzte, das waren Sie.« Das war freilich eine unbewiesene Behauptung – denn Luzie Petterson war nach allem, was sie wussten, ebenfalls noch da gewesen. Morgenstern bluffte, und Hecht schloss sich dem an.

»Der letzte Mohikaner«, sagte er. »Wir haben Zeugen. Und Sie haben ein Motiv.«

Max Bleichinger blätterte in seinem Drehbuch, als müsse er ganz dringend noch etwas überprüfen. »Wer will mich denn gesehen haben?«

»Das muss Sie nicht groß kümmern. Hauptsache, wir wissen das. Sie waren der Letzte. Gibt es da nicht einen Film mit dem Titel ›Last Man Standing‹?«

Bleichinger holte tief Luft. Es schien, als wolle er zu einer umfassenden Erklärung ansetzen, aber genau in diesem Moment gab Regisseur Neumayer von seinem luftigen Beobachtungsposten aus den Befehl zum Angriff. Per Megafon ließ er eine Kompanie von kaiserlichen Soldaten, mitten unter ihnen Johanna Sophia Kettner alias Luzie Petterson, auf mehrere Kameras zustürmen. Mit »Hurra!«-Rufen, schwingenden Degen und knallenden Flinten sollten Profischauspieler und Statisten an den Kameras vorbeirennen, mit wild entschlossenem Kämpferblick.

Morgenstern erkannte rasch, dass sich Neumayer natürlich auch für diese Szene aus dem Fundus erfolgreicher Vorgängerfilme bedient hatte. In diesem Fall erinnerte die Angriffswelle der wilden Krieger unverkennbar an Mel Gibson in »Braveheart«. Äußerst eindrucksvoll war es trotzdem. Noch zwei Mal wurde die Szene wiederholt, dann wurde die Schlachtformation der Gegenseite in Position gebracht. Morgenstern sah, dass unter den Angreifern auch wieder Kriminaldirektor Adam Schneidt war, der mit grimmigem Blick auf das Trompetensignal zur Attacke wartete.

Auch diese Angriffswelle wurde zwei Mal aus verschiedensten Positionen aufgenommen. Ehe es schließlich zum Gefecht Mann gegen Mann kam. Die Statisten hatten dabei nicht sehr viel mehr zu tun, als im Hintergrund hektisch herumzurennen und mit ihren Waffen zu fuchteln, das echte Aufeinanderprallen der Gegner überließ die Regie wohlweislich Menschen, die sich mit so etwas auskannten. Also – wie schon an der Weißenburger Wülzburg – unter anderem der Stuntman-Crew aus Ingolstadt, angeführt von einem wüsten Backenbartträger, der hier die Rolle seines Lebens gefunden hatte.

Degen schlug auf Degen, Männer wälzten sich am Boden, Böller krachten. Und mitten in dem Chaos von kämpfenden Menschen glänzte Luzie Petterson. Einen Gegner nach dem anderen brachte sie zu Boden, schreiend, schwitzend, lachend, fluchend. Bis es schließlich unmittelbar am steinernen Gedenkkreuz zum entscheidenden Duell kommen würde. So stand das im Drehbuch. So war das geplant.

»Schnitt«, rief Robert Neumayer von seinem Podium aus.

»Pause! Danke an alle!« Ein Helfer beförderte den Meister nach unten, auf den prärieartigen Boden der Tatsachen. Er schien einigermaßen zufrieden zu sein und eilte als Erstes zum Chefkameramann, um sich mit ihm abzustimmen.

Morgenstern sah um sich. Wo war denn nun Bleichinger, der Drehbuchautor, geblieben? Seit ihrem Gespräch war eine halbe Stunde vergangen. Höchste Zeit, dass sie die Befragung fortsetzten. Inzwischen hatte der Mann schließlich Zeit genug gehabt, sich zu sammeln. Stattdessen fiel ihm erneut Hauptdarstellerin Luzie Petterson auf. Sie stand wie zuvor am hüfthohen Gedenkstein für den enthaupteten Giftmörder Anton Fauser, nein, sie hatte sich sogar direkt daraufgesetzt, was durchaus nicht pietätvoll war. Sie war noch ein wenig außer Atem nach ihrem Kampfeinsatz.

»Los«, sagte Hecht. »Ich habe den Ohrring in der Tasche. Den zeigen wir ihr jetzt mal.«

»Jetzt, mitten unter den Aufnahmen?«

»Ist doch gerade Pause. Außerdem ist sonst gerade keiner da. Die Bahn ist frei.«

Wie durch ein Wunder war ausgerechnet die Hauptdarstellerin unbehelligt. Alle anderen hatten entweder mit der Technik zu tun und waren somit vollauf beschäftigt, oder sie standen in langen Schlangen ein Stück abseits vom »Schlachtfeld« vor den Tischen der Cateringfirma. Eine ordentliche Verpflegung war das Mindeste, was sich die Statisten neben der Tagesgage von sechzig Euro vom Filmunternehmen erwarten durften.

Die Kommissare marschierten auf Petterson zu. Sie erkannte die beiden Störenfriede in ihren Soldatenuniformen erst spät und stand auf. »Haben Sie mich vorhin gesehen? Wie war ich?«

»Wunderbar, Frau Petterson«, behauptete Hecht.

»Großartig!«, bestätigte Morgenstern. »Wo haben Sie denn das Fechten gelernt?«

Petterson lächelte geschmeichelt. »Ich hatte wochenlang Einzelunterricht. Ziemlich anspruchsvoll. Die gefährlichsten

Szenen werden aber immer noch gedoubelt. Es ist gar nicht auszumalen, wenn mir was passieren würde, wenn ich mich hier irgendwie verletzen würde. Dann würde der ganze Betrieb mit einem Mal stillstehen.«

»Und für alles andere haben Sie unsere Kollegin Grabsky«, sagte Morgenstern. »Wir haben gehört, dass Sie beide sich gut verstehen. Wo ist Frau Grabsky eigentlich?«

»Die holt uns beiden was zu essen und zu trinken. Ist ein liebes Mädchen. Aber auch ein bisschen naiv.«

Morgenstern war heilfroh, dass die impulsive Kollegin von dieser Einschätzung nichts wusste. »Apropos Verletzung«, sagte er. »Die liebe Frau Grabsky hat uns neulich nebenbei erzählt, dass Sie sich am Ohr wehgetan haben. Irgendeine dumme Sache mit einem Ohrring.«

»Ach, das hat sie erzählt?« Petterson schaute Morgenstern überrascht an, lächelte dann aber. »Ja, das war zum Glück nichts Schlimmes. Ich bin irgendwo hängen geblieben. Autsch!« Sie zupfte sich am Ohr und tat so, als würde ein Ohrring in weitem Bogen ins Gras fallen. Dazu verzog sie erschrocken das Gesicht – ein Auftritt wie beim Bewerbungsgespräch an der Schauspielschule. »Weg war er, und ich wäre um ein Haar ein Schlitzohr gewesen.«

»Was war's denn für ein Ring?«, fragte Morgenstern scheinheilig.

»Eigentlich war's kein Ring, sondern ein Anstecker mit einer Perle«, sagte die Soldatin. »Schade, dass ich nur noch einen habe. Das Paar hatte ich wirklich gerne.«

Das war das Stichwort für Peter Hecht, der sich bisher still verhalten hatte, die Arme hinter den Rücken gelegt. »Wir haben da eine Überraschung für Sie, Frau Petterson«, sagte er und nahm die Hände nach vorne.

Morgenstern sah erstaunt, dass Hecht sich für die kleine Präsentation richtig Mühe gegeben hatte: Der Kollege hatte ein dunkelblaues Plastikschächtelchen mit den Maßen zwei auf zwei Zentimeter vorbereitet, das er der Schauspielerin nun vor die Nase hielt. Feierlich hob er das Deckelchen ab. Auf dunkelblauem Samtimitat lag in schimmerndem Glanz der Perlenohrring. Ein Außenstehender hätte bei dieser Szene glauben können, ein verliebter Peter Hecht machte Luzie Petterson gerade einen förmlichen Verlobungsantrag.

»Wir haben ihn für Sie gefunden«, sagte er strahlend. »Was sagen Sie nun? Ist das nicht … einfach wunderbar?«

»Ja, äh, toll«, sagte Petterson, die völlig überrascht war. »Das ist meiner, ganz klar.« Dann hielt sie kurz inne. »Nun ja, er sieht jedenfalls genauso aus wie meiner.«

»Das lässt sich ganz leicht klären«, klinkte sich Morgenstern ein, während Hecht immer noch sein Schächtelchen hielt wie eine altmodische Morgengabe. »Wo hast du überhaupt die Schachtel her?«

»Die hatte ich in meiner Aktentasche. Da war zuletzt die Ehrennadel vom Bayerischen Roten Kreuz drin. Für meine fünfundzwanzigste Blutspende. Die Nadel habe ich als Anstecker am Revers von meinem Sakko. Ist sie dir noch gar nicht aufgefallen?«

Petterson widmete den beiden einen missbilligenden Blick und streckte dann die Hand nach dem blauen Döschen aus. Doch Hecht zog es eilig an sich. »Wollen Sie denn gar nicht wissen, wo wir Ihren Ohrschmuck gefunden haben?«

»Doch, doch, natürlich«, beeilte sich Petterson. »Falls es überhaupt meiner ist.«

»Da sind wir uns ziemlich sicher«, sagte Morgenstern. »Immerhin hat uns Herr Neumayer den Tipp gegeben, wo wir suchen müssen.«

Das stimmte so zwar nur zum Teil – Neumayer hatte natürlich nichts von dem Ohrring gewusst und sich bei der Geschichte von der unfreiwilligen Autogrammstunde mit Marvin Meck in der Eile nur keinen anderen Ort einfallen lassen als den Originalschauplatz am rückwärtigen Eingang des Eichstätter Hofgartens. Und auch dass die Kommissare den Ohrstecker selbst gefunden hätten, traf nur dann zu, wenn man den Umweg übers städtische Fundbüro außer Acht ließ. Aber das musste man Frau Petterson ja nicht zwingend auf die Nase binden. Irgendein ehrlicher Finder hatte das Schmuckstück eingesammelt, das hätten genauso gut die Herren Oberkommissare gewesen sein können.

Luzie Petterson dachte lange nach und strich geistesabwesend immer wieder über das Sühnekreuz. Mit ganz leiser, kaum vernehmbarer Stimme fragte sie nach: »Robert Neumayer hat Ihnen beiden gesagt, was mit diesem Marvin Meck los war?«

»Zumindest seine Version der Dinge«, sagte Morgenstern sibyllinisch. Das war immer noch die Wahrheit und nichts als die Wahrheit.

»Das hätte ich nie von ihm erwartet! Nie und nimmer!«, zischte die Schauspielerin.

»Was sollte Neumayer machen?«, gab Morgenstern zu bedenken. »Überall im Wohnmobil waren seine Fingerabdrücke. Auch am Lenkrad, an der Handbremse. Sogar an den zerknüllten Postern mit Ihrem Konterfei. Da hat er uns dann seine Geschichte erzählt. Ehrlich gesagt ist er damit einigermaßen aus dem Schneider.«

Die beiden Kommissare konnten von Glück reden, dass der Regisseur gerade vollauf mit dem Chefkameramann befasst war. Wenn er jetzt in diesem Moment aufgetaucht wäre, hätte er das kleine Schmierentheater aus Halbwahrheiten und Unerzähltem mit einem einzigen Satz beenden können. Neumayers hanebüchene Story von der überraschenden Autogramm- und Fotosession im Wohnmobil einschließlich Fahrradtest war schließlich nicht so leicht zu erschüttern.

Aber Luzie Petterson wusste anscheinend nichts von der kurz entschlossenen Autogrammaktion eines immer freundlichen Starregisseurs. Sie kannte nur eine Version: die ihre. Also ballte sie erst die Fäuste, sah die Kommissare dann mit einem um Verständnis heischenden tiefen Blick an und sagte: »Das war Notwehr! Sie müssen mir glauben, es war reine Notwehr. Der Mann hat mich überfallen.«

Morgenstern nickte ermutigend. »Ja, wir haben uns über diesen Mann schlaugemacht. Marvin Meck aus Rheda-Wiedenbrück. Ein durchgeknallter Fan von Ihnen. Hochgefährlich, würde ich sagen. Und jetzt erzählen Sie uns bitte Ihre Version der Dinge. Bisher wissen wir nur, was uns Herr Neumayer gesagt hat.«

Plötzlich stand Antonia Grabsky hinter ihren beiden Kollegen – mit zwei Sandwiches und zwei Dosen Cola light. Die beiden erkannten sie erst auf den zweiten Blick, was daran lag, dass sie als Marketenderin kostümiert war. »Störe ich?«, fragte sie.

»Nein«, log Morgenstern. Andererseits: »Sechs Ohren hören mehr als vier, und Frau Petterson ist in diesem Moment dabei, ihrem Herzen Luft zu machen. Also noch mal, Frau Petterson: Es war Notwehr?«

Grabsky hielt die Luft an und stellte die Pausenverpflegung fassungslos auf den Boden, außerdem zog sie ihr Smartphone aus ihrer Marketenderinnen-Umhängetasche, schaltete die Aufnahmefunktion ein und hielt es Luzie Petterson entgegen.

»Notwehr. Ich bin an diesem Abend zum Joggen gegangen, noch ohne meine Personenschützerin. Sonst wäre das alles nicht passiert.« Sie bedachte Grabsky mit einem Blick, der offenließ, ob sie der Kriminalkommissarin nicht sogar eine Mitschuld zuschieben wollte, dass die Dinge eskaliert waren.

»Ich war noch gar nicht weit gekommen, bis zu diesem Park, wo Sie meinen Ohrring gefunden haben, da stellt sich mir dieser Mann in den Weg. Einfach so. Er hält mich auf, tut ganz freundlich. Ob ich Luzie Petterson bin und ob ich ihm vielleicht ganz kurz ein Autogramm geben kann.«

»Konnten Sie aber nicht, Sie hatten beim Joggen nichts zum Schreiben dabei«, sagte Morgenstern.

»Genau, also hat er mich zu seinem Fahrzeug gelotst, weil das da gleich in Sichtweite war. Ich Idiot bin mitgegangen, aus reiner Dummheit!«

»Warum denn?«, fragte Hecht.

»Er hat gesagt, er ist mein größter Fan.«

»Au Backe«, entfuhr es Morgenstern, und er dachte an Stephen Kings »Misery«. Es war genauso, wie er es sich schon vor Tagen ausgemalt hatte.

»Machen Sie sich keine Vorwürfe, Frau Petterson«, sagte Hecht. »Was ist dann passiert?«

»Ich habe vor dem Wohnmobil gewartet, er hat angeblich nach einem Stift und einer Zeitschrift zum Signieren gesucht. Und gerade, als mir die Sache komisch vorkam, kommt er heraus, lächelt mich an, drückt mir Zeitschrift und Kugelschreiber in beide Hände. Und in dem Moment will er mich in sein Fahrzeug ziehen. Ich habe um mich geschlagen, und er hat mich am Kopf gepackt …«

»Dabei muss dann auch der Ohrring abgerissen sein«, sagte Hecht.

»Genau. Das ging alles rasend schnell. Und dann war ich drin, und er hat hinter mir zugesperrt.«

»Ein Alptraum«, sagte Morgenstern.

»Genau so war das. Das wissen Sie ja wohl alles schon von Neumayer. Aber ich will, dass Sie es von mir hören. Das ist meine Geschichte.«

»Erzählen Sie weiter«, sagte Morgenstern.

»Der richtige Horror war dann, dass überall im Wohnmobil Bilder von mir waren. Dieser Mann, dieser Irre, hat versucht, mich auf den Boden zu werfen, wahrscheinlich wollte er mich fesseln oder was weiß ich. Mir war klar, dass er mich entführen will, dass er der verrückte Stalker ist, der mich schon in Hamburg überfallen hat.«

»Und dann?«, fragte Antonia Grabsky atemlos.

»Er hat mich unterschätzt«, sagte Petterson. »Dieser Meck hat mich schlichtweg unterschätzt. Das passiert mir relativ häufig. Das ist wahrscheinlich ein Frauenproblem, nicht wahr, Antonia.«

Morgenstern dachte an Pettersons Bemerkung über die »nette, aber naive« Frau Grabsky. Da haperte es anscheinend schon unter den Frauen an der Solidarität.

Dann schilderte Petterson, dass sie im Laufe ihrer Schauspielausbildung auch immer viel Sport getrieben habe, insbesondere Kampfsport, Kickboxen und solche Dinge, meistens in ebenso coolen wie urbanen »Gyms«, und da habe sie auch den einen oder anderen Griff gelernt, mit dem man einen sehr viel größeren Gegner aus der Balance hebeln könne. Genau eine solche Technik habe sie in ihrer Verzweiflung in Marvin Mecks muffigem Wohnmobil eingesetzt, und zu ihrer eigenen Überraschung sei der unbeholfene und ziemlich übergewichtige Angreifer zu Boden gegangen.

»Dann ist da auf der Seite eine Kiste Bier gestanden. Ich erinnere mich sogar an die Marke: Warsteiner. Ich habe eine volle Flasche genommen und sie ihm über den Schädel gezogen. Die Flasche ist zerbrochen. Der Schädel, glaube ich, auch. Das war's, er hat sich nicht mehr gerührt.«

»Und dann?«, fragte Grabsky und wischte sich völlig unprofessionell mit der einen Hand eine kleine Träne aus dem Augenwinkel, während sie mit der anderen immer noch das Handy in Richtung Luzie Petterson streckte, für jedermann weithin sichtbar.

»Ich habe überlegt, was ich jetzt tun soll. Ich war total in Panik. Der Mann war eindeutig tot. Und ich stehe in seinem Wohnmobil, in dem auch noch überall Bilder von mir sind. Ich habe Robert Neumayer angerufen. Der war der Einzige, der mir jetzt helfen konnte.«

»Für solche Fälle gibt's die 110«, sagte Morgenstern. »Warum haben Sie nicht die Polizei angerufen?«

»Ich habe mich nicht getraut. Der Robert hat mir dann gesagt, was ich tun soll: das Wohnmobil absperren, unauffällig ins Hotel kommen und ihm den Schlüssel geben. Er kümmert sich dann um alles. Und so habe ich es gemacht. Der Robert hat mich in der Nacht kurz angerufen, dass die Sache bereinigt ist, dass er das Wohnmobil samt diesem Verbrecher aus der Welt geschafft hat. Ich soll mir keinen Kopf machen, sondern ein paar Schlaftabletten einnehmen. Ich brauche meinen Schönheitsschlaf, hat er gesagt.«

»Na also«, sagte Morgenstern. »Es ist doch immer wieder schön, wenn sich die Nebel lichten. Da waren ein, zwei Dinge dabei, die Herr Neumayer ein wenig anders geschildert hat.«

Er drehte sich um die eigene Achse und hielt Ausschau nach

Regisseur Neumayer. Der war immer noch beschäftigt, aber dafür war Max Bleichinger wieder aufgetaucht. Aus einiger Entfernung hatte er verfolgt, wie Luzie Petterson lang und breit mit den beiden Kommissaren gesprochen hatte. Und die Vernehmung, um die es sich gehandelt hatte, war zudem noch mitgeschnitten worden. Die Sache musste für ihn eindeutig sein: Luzie Petterson hatte umfassend mit der Polizei gesprochen und eine Aussage gemacht.

Max Bleichinger schien zu überlegen, was er tun sollte, doch Morgenstern, der ihn nun entdeckt hatte, winkte ihm zu. »Herr Bleichinger, kommen Sie doch zu uns.« Er wandte sich an Luzie Petterson. »Mir wäre es lieb, wenn Sie sich ein wenig zurückziehen. Wir müssen mit Herrn Bleichinger noch etwas Wichtiges besprechen. Aber bleiben Sie in der Nähe, ich denke, dass wir Sie gleich brauchen. Frau Grabsky bleibt an Ihrer Seite. Bei ihr sind Sie in besten Händen.«

Widerwillig entfernte Petterson sich vom Fauserkreuz, und der Drehbuchautor trat an ihre Stelle. »Was hat sie Ihnen gerade für Lügengeschichten erzählt?«, fragte Bleichinger, der entschieden hatte, in die Offensive zu gehen.

»Sie hat ihrem Herzen Luft gemacht, Herr Bleichinger«, sagte Morgenstern. »Wir haben von Luzie Petterson eine umfassende Schilderung bekommen, was passiert ist. Sehr viel umfangreicher, als wir uns das erhofft hatten. Sie haben es mit eigenen Augen gesehen: Wir haben sogar eine Tonaufnahme. Rechtssicher.«

Bleichinger wurde blass und musste sich mit beiden Händen auf den Gedenkstein des unglücklichen Gattinnenmörders Anton Fauser stützen. »Was hat sie Ihnen gesagt?« Seine Stimme war schrill und überschlug sich sogar. »Ich wette, dass Sie alles auf mich geschoben hat. Wetten?«

Hecht, der geistesgegenwärtig verstanden hatte, welche Strategie sein Kollege Morgenstern da gerade fuhr, setzte ein undurchschaubares Pokerface auf. Morgenstern tat das Gleiche.

»Sie können aus dem, was Sie gesehen haben, gerne Ihre

eigenen Schlüsse ziehen, Herr Bleichinger«, sagte Morgenstern. »Diese Katze ist aus dem Sack. Tatsache ist, dass Frau Petterson sich weiterhin frei bewegen kann, nicht wahr?« Er deutete in dreißig Meter Entfernung, wo Petterson und Grabsky sich gerade mit ihren Cola-Dosen zuprosteten.

»Dieses verdammte Miststück«, fluchte Bleichinger. »Die lässt mich hier hängen. Aber das schwöre ich ihr: Aus dieser Sache kommt sie nicht heil raus.«

Hecht kramte nach seinem kleinen altertümlichen Diktiergerät und schaltete es ein, Morgenstern nickte dem Drehbuchautor zu. »Dann erzählen Sie uns doch mal Ihre Version der Dinge.«

Und es war natürlich klar, dass das alles nun ein gewaltiges Missverständnis war, genauer gesagt ein heimtückischer Bluff, der sich mehr oder weniger zufällig ergeben hatte. Denn was Max Bleichinger zu sagen hatte, bezog sich natürlich nicht auf den Stalker Marvin Meck, von dem er noch nie gehört hatte. Bleichinger ging davon aus, dass Luzie Petterson mit den Kommissaren über den Tod von Location Scout und Neumayer-Jugendfreundin Klara Brandl auf der Willibaldsburg gesprochen hatte.

»Die Petterson, diese falsche Schlange. Ich hätte es wissen müssen! Also gut: Dann soll sie wenigstens mit mir zusammen hängen.« Und dann schilderte er mit zornesrotem Gesicht, was sich an jenem Spätnachmittag am Tiefen Brunnen ereignet hatte. Von der friedfertigen Aura eines John Lennon – »Give Peace a Chance« – war nichts zu spüren.

»Es gab Streit am Brunnen, der Neumayer war schuld. Aber der ist dann einfach gegangen. Und dann waren da Luzie Petterson und ich, zusammen mit dieser Klara Brandl ...« Er holte tief Luft, dann deutete er hinüber zu Luzie Petterson, die aus der Distanz argwöhnisch verfolgte, was ein hypernervöser Max Bleichinger da mit den Kriminalbeamten zu bereden hatte. Eine Beichte, eindeutig. »Sie war's!«, schrie er plötzlich und deutete mit wedelndem rechtem Arm zu ihr hinüber.

Es war, als hätte er ihr den Fehdehandschuh zugeworfen. Bereit zum Duell. Luzie Petterson warf ihre Cola-Dose ins Gras und setzte zum Spurt zum Fauserstein an. Antonia Grabsky versuchte vergeblich, sie noch aufzuhalten. Denn die Situation eskalierte eindeutig. Petterson, die Darstellerin der tapferen Soldatin Johanna Sophia Kettner, hatte ihren Degen gezogen. Und ausgerechnet in diesem Moment kam auch noch Regisseur Neumayer zu den Kommissaren und fragte in aller Arglosigkeit: »Alles im grünen Bereich?« Dann erst sah er Luzie Petterson heranstürmen.

Bleichingers Augen wurden weit, er sah sich nach einer Verteidigungswaffe um, und tatsächlich hatte da ein schusseliger Toningenieur ein Mikrofon an einem langen Stab direkt neben ihnen am Boden abgelegt. Bleichinger griff sich die Tonangel und begann, wie wild damit vor sich herumzufuchteln. Er wirkte nun wie einer der vielen Landsknechte, die beim Neuburger Schlossfest in großen Gruppen mit ihren langen Spießen durch die Stadt marschierten und von Fall zu Fall gut choreografierte Abwehrformationen wie den »Igel« bildeten.

Doch auch Regisseur Neumayer erkannte, dass er gut daran tat, sich in irgendeiner Form zu bewaffnen. Luzie Petterson schien gerade völlig die Kontrolle zu verlieren.

Hecht und Morgenstern zogen ihre Dienstpistolen, Neumayer wiederum entdeckte ganz in der Nähe ein hölzernes Gestell, in dem mehrere Degen steckten. Logisch, dass es bei einem militärischen Historienfilm keinesfalls an stilechten Waffen fehlen durfte. Der Regisseur zerrte ein Florett aus der Halterung, und Antonia Grabsky tat es ihm nur ein paar Sekunden später nach.

»Die Waffen fallen lassen«, brüllte Morgenstern mit Pistolengefuchtel, aber davon ließ sich Luzie Petterson nicht beeindrucken. Es kam noch schlimmer: Sie nahm mit einem Mal den Regisseur ins Visier, und das bot nun »John Lennon« die Gelegenheit zur spontanen Aufrüstung: Auch er schnappte sich einen Degen. So waren nun vier Menschen der Neuzeit zu Musketieren mutiert, die sich rund um das Steinkreuz positionierten: Showdown am Fauserstein.

Petterson bedachte den Regisseur mit einem vernichtenden Blick. »Du bist an allem schuld«, schleuderte sie ihm entgegen. »Dass diese Klara Brandl dauernd dabei war, das war doch alles deine dumme Idee. Ich habe gleich gemerkt, dass zwischen euch was läuft. Meinst du, ich habe Tomaten auf den Augen?« Sie stocherte mit ihrem Degen in Richtung Neumayer. »Und ich Idiotin habe geglaubt, dass du mich liebst! Ich war so stolz auf dich!«

Neumayer hielt Petterson mühsam auf Abstand. »Das war nur eine kleine Affäre, nichts weiter. Du hast das völlig überbewertet. Ich konnte doch nicht ahnen, dass du deswegen gleich durchdrehst. Meinst du, sonst hätte ich sie mit dir allein zurückgelassen!«

»Ich war nicht allein!«, keifte Petterson. »Ich war mit diesem blöden Pseudointellektuellen mit seiner Nickelbrille zusammen.«

Sie richtete den Degen nun auf Max Bleichinger. »Was hast du den beiden Kommissaren erzählt? Dass ich es war, die diese Frau in den Brunnen gestoßen hat? Ha!« Sie warf den Kopf zurück. »Genauso gut kann ich erzählen, dass du es alleine warst. Nein, mein Freund, wir waren das zusammen.« Sie bleckte die Zähne und rief dann mit verrücktem Lachen: »Einer für alle, alle für einen!«

Bleichinger wich zurück. »Aber du hast zuerst das Netz zerschnitten mit diesem Degen da. Und du hast diese Brandl bis an den Brunnenrand gedrängt. Auch mit deinem Degen. Du hast sie gestochen.«

»Aber der allerletzte Schubs, der kam von dir«, jaulte Luzie Petterson auf. »Du und dein blödes Drehbuch! Bloß, damit du nichts von deinem bisschen Geld abgeben musst. Was für ein erbärmlicher Grund.«

Inzwischen hatte sich rund um den Fauserstein ein Ring von dicht gedrängt stehenden Menschen gebildet: Schauspieler, Komparsen, Techniker, Visagisten. An die hundert Zuschauer, teils mit in die Höhe gehaltenen Handykameras. Alle wollten sehen, was da geschrien wurde zwischen dem Starregisseur und der Starschauspielerin und diesem Menschen mit Nickelbrille. Dann waren da auch noch die Marketenderin und zwei kaiserliche Soldaten, die seltsamerweise Pistolen in den Händen hielten. Unter diesen Umständen war allerdings auch klar, dass Hecht und Morgenstern ihre Dienstwaffen auf keinen Fall zum Einsatz bringen konnten. Das Risiko, einen unbeteiligten Gaffer zu treffen, war unkalkulierbar.

Regisseur Neumayer stammelte fassungslos: »Ihr wart es beide!«

»Ja!«, bestätigte Bleichinger. »Das war eine Kurzschlussreaktion. So, und jetzt ist das endlich geklärt.«

Er stürzte mit einem Ausfallschritt mit gezücktem Florett auf Petterson zu, aber sie parierte den Stoß mit einer einzigen fließenden, eleganten Bewegung und stach ihrerseits zu. Sie traf Max Bleichinger in den Bauch und zog dann die von Blut rot gefärbte Klinge heraus. Ungläubig drückte »Lennon« die linke Hand auf die Stelle unterhalb des Brustbeins, auch sie färbte sich tiefrot. Er ging in die Knie und setzte sich mit leisem Stöhnen auf den Boden. Für einen Moment dachte Morgenstern entsetzt an den Mord am echten John Lennon mitten in New York.

Doch der Schrecken nahm kein Ende. Mit einem triumphierenden Grinsen näherte sich Petterson dem Regisseur: »Du bist der Nächste«, sagte sie ruhig. Unsicher hob Neumayer seinen Degen – und von seiner ganzen Colonel-Optik, seinem Vietnamkrieg-Habitus blieb nichts mehr übrig als die schiere, flackernde Angst.

»Stehen bleiben, Petterson!«, befahl Morgenstern und zielte mit der Pistole auf die Beine der Schauspielerin. Er wagte nicht, abzudrücken. Gleich würde Neumayer dasselbe Schicksal erleiden wie Max Bleichinger, dachte er. Und dann kam Antonia Grabsky.

»Nimm's mit mir auf, Luzie!«, sagte sie und ließ ihr Florett mit derselben Lässigkeit kreisen, wie es zuvor schon Schauspielerin Petterson getan hatte.

Morgenstern stockte der Atem. Die beiden Frauen, die Soldatin und die Marketenderin, standen sich am Fauserstein gegenüber. Bereit zum Fechtduell.

»Spinnst du!«, rief Hecht der Kollegin zu.

»Lass mich machen, ich weiß, was ich tue«, gab Grabsky zurück, ohne Petterson aus dem Auge zu lassen. Und das war gut so, denn Petterson stieß ohne jede Vorwarnung zu. Mit der Geschwindigkeit einer Klapperschlange, dachte Morgenstern. Doch Grabsky wich lässig zurück, parierte den Stoß und stieß ihrerseits nach vorne.

Stahl klirrte gegen Stahl, die beiden Gegnerinnen waren ebenbürtig. Und nicht nur das. Morgenstern sah mit zunehmender Überraschung, wie ähnlich sich die beiden waren: die fließenden Bewegungsabläufe, die Blicke, die Kopfbewegungen. Und nicht zuletzt das Aussehen einschließlich der spitzen Nasen.

Das Duell schien ihm wie ein Tanz, allerdings ein Tanz auf Leben und Tod. Zumindest, wenn Luzie Petterson die Oberhand behalten sollte. Es war völlig unklar, warum sie nicht einfach die Waffe niederlegte. An Neumayer kam sie nicht mehr heran, der hatte sich ganz unauffällig aus der Gefahrenzone zurückgezogen und in die Reihe der Zuschauer gestellt. Tapferkeitsorden würde er dafür keine bekommen.

Wieder und wieder kreuzten sich die Klingen. Plötzlich schrie Luzie Petterson laut auf und fasste sich mit der freien Hand an die rechte Schulter. Gleichzeitig ließ sie den Degen fallen. Antonia Grabsky hatte einen perfekten Treffer gelandet. Ihre Gegnerin war außer Gefecht. Verletzt, entwaffnet, aber eindeutig nicht schwer verwundet.

Die Kriminalkommissarin bückte sich, nahm den im Gras zwischen Tausenden von Schafköteln liegenden Degen und warf ihn in weitem Bogen davon. Dann wandte sie sich ihren männlichen Kollegen zu: »So Jungs, ich überlasse sie euch.«

Vom »Publikum« kam zögerlich Applaus: Erst von Regisseur Neumayer, dann von vielen anderen, die zwar nicht wirklich verstanden hatten, um was es hier gegangen war, aber doch mit eigenen Augen gesehen hatten, dass Antonia Grabsky auf der guten Seite gestanden war. Grabsky verneigte sich kurz, während Morgenstern Luzie Petterson Handschellen anlegte. Die hatte Peter Hecht – an was der Mann nicht alles dachte – in seinem Soldatentornister aus weiß-braun geflecktem Kalbsfell mit zu den Dreharbeiten gebracht.

Um den schwer verletzten Max Bleichinger kümmerten sich bereits Sanitäter des Roten Kreuzes, die den filmischen Großkampftag zu betreuen hatten und sich im Wesentlichen auf die Versorgung von Insektenstichen und Kreislaufproblemen eingestellt hatten. Wenig später kam der Rettungshubschrauber »Christoph 32« vom Ingolstädter Klinikum angeknattert. Morgenstern stand neben Regisseur Neumayer, als der Helikopter direkt neben dem Fauserkreuz landete.

Morgenstern nahm Neumayer den Hut vom Kopf und setzte ihn sich selbst auf, dann klopfte er dem Regisseur auf die Schulter.

»Ich weiß genau, was jetzt kommt«, meinte Neumayer. »Sagen Sie's bitte nicht.«

Morgenstern schüttelte den Kopf und rezitierte dann feierlich aus Francis Ford Coppolas »Apocalypse Now« die berühmten zwei Sätze des irren Colonel Kilgore, als er in Vietnam seine Kampfhubschrauber losschickte: »Ich liebe den Geruch von Napalm am Morgen. Riecht nach Sieg.«

***

Als der Hubschrauber wieder abgeflogen war, nahm Morgenstern telefonisch Kontakt zu Adam Schneidt auf, der seinerseits die Staatsanwaltschaft Ingolstadt alarmierte – die sich ihrerseits direkt beim Justizministerium in München Rückendeckung holte, das sich seinerseits beim filmaffinen Ministerpräsidenten höchstpersönlich absicherte. Fünfzehn Minuten lang glühten die Drähte wegen der Frage, was mit Regisseur Neumayer geschehen solle. Der Mann hatte immerhin versucht, den Totschlag am Stalker Marvin Meck zu vertuschen. Und er hatte

Klara Brandls Urheberrecht am Kettner-Drehbuch massivst und heimtückisch verletzt. Die Entscheidung von höchster Stelle lautete, diese »überschaubaren« Verfehlungen, im Falle Meck eine eindeutige Kurzschlusshandlung, werde man bei passender Gelegenheit juristisch aufarbeiten. Aber alles zu seiner Zeit. Erst einmal solle Robert Neumayer unbehelligt weitermachen. Das sei im Interesse des Kulturstaats und Filmstandorts Bayern und habe somit oberste Priorität. An Neumayer ging, übermittelt durch niemand anderen als Mike Morgenstern, eine Art Anweisung des Ministerpräsidenten, sich für den Abschluss der Dreharbeiten ohne Hauptdarstellerin »etwas einfallen zu lassen«.

»Der hat leicht reden«, sagte Morgenstern zu Hecht.

Irgendwie schaffte es Neumayer dann in all dem Chaos, den Drehtag mit den vielen Statisten zu einem Ende zu bringen. Wieder und wieder ließ er die Eichstätter Komparsen von West nach Ost, von Nord nach Süd stürmen. Später gab es noch eine kleine Verlagerung des Schauplatzes ein paar hundert Meter weiter westlich, zu einem großen Hügel, dem sogenannten Vogelherd. Das war im Winter ein beliebter Schlittenberg, der höchste Punkt in der näheren Umgebung, hinter dem düster der Wald aufragte. Diesen Berg mussten die Schauspieler bis zur Erschöpfung hinauf- und hinunterrennen, der Regisseur kannte da keine Gnade.

Möglicherweise musste er sich auf diese hinterfotzige Art seinen ganzen Frust von der Seele filmen, dachte Morgenstern. Auf Kosten der Komparsen. Aber es würde ihm alles nichts helfen, erklärte er Hecht, als sie schließlich im Land Rover hinab nach Eichstätt rollten, um ihre Uniformen abzugeben und dann ins Präsidium nach Ingolstadt weiterzufahren.

»Seine Hauptdarstellerin kann er vergessen. Erstens hat sie, soweit ich das vorhin am Rande aufgeschnappt habe, eine komplizierte Sehnenverletzung in der Schulter und ist damit für die nächsten Wochen nur noch einarmig unterwegs. Und zweitens —«

Hecht setzte den Satz fort: »Zweitens wird sie ihr schauspielerisches Talent in den nächsten Jahren ausschließlich in der Laientheatergruppe der Frauenjustizvollzugsanstalt Aichach ausleben können.«

»Haben die in Aichach echt eine Theatergruppe?«

»Wenn ich's dir doch sage. Die spielen sogar den ›Woyzeck‹ ...«

»Aber was macht er dann jetzt, der Neumayer?«, fragte Morgenstern. »Laut Drehplan haben sie morgen noch eine größere Szene, den romantischen Abschluss vom Film. Die Heldin darf ihren Angebeteten heiraten und bekommt ein winziges Schlösschen geschenkt. Und dann wären die Aufnahmen so weit im Kasten.«

»Am Computer geht heute doch alles«, sagte Hecht.

»Aber doch keine Liebesszene!«

»Neumayer wird schon eine Lösung finden. Sonst hätte er es nicht bis Hollywood geschafft.«

»Dein Wort in Gottes Ohr«, sagte Morgenstern. »Und jetzt hat er noch nicht mal jemanden, der ihm das Drehbuch umschreiben kann.«

5. Juli

Am nächsten Tag erfuhren Hecht und Morgenstern, dass niemand das Drehbuch umschreiben musste. »The show must go on«, erklärte Kriminaldirektor Adam Schneidt, in dessen Chefbüro die beiden Kommissare saßen. »Verehrte Kollegen, Regisseur Neumayer hat Ersatz für Luzie Petterson gefunden. Wir haben noch gestern Abend telefoniert.«

»Sie haben mit Robert Neumayer telefoniert?«, fragte Morgenstern ein wenig beleidigt. »Das waren unsere Fälle, wir waren damit befasst. Wir haben die Geständnisse.« Beinahe wäre er vom Sofa aufgesprungen, so sauer war er, dass sich nun, nach getaner Arbeit, der Chef einmischte und sich ganz gewiss gegenüber Regisseur Neumayer wichtiggemacht hatte.

Der Kriminaldirektor lächelte nachsichtig. »Herr Morgenstern, halten Sie mal die Luft an. Ich nehme Ihnen beiden Ihren Erfolg nicht weg. Das habe ich gar nicht nötig. Übrigens hat Herr Neumayer mich angerufen, nicht ich ihn.«

»Aha«, sagte Morgenstern knurrig. »Und was wollte er?«

»Er hat mich um die private Handynummer von Antonia Grabsky gebeten.«

»Das leuchtet ein«, meinte Hecht. »Er will sich bei ihr bedanken.«

»Das auch, verehrte Kollegen, das natürlich auch.« Adam Schneidt grinste wie ein schlechter Schafkopfspieler, dem jeder ansieht, dass er den Eichel-Ober in der Hinterhand hat. »Haben Sie sich noch nicht gefragt, wo Frau Grabsky gerade eigentlich steckt?«

Die beiden Ermittler mussten zugeben, dass sie die Kollegin an diesem Morgen noch nicht gesehen hatten. Ihr Bild allerdings war in allen Zeitungen gewesen – die Marketenderin und die Soldatin im Duell am Fauserstein, umringt von einer Menschenmenge. »Vielleicht muss sie sich erholen?«, schlug Morgenstern vor. »Hat sie sich krankgemeldet?«

Adam Schneidt kostete seinen Wissensvorsprung bis zur letzten Sekunde aus. »Viel, viel besser. Regisseur Neumayer hat unsere liebe Kollegin Antonia Grabsky für die restlichen Filmarbeiten als Hauptdarstellerin engagiert. Sie wird die Rolle der Johanna Sophia Kettner zu Ende bringen. Sie ist bereits wieder in Eichstätt.«

Hecht und Morgenstern sperrten synchron Augen und Münder auf. »Die Grabsky ersetzt Luzie Petterson«, stammelte Morgenstern. »Aber –«

»Nichts aber«, unterbrach ihn der Kriminaldirektor. »Ist Ihnen nicht aufgefallen, wie ähnlich sich die beiden Frauen sehen? Sie sind auch fast gleich alt. Zum Verwechseln.«

»Aber Antonia Grabsky ist doch keine Schauspielerin«, gab Hecht zu bedenken. »Das muss man doch gelernt haben!«

»Das ist ein Notfall, sagt Neumayer, und er ist überzeugt, dass unsere Kollegin ein Naturtalent ist. Wussten Sie übrigens, dass Frau Grabsky bei sich daheim auch schon im Laientheater gespielt hat? Ich sage nur: Hauptrolle. Ich habe das eben erst im Internet nachgelesen. Hier, sehen Sie …«

Schneidt tippte an seinem Computer herum, die Kommissare erhoben sich ächzend vom Sofa und stellten sich hinter ihren Vorgesetzten. Der hatte einen Zeitungsartikel aufgerufen mit einem Foto, auf dem Antonia Grabsky in einem Dirndl in einer Bauernstube stand. Die Überschrift lautete: »Beifallsstürme für die Kaiserin von Katzenbach.«

»Kommt mir irgendwie bekannt vor, der Titel«, sagte Morgenstern, las kurz in die Lobeshymne der Lokalzeitung und fand, was er gesucht hatte. Laut las er vor: »Ein Stück aus der Feder der populären Eichstätter Bühnenautorin Klara Brandl.«

Der Kriminaldirektor schien sehr mit sich zufrieden zu sein. »Schon toll, was wir hier für Talente in unserem Team haben.« Er runzelte kurz die Stirn, als müsse er überlegen, welche konkreten, bislang unentdeckten Talente wohl in den beiden Oberkommissaren steckten. »Frau Grabsky jedenfalls ist auch ausgesprochen sportlich.«

»Ja, wussten wir«, sagte Morgenstern. »Die macht irgend-

wie Bändertanz. Hat sie uns mal erzählt. So ein Frauenkram.«
Zur näheren Erläuterung machte er mit beiden Händen rotierende Bewegungen.

»Rhythmische Sportgymnastik«, erinnerte sich Hecht.

Adam Schneidt musste, ganz gegen sein Naturell, schallend lachen: »Da hat sie Ihnen aber einen schönen Bären aufgebunden – und Sie beide glauben das natürlich in Ihrer Naivität. Wobei gegen Rhythmische Sportgymnastik nichts zu sagen wäre. Fördert das Körperbewusstsein massiv. Aber nein: Frau Grabsky ist schon seit vielen Jahren Mitglied in der Fechtabteilung des MTV Ingolstadt. In der Bezirkssportanlage Mitte. War zuletzt Siegerin bei einem Wettbewerb namens ›Ingolstädter Fechtpanther‹.«

Morgenstern schaute ungläubig zu Hecht. »Jetzt wundert mich gar nichts mehr. Da hat die Luzie Petterson ihre Meisterin gefunden.«

»Husch-husch!«, sagte Adam Schneidt schließlich. »Raus mit Ihnen. Fahren Sie nach Eichstätt und gucken Sie mal, wie sich unsere Kollegin als neuer Stern am Hollywood-Himmel macht. Meines Wissens drehen die schon seit einer Stunde wieder. Vor so einem kleinen Schlösschen in Eichstätt, am Wald direkt neben der Bundesstraße.«

Peter »Bleifuß« Hecht steuerte den Dienstwagen mit Höchstgeschwindigkeit nach Eichstätt. Morgenstern wusste, wo genau gedreht wurde. Es war das Cobenzl-Schlösschen, am Fuße des Frauenbergs. Das Schlösschen, das einst einem Grafen, Domkapitular und Illuminaten – alles ein und dieselbe Person – gehört hatte, beherbergte seit vielen Jahren eine Werkstatt zum Erhalt der städtischen Kunstschätze und Antiquitäten. Unablässig rauschte der Verkehr der B 13 daran vorbei. Doch an diesem Tag war die komplette Bundesstraße wegen der Dreharbeiten gesperrt. Hecht stellte den Wagen ab, und sie gingen das letzte Stück zu Fuß.

Mitten auf der B 13 war Robert Neumayers Fahrzeugtross geparkt. Ein Mitglied der Crew wies den Kommissaren den

Weg. Denn gefilmt wurde nicht im Schlösschen selbst, sondern ein klein wenig oberhalb: Da hatte sich der lebensfrohe Graf nämlich einst noch einen architektonischen Extrabonus geleistet: ein winziges Zusatzlustschlösschen. Mit Balkon und vorgelagertem Barockgarten. Und exakt vor dieser Kitschkulisse stand nun, im schönsten Sonnenschein und zusätzlich noch von Scheinwerfen ausgeleuchtet, Johanna Sophia Kettner alias Antonia Grabsky, vormals Luzie Petterson.

Grabsky trug ein atemberaubendes hellblaues Kleid, eher eine Robe, mit weitem Ausschnitt. Neben ihr stand, in weißer Galauniform, ihr künftiger Filmehemann. Jetzt, endlich, war die Stunde gekommen, in der Johanna Sophia Kettner ganz Frau sein durfte und all die Missverständnisse zwischen ihr und ihrem tapferen, wahrhaft männlichen soldatischen Kameraden, Hauptmann und Freund ein Ende hatten.

»Alles Unfug«, flüsterte Morgenstern. »Ich habe das nachgelesen. Die echte Kettner hat nie geheiratet. Niemals. Und ich weiß auch schon, wo sich der Neumayer das alles abgeguckt hat.«

»Wo denn?«, fragte Peter Hecht spürbar genervt.

»›Sissi‹ – mit Romy Schneider und Karlheinz Böhm.« Und spöttisch hauchte Morgenstern: »Fraaaaanz! – Sisssssssiiiiii!«

Er wollte gerade noch hinzufügen, dass das in seinen Augen alles unfassbarer Kitsch sei, da schlug Peter Hecht ihm mit dem Ellbogen hart in die Seite. »Ruhe jetzt. Das war immer unser Lieblingsfilm, als ich noch mit meiner Angelika zusammen war.« Dann deutete er nach vorn, zu dem glücklichen Paar, das sich in den Armen lag und zu einem der längsten Küsse der neueren Filmgeschichte ansetzte.

»Also wirklich«, sagte Morgenstern peinlich berührt. »Das kann ich mir nicht mit ansehen.«

»Ich auch nicht«, sagte Hecht und wandte sich gramvoll ab. »Historisch völlig unkorrekt. Der totale Kitsch. Aber soooo schön.«

»Hab schon verstanden«, sagte Morgenstern und reichte dem Kollegen ein Taschentuch, um sich die Augen abzutupfen.

»Wahnsinn, welche Gefühle so ein Film auslösen kann«, brummelte er und dachte für einen kurzen Moment an Luzie Petterson, Max Bleichinger, Marvin Meck und Klara Brandl. »Der glatte Wahnsinn.«

Die Bücher von Erfolgsautor Richard Auer im Überblick

Alle Titel sind auch als eBook erhältlich.

Krimis mit Mike Morgenstern:

Vogelwild
ISBN 978-3-89705-651-0

Walburgisöl
ISBN 978-3-89705-763-0

Hausbock
ISBN 978-3-89705-958-0

Teufelsmauer
ISBN 978-3-95451-133-4

Lammauftrieb
ISBN 978-3-95451-709-1

Altmühlhexen
ISBN 978-3-7408-0037-6

Willibaldsruh
ISBN 978-3-7408-0452-7

Reliquienraub
ISBN 978-3-7408-0764-1

111 Orte:

Richard Auer, Gerhard von Kapff
111 Orte im Altmühltal und in Ingolstadt, die man gesehen haben muss
ISBN 978-3-95451-616-2

www.emons-verlag.de